TEMPESTADE DE FÚRIA

ESQUADRÃO SEVER
LIVRO 6

A.R. KNIGHT

UM

APRESENTAÇÕES

O sistema minerado à exaustão tinha pouco a oferecer. O alvo deles, Aurum Três, entrou em foco no para-brisa da *Prisa*. Uma estrela azul distante projetava sua luz passando pela nave do Esquadrão Sever enquanto se aproximava, iluminando o planeta e tornando sua superfície amarelo-acastanhada visível. Linhas mais escuras e desfocadas moviam-se pelo terreno, como borrões vivos desfilando sobre o papel.

— Tempestades massivas — observou Eponi, sentada na cadeira do piloto. — Nunca é divertido correr no meio delas.

— Ou lutar — respondeu Aurora, no assento do copiloto ao lado de Eponi.

Ambas tinham suas xícaras de café transbordando, despertando para o primeiro dia em meses que realmente importaria. Trajes-pele — o de Eponi em dourado suave, o de Aurora em vermelho-sangue — as envolviam firmemente, permitindo acesso rápido às armaduras de poder. O braço esquerdo de Eponi não tinha mais o gesso, o osso quebrado havia se reconstituído. A mão esquerda da piloto tamborilava em sua coxa, ansiosa.

Nervos enferrujados. O preço de umas férias.

Não que Sever tivesse muitas opções. Por mais que Aurora pudesse querer perseguir a agente Vana até este mundo, Sever deixou Gillane Quatro espancado e exausto. Os combatentes mal tinham dormido, estavam esgotados de adrenalina e qualquer outra coisa que pudesse mantê-los funcionando por dias. Queimaduras de laser, concussões, cortes de faca e coisas piores precisavam de cuidados.

Mas, após mais de cem dias gastos em recuperação, reparos e realinhamento do seu esquadrão à missão e ao seu lugar em uma galáxia que agora via Sever como um grupo a ser detido ou destruído, Aurora sentiu que já tinham esperado o suficiente.

Mais importante, o talvez-mais-que-amigo de Aurora e almirante da DefenseCorp, Deepak, enviou a mensagem dizendo que era hora.

Vana, a agente da DefenseCorp que comandava um programa de design de trajes de armadura de poder quase invisíveis combinados com soldados geneticamente aprimorados, havia decidido defender suas reivindicações e trazer os líderes da DefenseCorp para um único local. Lá, segundo Deepak, Vana convenceria os líderes da massiva companhia de alcance galáctico a concordar com o plano, criando uma nova força que não tanto lidaria com contratos de ajuda, mas lançaria um manto de ferro sobre a civilização.

Afinal, quem poderia lutar contra um inimigo que poderia estar em qualquer lugar?

— Poderíamos ter ficado — disse Sai, o pai residente e mestre de espadas do Sever. Sua voz veio pelo intercomunicador da *Prisa*, vinda da torreta direita da nave. — O pagamento era muito bom.

A estação, um ponto central independente em um grande aglomerado de asteroides, havia oferecido a Sever um contrato permanente para fornecer segurança. Embora Aurora não se importasse em bater em mineradores bêbados por um pagamento fixo na periferia da galáxia, ela já tinha desempenhado esse papel uma vez e visto como a Defense-Corp chegou e roubou o trabalho.

— Quanto tempo você acha que duraríamos antes que os novos brinquedos da Vana tirassem isso de nós? — Rovo, o especialista em comunicações do esquadrão e terceiro ocupante da cabine, falou por Aurora. — Estaríamos entediados, e depois estaríamos mortos.

Rovo tinha suas próprias motivações para atacar Vana. Todo o Sever tinha. Aquela sensação de puxão, de queimação, ficava errada dentro de Aurora: vingança normalmente não era um problema, porque os inimigos de Aurora tendiam a morrer muito antes de se tornarem um problema incômodo. Vana, no entanto, continuava escapando, torcendo as lutas para que não fossem simples confrontos de laser até que um lado ficasse fumegando no chão. Como blocos se acumulando em uma torre irritante, Aurora havia passado o tempo de recuperação na estação reunindo todas as razões pelas quais precisava reduzir Vana a cinzas.

E agora, eles haviam chegado.

— Diga que estou vendo coisas — disse Eponi, acenando para o vidro.

Novas imperfeições cruzavam a superfície do planeta enquanto a *Prisa* se aproximava. O que parecia manchas, borrões normais em uma paisagem vista de longe, ganhou foco mais nítido. Linhas desfocadas tornaram-se bordas retas associadas a máquinas feitas pelo homem. Uma ou duas poderiam significar as próprias forças de Vana, mas à medida que a *Prisa* se aproximava, esses pontos continuavam aparecendo e crescendo.

— Eles não trouxeram apenas a si mesmos — disse

Aurora, não querendo acreditar. — Eles realmente trouxeram seus comandos também.

— Isso vai queimar muitos contratos — acrescentou Rovo, como se dizer isso, aqui, fosse convencer todos aqueles almirantes a voltarem para suas naves e retornarem para casa.

— A DefenseCorp deve estar perdendo muito dinheiro por causa disso — concordou Eponi. — Olhe todos esses cruzadores. Não entendo?

Aurora fervilhou no silêncio, elaborando tanto uma resposta quanto uma inspiração: — Eles estão aqui porque querem uma parte. Vana está anunciando trajes *e* um upgrade genético. Você não consegue uma dose para seus soldados se eles estiverem do outro lado da galáxia. Mas também significa que temos a audiência que estamos procurando.

— Os almirantes? — perguntou Rovo. — Não sabíamos que eles estariam aqui?

— Não eles. Todos os soldados. Os funcionários. Os pilotos e os mecânicos. Se pudermos mostrar a eles o que Vana está planejando, o que esse vírus realmente fará, a DefenseCorp não conseguirá esconder de tantas pessoas. Não como fizeram com Dynas.

Aquele planeta, com seus experimentos secretos, havia escapado da atenção mais ampla da galáxia. Sever havia sido enviado em uma missão de resgate fracassada para o mundo supostamente vazio, apenas para encontrar um projeto podre que transformava seus sujeitos em alimento para uma doença voraz. Alimento furioso e destrutivo, mas ainda assim alimento.

Somente com frio extremo Sever conseguiu erradicar a doença antes que ela os levasse todos.

— Acho que está pulando uma etapa, capitã — disse

Eponi. — Vamos aparecer em vários sensores em alguns minutos, e não posso imaginar que serão amigáveis.

— Você está dizendo que as pessoas não gostam de nós? — perguntou Rovo.

— Pensei que todos adorassem a capitã — disse Sai.

Aurora fez uma careta. O sarcasmo de Sai tinha alguma verdade. O nome de Aurora, o nome do esquadrão Sever, seria conhecido por muitos naquele enxame à frente. À medida que a *Prisa* aparecesse em seus scanners, todos aqueles cruzadores, fragatas e caças descobririam quem pilotava a nave. Quando o fizessem, todas as missões que Sever passou invadindo o coração do inimigo para salvar ativos e traseiros da DefenseCorp poderiam valer alguma coisa.

Ou, quando o sistema de monitoramento da *Prisa* emitiu um trinado estridente, não.

— Parece que a diversão acabou, crianças — brincou Eponi. — Estamos recebendo pings hostis. Travamentos de mísseis, localizadores de radar, todas as coisas boas. Última chance de voltar atrás, Aurora.

— Você já sabe a resposta.

— Mergulhando de cabeça, armas disparando — afirmou Eponi. — É isso que amo nesta tripulação. Não importa quão sombrio pareça, continuaremos atirando até que as chances mudem.

— Há um lema aí em algum lugar — disse Sai. — Eponi, qual é nossa alocação?

— Você está recebendo apenas o suficiente para brincar — respondeu Eponi. — Motores e escudos ficam com todo o resto. Isto não é uma luta, é uma corrida.

Aurora se recostou no assento, olhou para todas as naves dispostas ao redor do mundo escolhido de Vana. Eponi inclinou a *Prisa* em direção ao nó mais frouxo que ainda lhes daria uma corrida direta para a superfície. A piloto tinha amplas escolhas: esta não era uma frota coesa da Defense-Corp esperando um ataque, mas um caldo de oficiais, com cada comandante individual decidindo onde estacionar seus navios enquanto desciam para a rocha.

Hmm. Aurora poderia usar isso.

— Eponi, me dê um canal de transmissão — disse Aurora.

— Sentindo vontade de fazer um discurso?

— Algo assim.

O console de Aurora emitiu um sinal, mudando a pequena tela para uma ampla lista verde de alvos. Aurora poderia tocar nos nomes das naves para cortá-las da transmissão, mas ela não ia fazer favoritismo.

O café havia ficado morno, mas o líquido aliviou sua garganta nervosa. Aurora podia liderar mil tropas contra os dentes do inimigo sem hesitar, mas fazer um discurso ousado para milhares, talvez milhões? Não, obrigada.

As coisas que ela fazia pelo Esquadrão Sever.

— Chamando naves da DefenseCorp — Aurora começou, deixando o início padrão aquecê-la para a próxima parte. — Aqui é o Esquadrão Sever e sua comandante, enviando um aviso de que estamos passando pelo seu perímetro em rota para a superfície. — Uma respiração. Aqui vinha o jogo. — Apesar do que seus sistemas possam estar indicando, foi-nos concedida uma passagem única. Atirem em nós, e estarão atirando em vocês mesmos.

Palavras ousadas, palavras ridículas. Uma afirmação que qualquer oficial competente descartaria com uma risada em um suspiro e ordenaria a seus soldados que atirassem no seguinte.

Exceto que cada nave que mirava na *Prisa* naquele momento tinha seus substitutos no comando. Líderes que não tinham todos os detalhes, que não tinham a patente ou a responsabilidade para decidir se uma nave solitária que se aproximava deveria ser amiga ou inimiga.

— Está funcionando? — Aurora perguntou no silêncio.

— Ainda estamos travados como alvo — respondeu Eponi, — mas ninguém puxou o gatilho ainda.

— Voz de mel, sempre digo — acrescentou Rovo. — Todo mundo confia em você.

Aurora deslizou para fora da transmissão, olhou para os scanners. A *Prisa* ganhou velocidade enquanto Eponi aproveitava a hesitação, desviando mais energia das armas da nave e alimentando seus motores famintos. Os scanners mostravam fragatas ovais laranja compridas, pontos vermelhos de caças e círculos gordos de cruzadores. A maior parte deslocava-se para a rota de entrada da *Prisa*, mas todos mantinham distância uns dos outros também. Nenhuma estratégia coordenada.

— Olhe tudo isso — disse Eponi. — O *Nautilus* sempre voa sozinho. Esqueci para quem trabalhamos.

— Costumávamos trabalhar — esclareceu Aurora, mas ela não podia negar a visão.

Do lado de fora, luzes de navegação agora visíveis, os grandes cascos que compunham o arsenal da DefenseCorp cortavam a vista de todos os ângulos. Motores enormes, muitas vezes maiores que o da *Prisa*, iluminavam-se com brilhos que variavam do amarelo suave ao azul quente e ardente. Os cascos metálicos passavam por baixo e por cima, e Aurora podia distinguir torres giratórias movendo-se para rastrear a nave do Sever enquanto passava.

— Amigos à esquerda — disse Gregor, o próprio casco vivo de Sever. Preso na torreta esquerda da *Prisa*, Gregor estava mais silencioso desde Gillane Quatro, escolhendo usar suas palavras limitadas com cuidado, como se cada uma arriscasse trair alguma emoção, alguma rachadura na armadura do homem. — Atirar?

— Mantenham os dedos longe dos gatilhos — disse Aurora, embora lutasse para esconder um sobressalto quando os amigos de Gregor, um trio de caças, passaram pela cabine. As naves em forma de onda, uma borda fina borbulhando com canhões, garantiram que a *Prisa* soubesse que morreria de mil maneiras se algo mudasse. — Não ajudamos em nada nos engajando aqui fora.

Todos aqueles oficiais que Aurora ouvira estariam verificando, tentando confirmar com seus comandantes. A própria Vana provavelmente logo receberia notícias. Um deles voltaria, ordenaria que Sever fosse destruído.

O mistério seria quando.

— Deepak está vindo? — perguntou Rovo.

— Por que isso é relevante agora? — respondeu Aurora.

— Não é, eu acho, mas estamos voando aqui — disse Rovo. — Não há muito que eu possa fazer, então, hum, pensei em fazer uma pergunta?

Aurora lançou ao novato uma sobrancelha erguida por cima do ombro. Eponi, no entanto, parecia concentrada em manter a *Prisa* em seu caminho — indicado por uma flecha verde translúcida que conduzia através da frota e em direção à superfície de Aurum Três — e nem Sai nem Gregor tinham outra atualização chegando.

— Não sei — Aurora deu a única resposta que tinha.

A conversa tinha sido dolorosa. O parque em Gillane Quatro, quando Deepak disse que Sever seria alvo para sempre, salvo um milagre. Aurora não se importava em levar tiros, mas sob o aviso de Deepak veio uma segunda verdade mais dura: os dois, no curto período entre a insurreição do *Nautilus* e os combates em Gillane Quatro, haviam reacendido brasas persistentes. Essas faíscas foram apagadas naquele parque, e desde então Deepak enviava apenas conselhos frios.

— Talvez queira ver se ele está por perto — disse Rovo, — porque se isso for como estamos esperando, aposto que não teremos muitos amigos neste grupo.

— Ele sabe onde estamos — disse Aurora.

— Bom — interveio Eponi. — Esses travamentos estão começando a esquentar...

— Mísseis disparados! — gritou Sai. — Eponi, me dê alguma energia ou estamos acabados!

Aurora inclinou-se para frente, passando para o scanner enquanto Eponi lançava a nave em um parafuso, inclinando-se em direção ao planeta. Aurora desejou ter ocupado uma das torretas, desejou poder fazer algo além de assistir enquanto a morte vinha para sua nave e sua tripulação.

Mas Aurora teria que esperar até pousarem.

Então, então ela teria sua cota.

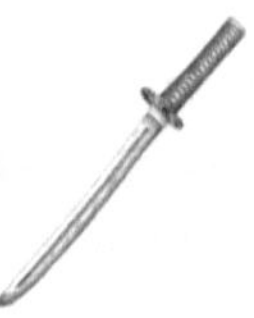

DOIS

JOGOS DE ARTILHARIA

Sem dúvida, a iminente morte fazia muito para diminuir a vista espetacular. Da janela de sua torreta, Sai admirava as naves agrupadas, seus volumes misturados de maneiras estrategicamente terríveis, mas fotograficamente belas, enquanto oficiais desajustados e pilotos entediados disputavam posições. Cruzadores massivos, maiores que o *Nautilus*, afastavam fragatas menores e aglomerados de corvetas como uma pedra ondulando a água. Luzes de todas as cores transmitiam intenções, formando halos pontilhados na escuridão.

A cena inteira se tornou irregular quando as explosões brancas e incandescentes estouraram contra aquelas magníficas embarcações. Foguetes se acenderam, fusíveis ordenando às baterias que dessem tudo de si e queimassem em direção a Sever e sua nave.

A primeira salva surgiu de uma corveta próxima, uma embarcação não muito maior que a *Prisa*, mas repleta de armas. Com formato de moeda, os lançadores de mísseis da corveta formavam uma coroa em seu lado superior, cada um cuspindo um pequeno projétil por vez. A velocidade da nave deixava as nuvens de fumaça para trás, um sinal nebuloso de que o ataque estava em andamento.

Sai tocou no console perto de suas mãos, mudando as configurações da torreta para tiro disperso. A corveta se aproximava pelo seu lado e, depois de gritar o alarme de chegada no comunicador, Sai girou a torreta e apertou o gatilho, esperando que Eponi lhe desse alguma energia para trabalhar.

A piloto não decepcionou Sai, e a torreta da *Prisa* explodiu como um fogos de artifício barato. Luz quente explodiu em todas as direções da torreta, os espelhos de focalização nos canos girando a uma velocidade absurda para enviar raios em um campo amplo. Seriam fracos demais para perfurar o casco de qualquer nave, não fariam muito contra escudos a menos que Eponi voasse perto o suficiente para Sai beijar o alvo. Mas contra um míssil de papel fino?

Se os foguetes soltavam fumaça branca quando lançados, as coisas explodiam incandescentes. Cada míssil vinha carregado com objetivos diferentes em mente, do azul crepitante para queimar a eletrônica ao vermelho rosado para calor e amarelo ensolarado para sônico. A DefenseCorp dependia de subjugar qualquer resistência com um ataque variado, e Sai marcou todas as cores da lista em sua cabeça.

Doze foguetes em uma salva, e Sai só respirou quando viu doze explosões. Os mísseis fizeram o que mísseis fazem e voaram direto para a *Prisa*, direto para as explosões do tiro disperso.

— Como nos velhos tempos — Gregor chamou pelo canal privado de torreta para torreta, destinado a manter os artilheiros sincronizados sem atrapalhar o piloto.

— Com cenário um pouco diferente.

Sai e Gregor, junto com Aurora, costumavam ocupar as

posições de artilharia em qualquer mergulho de nave de desembarque em direção a zonas de guerra. Os dois haviam abatido mais mísseis do que Sai poderia contar. A experiência impedia que o medo que apertava suas entranhas quebrasse a concentração de Sai.

Isso não significava que ele não pediria algo forte naquela noite.

Supondo que houvesse uma noite depois de tudo isso.

Eponi impulsionou a *Prisa* para frente, disparando em direção à atmosfera do planeta. Sai ficou de olho em mais mísseis, mas a corveta mudou de ideia e conteve seus lançadores de uma segunda salva.

— Estão com medo? — Sai perguntou.

— Mudando de tática — Gregor respondeu. — Caças, de ambos os lados.

Alternando a torreta de volta para sua configuração padrão de disparo, Sai franziu a testa com a energia que lhe restava. Eponi tinha a *Prisa* enviando sua energia para os motores, com um pouco sobrando para os escudos, deixando uma pequena concessão para Gregor e Sai.

— Eponi — Sai disse pela banda geral da nave —, se você quer que a gente faça defesa, vai ter que nos dar algo mais.

— Impossível — Eponi retrucou, como se Sai e Gregor estivessem pedindo doces.

— Não vamos atirar em naves da DefenseCorp — Aurora assumiu o controle, sua firmeza não admitindo discordância.

Mas a capitã não estava na cadeira de Sai, não tinha a visão de Sai encarando seis caças alinhando-se em ataques que, juntos, transformariam a *Prisa* em nada mais que cinzas ardentes.

— Aurora, estamos atacando o alto escalão da DefenseCorp em um planeta que eles controlam — disse Sai, manifestando essa discordância porque ninguém mais podia. Ninguém servia com Aurora há mais tempo, ninguém entendia melhor como ela pensava do que ele. — Eles já vão ficar furiosos o suficiente conosco.

— Não vamos fazer isso. Distraiam-nos. Desviem a atenção. Quando atingirmos a atmosfera, estaremos no solo antes que possam causar danos.

Antes que Aurora terminasse de falar, os primeiros lasers dispararam dos caças em direção à *Prisa*. Eponi sacudiu a nave em outra manobra, uma de uma série interminável que nunca parecia se repetir. Os primeiros tiros respingaram nos escudos da *Prisa*, desaparecendo contra a barreira de energia. Os raios seguintes queimaram o vazio, não atingindo absolutamente nada.

O assobio de Gregor ecoou pelo comunicador enquanto Eponi revertia a subida, cortando de volta no momento em que os caças avançavam após seu primeiro movimento. Sai teve que concordar com o homem do martelo: o voo preciso de Eponi lhes comprou segundos, e em um jogo de minutos, isso poderia fazer a diferença.

— Encontros próximos? — Sai disse, usando a banda da torreta.

— Única opção — Gregor concordou.

Com os dedos nos gatilhos, Sai agiu conforme a ordem de distração de Aurora. Sai disparou, enviando raios amarelos em direção aos caças. Ele mirou ao largo, ligeiramente fora do caminho onde os caças estariam, para que os tiros errassem. Os caças reagiram, dividindo-se de suas rotas retas de tiro em danças e mergulhos. A formação se quebrou enquanto Sai e Gregor enviavam seu fogo inofensivo para as fendas entre os inimigos, onde os caças tinham estado em vez de onde iriam estar. Desde que os lasers de Sai não atingissem um escudo ou ricocheteassem em um casco, os caças não saberiam que não estavam em perigo real.

— Eles vão achar que somos os piores artilheiros de todos os tempos — disse Sai, traçando uma trilha ardente através da exaustão de íons azuis de seu alvo.

A risada de Gregor voltou pelo comunicador, despreocupada e cheia de alegria maníaca. O homem nunca encontrou uma batalha que não amasse, não importavam as apostas ou as probabilidades. Uma liberdade que vinha sem apegos, talvez, já que Sai nunca vira Gregor falar sobre família ou um ente querido. Sem nada a perder, Gregor saboreava tudo isso.

O console piscou, chamando a atenção de Sai. A *Prisa* atingiu a atmosfera, e o sistema avisou que seus tiros poderiam ser ligeiramente desviados pelo ar pesado. Não que Sai precisasse do console para lhe dizer isso: o repentino reaparecimento da gravidade fez com que Sai caísse para cima, pressionando contra as restrições. O sangue subiu para sua cabeça, apenas para escorrer quando Eponi rolou a *Prisa* para uma posição melhor.

— Desculpe por isso — disse Eponi. — As coisas estão um pouco loucas agora.

Mas não tão loucas quanto poderiam estar. O blefe de Gregor e Sai tornou os caças cautelosos, com suas aproximações vindo devagar e de ângulos estranhos. Os pilotos não tinham como saber que as torretas da *Prisa* tinham tanta energia letal quanto os olhares irritados de Sai, e eles voavam com cuidado. Por que arriscar qualquer coisa quando o alvo parecia estar mergulhando diretamente em uma armadilha mortal?

— Parece que os assustamos — disse Sai.

— Até demais — respondeu Gregor.

Através da janela de Sai, o espaço negro tornou-se roxo e laranja, com chamas lambendo o exterior enquanto a *Prisa* invadia a atmosfera do planeta. A nave sacudiu e balançou, sua estrutura se ajustando enquanto peso, calor e todas as leis da física cobravam seu preço. Sai aliviou a torreta – não conseguia mirar com todo aquele balanço de qualquer maneira – e observou enquanto os caças mantinham distância.

Diabos, aqueles pilotos eram covardes por ficarem tão afastados.

— Estou recebendo uma transmissão — disse Aurora. — Fiquem quietos.

Sai inclinou a cabeça para o nada, surpreso. Aurora poderia ter mantido a transmissão privada, ou simplesmente reproduzido no cockpit. Se ela queria transmitir no canal aberto, devia ser de alguém importante.

— Aurora, eu realmente desejava que nunca mais nos víssemos — disse uma voz que torceu as entranhas bastante calmas de Sai em nós raivosos. Vana, a agente da Defense-Corp por trás de toda essa porcaria. — No entanto, parece que você veio para estragar minha festa.

Sai imaginou o rosto de Vana naquelas chamas tremeluzentes do lado de fora de sua janela. A mulher havia mantido Sai como refém, brevemente, lá em Gillane Quatro. O espadachim tinha passado uma noite sob sua terrível custódia, suportando seus pedidos intermináveis para que ele abandonasse o esquadrão Sever e mudasse de lado. Quando ele recusou, Vana passou a sondar fraquezas, a pescar o que Sai mais temia.

Naquela noite, pela primeira vez em sua vida, Sai se recusou a pensar, a dizer qualquer coisa sobre sua família. Agentes sabiam como ler um rosto, ler os olhos, e se Sai revelasse o segredo de seu coração, ele sabia que Vana os encontraria. Ela alcançaria toda a galáxia e arrastaria sua esposa e seus filhos para seus experimentos.

O pior de tudo é que Vana não riria enquanto fazia isso. Ela não prometeria alguma revolução ousada como Renard, seu parceiro morto. Ela não gargalharia como Anaskya, a cientista por trás da doença que Vana procurava espalhar, que se obsecava com cada oportunidade de testar suas invenções em novos sujeitos.

Não, Vana mataria a família de Sai porque isso tornaria mais difícil para ele continuar. Um cálculo, feito para impulsionar a posição de Vana, e nada mais.

— É isso mesmo — Aurora respondeu. — Por que você não facilita as coisas para nós e vem dar um olá?

— Infelizmente, estou pré-ocupada — disse Vana. — Você deve ter notado que tenho alguns convidados. Eles prefeririam que vocês não invadissem nosso evento, mas eu tenho uma ideia melhor.

— Devo perguntar qual?

— Oh, nem se dê ao trabalho — disse Vana. — Tenho certeza de que você entende que uma demonstração é um show muito melhor que um discurso. Abrirei um hangar para vocês. Por favor, voem com segurança.

A transmissão foi cortada. Lá fora, as chamas morreram, substituídas por um céu espesso e bronzeado. O para-brisa captou poeira dourada, seus grãos grudando nas rachaduras e brotando sobre o vidro. Sai recostou-se na torreta, deixando suas mãos relaxarem.

— Ela está cometendo um erro — disse Gregor para toda a nave. — Deixar-nos pousar é uma tática ruim.

— Não somos o objetivo — respondeu Aurora. — Ela precisa que a DefenseCorp se alinhe atrás dela. Que maneira melhor de fazer isso do que destruindo um de seus esquadrões de elite?

— De volta a Helix, eu picei aqueles monstros infectados — disse Sai. — Eles não eram tão ruins. Nem os agentes em Gillane Quatro. Acho que temos chance.

— Números, Sai — interveio Rovo. — Sua katana pode ser afiada e tudo mais, mas olhe para esse lugar. É enorme. Ela deve ter milhares lá dentro.

Sai inclinou-se para frente, tentando olhar mais para baixo e não vendo nada além de poeira. Ele olhou para seu console, o scanner mostrando que os caças haviam recuado completamente. Nenhuma ameaça, então.

— Não consigo ver nada daqui de baixo — disse Sai. — Parece que eles estão interrompendo a perseguição também. Posso me juntar a vocês?

— Troque com Rovo — disse Aurora.

Movimento inteligente, e o novato não se opôs. Conforme a *Prisa* descia cada vez mais, Rovo apareceu no nicho da torreta de Sai, e os dois trocaram de lugares. Passando pelo corredor estreito que levava à parte traseira da *Prisa*, semelhante a uma espinha, Sai subiu pela pequena porta até a câmara central da nave. Mesmo estando se dirigindo para uma armadilha mortal, Sai não conseguiu conter um sorriso com o que Sever tinha feito com sua nave.

Nos cem dias passados na estação da franja, Eponi e Rovo, seguidos logo pelos outros três, haviam adicionado seus próprios toques à *Prisa*. O que antes era uma mistura eficiente de metal agora exibia lembranças, slogans pintados para cada membro do Sever e seus nomes esculpidos. Abaixo do de Sai estava também o de sua família, gravado para sempre na parede distante.

Escadas à sua direita e à frente levavam para baixo e para cima, para a rampa de embarque e os alojamentos da tripulação, respectivamente. Sai não pegou nenhuma, em vez disso indo para a direita e juntando-se a Eponi e Aurora na cabine.

Nenhuma das duas precisou apontar para onde estavam indo. Nem precisaram destacar um ponto no vasto deserto marrom-dourado abaixo. Espalhando-se pelo chão como uma aranha industrial, o alvo deles cintilava à luz azulada do dia. Uma estrutura curva, revestida de painéis solares, estava no centro, com o que pareciam ser túneis inclinados mergulhando na sujeira e se afastando dela. Esses túneis subiam novamente à superfície em todas as direções, sangrando em campos achatados cobertos com redes cintilantes, edifícios modulares que pareciam como se alguém tivesse derrubado blocos de aço brilhantes e os deixado onde caíram, e onde deveria estar a cabeça da aranha, uma vasta plataforma de pouso com dezenas de naves de desembarque.

Vana não estava apenas brincando com alguns ternos, alguns agentes doentes. Ela havia construído uma fábrica para criar um exército totalmente novo para a DefenseCorp.

TRÊS

OS CONDENADOS

Por mais que Gregor gostasse de cuspir fogo no espaço a partir da sua torreta, ele saboreava ainda mais a adrenalina quando sua armadura de combate se encaixava. O traje, revestido com placas de absorção de energia, entrelaçado com uma malha capaz de receber um golpe e transferir sua energia cinética absorvida para as botas propulsoras, custou um dinheiro que Gregor e seu martelo recuperariam transformando a força de Vana em pedacinhos.

O homem alto estava no centro da *Prisa*, apreciando como as botas travadas da armadura de combate o selavam ao chão. O mergulho de pouso de Eponi fazia a nave curvar para a esquerda e direita, tornando-a um alvo difícil. Vana não parecia estar atirando contra eles, mas Aurora ordenou as manobras evasivas mesmo assim: não seria fora do caráter de Vana enganar Sever com uma aproximação tranquila apenas para explodi-los com um tiro repentino.

Ao seu lado, Sai, também abandonando sua torreta, abraçava sua própria armadura. A dupla, Gregor com seu martelo e Sai com sua katana de diamante, lideraria o assalto saindo da *Prisa* e adentrando qualquer confusão que Vana tivesse preparado para eles. Os dois não combinavam exatamente bem — o martelo e a katana, ambos com comprimentos que se chocariam durante os golpes — mas seguiriam em direções opostas, eliminando qualquer escória emboscada como ondas mortais lavando a areia invasora.

Aurora e Rovo assumiram as torretas, prontos para lidar com quaisquer outras surpresas na baía de pouso. Mesmo em baixa potência, os canhões da *Prisa* tinham energia suficiente para torrar um coitado. Eponi também tinha o canhão central. Entre todos eles, poderiam entregar uma devastação rápida a qualquer força que os aguardasse.

— Eles estão abrindo uma baía — disse Eponi. — Do lado mais distante da base, não no complexo central. O controle de voo deles está me dizendo para seguir naquela direção. Nós vamos?

— Alternativas? — perguntou Aurora, as vozes chegando pelo alto-falante no visor de Gregor.

O visor também se iluminou com mais do que as palavras de Aurora e Eponi. Assim que o selo se fechou sobre a cabeça de Gregor, barras e gráficos apareceram e passaram rapidamente pelas estatísticas, enquanto o traje analisava os sinais vitais de Gregor e as funções da própria armadura, declarando tudo em estado ótimo. Como máquina de destruição, Gregor tinha permissão para obliterar.

— Poderíamos tentar explodir nosso próprio buraco — disse Eponi. — Isso pode deixar Vana um pouco irritada.

— Totalmente a favor — Sai interferiu.

— Mas nos nossos termos. — Aurora cancelou a ideia. — Não conhecemos a planta, nem onde Vana está esperando. Assim que soubermos onde ela está, poderemos retomar a iniciativa. Siga as instruções, Eponi, leve-nos para dentro.

— Como ordenado, capitã.

Com a armadura de combate fechada sobre os braços e

pernas de Gregor, os diversos mecanismos do traje apertavam as articulações de Gregor para garantir movimentos precisos. Ele alcançou seu martelo. A arma de metro e meio de comprimento terminava em uma grande cabeça cúbica inscrita com circuitos. Pequenos círculos ligados por linhas douradas capturavam a energia gasta em qualquer golpe e, quando necessário, a devolviam através de um impacto. Forte o suficiente para estilhaçar concreto, para atravessar uma parede.

Para transformar Vana em nada mais que pasta.

— Prontos aí atrás? — chamou Eponi. — Dez segundos para o pouso.

— Estou me sentindo afiado — respondeu Sai. — E você?

— Bem — disse Gregor.

Os dois foram para frente, quase entrando na cabine de comando. Gregor ficou na frente, com Sai apertando-se perto. Lá na frente, além dos assentos vazios da cabine - exceto por Eponi na cadeira do piloto - Gregor viu o alvo pretendido. A *Prisa* fez uma curva longa e preguiçosa, estremecendo quando seus motores principais desligaram e transferiram sua energia para os jatos de manobra da nave.

A baía parecia uma boca vermelha escancarada saindo da areia dourada-amarronzada que cobria Aurum Três. Os grãos fluíam sobre a abertura, provando que a escolha de Vana para a doca de Sever não era usada há muito tempo. A escuridão se escondia atrás da boca metálica vermelha.

Eponi voou diretamente para dentro.

— A energia está configurada para os escudos e armas — anunciou a piloto. — Rovo, Aurora, vocês devem estar prontos para enviar toda a morte que precisarem.

— Oh, viva — disse Rovo.

A *Prisa* entrou baixo, com a luz azul do dia filtrando

atrás da nave enquanto entrava na baía. O primeiro olhar para a base de Vana revelou não o metal duro, pisos limpos e eficiência estéril esperados, mas, em vez disso, uma loucura desenfreada.

A própria baía havia sido projetada para naves muito maiores que a *Prisa*, a entrada dando lugar a uma enorme extensão circular que parecia servir como doca de carga para tropas embarcando para cá e para lá. Conforme a *Prisa* entrava, enquanto Eponi tentava descobrir onde pousar, Sever se deparou com um mundo tão radical quanto jamais haviam visto.

O piso da baía arqueava e ondulava com detritos, mas não o lixo de um mundo abandonado. Em vez disso, os resíduos aqui haviam sido empilhados em formas. Construções imponentes feitas com recipientes vazios de combustível, tubos enferrujados e contêineres de transporte descartados se erguiam no espaço gigantesco. O próprio piso parecia ter sido usado como tela por mil pintores loucos, cada um desenhando com pincéis de sua própria fabricação. Linhas nos tons roxos e pretos de combustíveis antiquados rodopiavam sob as luzes da *Prisa*, às vezes se transformando em rostos, enquanto frequentemente desapareciam em padrões indecifráveis.

Deslizando entre essas cores mais escuras vinham vermelhos e azuis brilhantes, manchas amarelas também. Gregor não conseguia imaginar quais produtos químicos haviam sido sacrificados para esses traços, mas o display geral oferecia uma sensação confusa e desorientante. Gregor tinha visto planetas demais, naves demais e alienígenas demais para entrar em pânico com as esquisitices, mas o impulso de batalha pronto para esmagar e golpear foi sufocado pelo estranho.

— Vou adivinhar que ninguém sabe o que estamos

vendo? — disse Rovo. — Estou ficando arrepiado, since-ramente.

— Já vi muita esquisitice correndo karts — ecoou Eponi. — Nada como isso. Definitivamente não com a Defense-Corp. É como se alguém tivesse dado uma festa no fim do mundo.

— Pouse, Eponi — ordenou Aurora. — Encontre um lugar e nos coloque lá embaixo.

Como se confirmasse a ordem de Aurora, a boca atrás deles, a única saída de Sever de volta para os céus de Aurum Três, fechou-se deslizando. Nenhuma luz piscou. Apenas a *Prisa* brilhava algo na vasta escuridão, aqueles cascos vazios lutando contra o brilho com sombras altas.

— Mudamos nossa estratégia? — disse Sai. — Porque isso não é o que eu esperava.

— Mesmo plano — Aurora respondeu rapidamente. — Vana vai brincar com a gente. Ela disse que precisava fazer um show. Tudo isso é apenas um palco. Decoração de vitrine.

— Parece muito velho para decoração de vitrine — disse Eponi. — Olhe toda essa ferrugem aqui. Todas essas cores no chão. Não há como Vana ter montado tudo isso apenas para o caso de aparecermos.

Gregor brincou com essa verdade desconfortável, tentou combiná-la com alguma história que tinha ouvido antes, alguma explicação em todos os boletins da DefenseCorp que chegavam em suas mensagens ao longo dos anos. Não havia como uma empresa tão focada em lucro como a DefenseCorp deixar uma base tão grande quanto esta simplesmente desaparecer, cair nessa bagunça e abandoná-la.

Não havia como, a menos que, como Dynas, o que acon-teceu aqui não pudesse ser recuperado.

— Nos leve para baixo, Eponi — disse Gregor.

— Tem certeza de que quer entrar nisso tudo? — perguntou Eponi, e Gregor notou seu nariz enrugado, lábio curvado no reflexo do para-brisa da cabine.

— Sou mais assustador que qualquer coisa lá fora.

— O homem tem razão — concordou Rovo. — Eu digo para deixar o martelo balançar.

— Estou sentindo que não estou recebendo nenhum respeito aqui — murmurou Sai.

— Estou feliz que estejas ao meu lado. — Gregor teria colocado a mão no ombro do homem se tivesse espaço.

— Isso não é a coisa mais fofa? — disse Eponi. — Tudo pronto, capitã?

Aurora não respondeu, e Gregor podia adivinhar por quê. Como o resto deles, Aurora queria uma pista antes de se aventurar na escuridão. Ou uma mensagem de Vana provocando-os em uma direção ou outra, ou talvez alguma luz, alguma faísca lá fora que desse a Sever alguma dica do que os esperava.

Quando nenhuma chamada veio, Aurora deu a ordem.

O elevador secundário da *Prisa* despencou. Destinado a saídas e entradas rápidas sem a vulnerabilidade de baixar uma longa rampa de embarque, a plataforma circular atingiu o piso pintado antes que o corpo de Gregor percebesse que estava caindo. Dois postes conectavam o elevador de volta à cabine de Sever, mas nada mais obstruía a vista do nível do solo.

Nada mais interferia com os ruídos também.

Viver no espaço, em bases da DefenseCorp, preparou Gregor para certos sons de fundo. Os zumbidos e rangidos constantes enquanto o oxigênio girava pelos recicladores, enquanto os aquecedores mantinham o gelo do vácuo afastado. Conversas ecoando em corredores metálicos, ou elevadores anunciando suas chegadas e partidas. A sinfonia padrão da vida.

Aurum Três, ou pelo menos este lugar, não se conformava.

A brisa atingiu Gregor primeiro. Ou melhor, atingiu sua armadura de combate. O vento assobiante soava através das construções ocas, chacoalhando seus ossos metálicos e deslizando através de seus corpos cambaleantes. Algo puxava o ar de um lado da sala para o outro, um efeito inédito para uma base como esta.

Mas, talvez, não houvesse bases como esta.

— Está ouvindo isso? — perguntou Sai, com os dois trajes de armadura conectando o espadachim a Gregor para que suas palavras fossem trocadas apenas entre eles.

— O vento?

— Por baixo dele. Como folhas, mas mais pesado.

Gregor concentrou-se, cavou sob os assobios e encontrou o que Sai queria dizer. Um farfalhar profundo, quase como uma centena de cães rosnando baixo, seus tons se sobrepondo uns aos outros. Ao contrário do vento, esse som vinha de todos os lados.

Cercados.

— Se importam de sair dessa plataforma? — interrompeu Eponi. — Vocês dois podem estar em armaduras de combate, mas o resto de nós está bem, ahn, pelado aqui em cima.

— Desculpe — Sai falou por ambos, enquanto desocupavam o elevador.

A *Prisa* sugou a plataforma, deixando os dois sozinhos. As luzes de navegação da nave forneciam um halo, com seus três suportes de aterrissagem servindo como marcadores para o além. O visor de Gregor permaneceu escuro, não detectando ameaças. Isso, pelo menos, significava que não havia rifles apontando para eles das profundezas.

— Escolhemos uma direção? — perguntou Sai.

— Espera — disse Gregor. — Fica pronto.

— Por quê?

Gregor não respondeu. Em vez disso, ele ergueu o martelo, afastou-se de Sai e então o balançou para baixo contra o chão. A arma atingiu o metal, lançando fagulhas, tinta antiga e enviando um claro tinido reverberando pela sala ampla.

O farfalhar desapareceu por um longo momento.

— Você os assustou — disse Sai.

— Espera — repetiu Gregor, girando lentamente para ver em todas as direções.

Os uivos começaram como um aqui, um ali. Raivosos, confusos. Outros se juntaram ao grito, alguns soando claros, outros roucos, terminando em tosses secas. Um bando de animais, esperando para se banquetear, isso não era.

— Aproximando-se — a voz de Aurora surgiu. — Detectando movimento em todos os lados.

— Eu te disse — falou Gregor para Sai.

— É — disse o espadachim, levantando sua katana em uma mão, pistola na outra. — Eu odeio quando você está certo.

O visor de Gregor captou a criatura antes dele. Uma coisa que se arrastava, movendo-se sobre os quatro, não, cinco membros enquanto corria na direção de Gregor. Braços e pernas como um humano, mas um quinto, uma coisa escura e fluida, empurrava junto com o homem. Gregor não conseguiu, não suprimiu seu próprio rosnado à vista, a um pesadelo que voltava.

Felix, em Dynas, tinha outros com ele assim. Mais vírus do que pessoas. Naquela época, Gregor havia estourado um cano de gás, enviando chamas abrasadoras por todo o grupo. Desta vez, ele teria que ficar cara a cara.

Gregor deu um passo em direção à criatura antes que o inimigo desaparecesse em uma rajada de laser. A torreta de Aurora pegou o monstro, fritando-o até virar alcatrão fervente em um clarão cegante. Antes que Gregor pudesse piscar para superar a obliteração, a torreta de Aurora acendeu novamente, encontrando e incinerando alguma outra criatura que se aproximava no escuro.

— À sua direita! — gritou Rovo. — São muitos!

Gregor girou, balançando seu martelo com o movimento. A cabeça do martelo errou o alvo, mas o cabo pegou a criatura enquanto ela arranhava a armadura de Gregor com mãos afiadas como garras pelo vírus e seus projetos destrutivos. O golpe enviou o monstro rolando para a direita, mas Gregor não conseguiu dar sequência, pois outro tomou o lugar da criatura.

O homem do martelo do esquadrão Sever soltou a mão esquerda do martelo, recuando o cotovelo e desferindo um jab estralado no próximo monstro saltitante. Enquanto golpeava, Gregor viu o que havia sido um rosto, com metade agora devorada por aquela gosma preta e pingante. Por baixo, roupas esfarrapadas pendiam na pele restante da coisa.

Nelas, pendurado por um fio, havia um crachá de identificação que Gregor reconheceu: dois redemoinhos subindo uma escada invisível. Helix, a empresa formada para controlar e supervisionar os experimentos de Dynas.

Um clarão queimou sobre o ombro de Gregor, causando um grito perto da orelha esquerda de Gregor.

— Presta atenção, cara! — gritou Sai, o espadachim rodopiando sua katana em cortes rápidos, disparando sua pistola nos espaços vazios.

Além, ao redor da nave, a escuridão desapareceu em luzes brilhantes quando as torres gêmeas da *Prisa* e o canhão central de Eponi se iluminaram. Incêndios começaram quando corpos não destinados a isso absorveram laser superaquecido.

Gregor seguiu o exemplo de Sai, agarrando seu martelo e atacando ao seu redor enquanto as criaturas continuavam seu assalto, indiferentes às suas próprias perdas, às suas próprias vidas.

As batalhas deveriam ser eventos divertidos, uma chance de provar o valor de alguém na competição mais pura que restava à humanidade. Gregor queria saborear cada golpe, cada esquiva e resposta que enviava seus inimigos ao chão. Ele queria rugir com raiva deliciada enquanto desmontava seus adversários.

Em vez disso, ele se manteve em silêncio, balançando e esmagando e exterminando as pessoas que Sever há muito tempo deixou para trás.

QUATRO

DE DENTRO PARA FORA

Nas suas primeiras missões com o Sever, Eponi não conseguia superar a ideia de que, agora, ela era a estrela dos filmes de ação que assistia quando criança. Com a armadura de poder vestida e rifle na mão, Eponi corria com o Sever de um combate para outro, lançando plasma e distribuindo morte por planetas a mando da DefenseCorp. Cada vez que Eponi desviava de um disparo e retribuía com o seu próprio, ou quando dava um salto de um edifício em ruínas, apenas para aterrissar no meio dos inimigos com as armas em punho, seu mundo parecia se afastar, apresentando a estrela no clímax.

Então, como sequências mancando de um enredo para outro, as cenas chamativas começaram a se misturar. Os briefings de missão da Aurora deixaram de estimular a adrenalina e mantinham o foco de Eponi no número final: a grana que iria para sua conta quando todo o massacre terminasse.

Com esse foco veio a necessidade persistente de sobreviver, o pensamento compreendido de que a DefenseCorp não se importaria nem um pouco se Eponi levasse um míssil na barriga, mas a própria Eponi se importaria muito. Como Eponi poderia gastar todo o dinheiro que estava ganhando incinerando pessoas por todas as estrelas se ela mesma acabasse torrada?

O canhão da *Prisa* zumbia, cuspindo fogo à frente na escuridão. As formas continuavam vindo e, sem gastar nada em escudos ou motores, a *Prisa* tinha poder para enfrentá-las. O canhão da cabine não tinha muita flexibilidade, mas o inimigo não tinha muita estratégia. Eponi ficou com a mão no gatilho, mantendo o disparo contínuo que liquefazia os monstros que atacavam um após o outro.

Ela não receberia nenhum bônus pela contagem de corpos, e ficar sentada numa cadeira dificilmente fazia uma performance cinematográfica, mas Eponi sobreviveria a este ataque. Isso teria que ser suficiente.

— Aguentando firme? — Rovo, da torre direita, transmitiu na frequência geral.

— É um bom exercício — respondeu Gregor.

Eponi não conseguia ver o grandalhão balançando seu martelo, devido à posição de Gregor bem abaixo do meio da *Prisa*. Evidências do seu trabalho, no entanto, apresentavam-se com frequentes estalos de ossos quebrados, enquanto corpos voavam e desapareciam nos escombros. A katana de Sai não tinha exatamente o mesmo impacto, mas Eponi imaginou que testemunharia aquela bagunça quando a luta finalmente parasse.

Que prêmio.

— Vamos aguentar isso? — perguntou Eponi, observando como os raios amarelos do canhão despedaçavam outro trio que se aproximava. — Existe um fim, ou eles trouxeram todos os milhares de Dynas para este show de horrores?

— Vana queria uma demonstração — respondeu Aurora. — Ela está tendo uma. E todos os outros também.

— Eles estão? — perguntou Rovo.

— Gravando — Eponi sorriu ironicamente. — Desde que a *Prisa* não seja incendiada, vamos transmitir este pequeno evento para a galáxia quando sairmos. Todos vão saber o que aconteceu com Helix. Vai ser um momento pipoca, com certeza.

— A morte de milhares por uma doença horrível é um momento pipoca?

— Rovo, todos temos nossas próprias maneiras de lidar com as coisas, ok? — respondeu Eponi.

A resposta calou o novato, e por mais minutos do que Eponi se importava em contar, os cinco lidaram com a maré de infectados. Quando o ataque diminuiu, porém, Eponi olhou duas vezes e depois olhou novamente para ter certeza. Apesar dos números, as baixas ao redor da *Prisa* ainda pareciam muito menos que as pessoas vivendo em Dynas.

Talvez alguns tenham escapado?

Talvez Vana os estivesse esperando?

— Gregor, Sai — disse Aurora quando sua torre transformou o último alvo em cinzas —, deem uma olhada ao redor. Vamos nos preparar e encontrar vocês lá fora.

Dizer adeus à *Prisa* sempre deixava Eponi com um aperto. Ela nunca tinha possuído uma nave antes, e apesar de ter roubado a *Prisa*, Eponi passou a pensar no grande pássaro como seu. Durante o descanso do Sever, Eponi havia vasculhado a nave, melhorado as peças que podia e deixado sua própria personalidade fluir nas configurações da nave. Eponi encheu os bancos de memória da *Prisa* com suas músicas, filmes e jogos favoritos. Ela havia mudado os temas de cada console para suas cores favoritas, recebendo olhares de desaprovação dos outros.

Tudo o que Eponi podia reivindicar na nave, ela havia reivindicado.

— Sério? — perguntou Rovo enquanto esperavam a rampa de embarque descer, os três agora dentro de suas armaduras de poder.

Eponi tinha a *Prisa* tocando alguma melodia antiga sobre uma contagem regressiva final. Parecia apropriado.

— Você simplesmente odeia diversão? — Eponi retrucou enquanto a rampa atingia o chão.

A batida animada acompanhou os combatentes descendo pela rampa enquanto a música atingia seu clímax, colocando um sorriso no rosto de Eponi.

Pisar no chão acabou com aquele sorriso rapidamente. A armadura de poder não conseguia filtrar o cheiro, o fedor de decomposição de tantos corpos já muito deteriorados, embora tivessem estado vivos minutos atrás. O visor identificava as pilhas, as sombrias coleções onde as pessoas que uma vez existiram e agora não mais existiam jaziam em seus lugares finais. Um memorial sinistro para a *Prisa* se erguer acima, suas escoras formando um triângulo em torno da impiedosa eficiência de Gregor e Sai.

Além das vísceras, as coisas não melhoravam muito. O trabalho da dupla nas torres e do canhão de Eponi proporcionava sua própria visão única do massacre: uma mais escura, muitas vezes ainda queimando, e destruída. Fragmentos permaneciam, acumulando-se entre os escombros, contando histórias curtas sobre vidas terminadas com muito mais energia do que um corpo humano jamais poderia suportar.

No geral, Eponi sentiu vontade de vomitar. No geral, ela sentiu vontade de correr de volta para a *Prisa*, ligar os motores e rumar para a saída. Claro, Vana poderia tê-los lacrado dentro, mas com tempo suficiente, os canhões da *Prisa* poderiam abrir caminho para fora.

E depois o quê? Fugir através de toda a frota da DefenseCorp?

— Existem duas saídas — disse Sai, sua voz falando bem perto do ouvido de Eponi, provocando um sobressalto. — Bem, há mais de duas, mas Vana só nos está dando duas portas abertas.

— Eu poderia arrombar uma terceira — acrescentou Gregor.

Os dois assassinos se afastaram rapidamente da *Prisa* após o massacre, traçando um contorno ao redor de sua aparente cela. O espaço, na escuridão, parecia se estender para sempre, mas Sai afirmou que, de fato, tinha um fim. Uma estrutura circular com pelo menos sete saídas, todas posicionadas em intervalos aleatórios, como se esta baía tivesse começado como um hub para uma base com expansão rápida e não planejada.

Ambas as saídas abertas pareciam alterações recentes, com poeira ainda pairando no ar onde as grandes portas haviam sido empurradas para o lado, segundo Sai. Nenhuma tornava sua conexão óbvia, mas Aurora decompôs suas respectivas direções em sua forma metódica.

— A primeira se inclina para o norte e em direção ao centro da base — disse Aurora. — As outras baías de atracação provavelmente estão naquela direção, baseado no que vimos durante o pouso. Aposto que Vana não gostaria que os oficiais da DefenseCorp fizessem uma longa caminhada após sua viagem aqui, então vamos dizer que ela está por ali.

— Você acha que Vana deixaria você simplesmente chegar até ela? — perguntou Eponi.

Todo o esquadrão havia se reunido novamente ao redor

da *Prisa*. Cinco soldados com armaduras de poder em um círculo. Gregor tinha seu martelo, Sai sua katana, e Rovo carregava aquela coisa parecida com uma foice que ele pegou em Wexer. Eponi ainda não havia cobrado sua aposta com Aurora de que Rovo se machucaria com a arma, mas ela imaginou que isso tinha que acontecer em breve.

Eponi e a capitã tinham seus rifles, e todos carregavam pistolas, facas e mais coragem do que havia grãos de areia dourada neste planeta amaldiçoado.

— Acho que Vana vai nos deixar provar que somos uma ameaça adequada antes de nos matar — disse Aurora. — Ao mesmo tempo, podemos limpar algumas de suas bagunças.

— Como algumas centenas de refugiados de Dynas? — disse Sai.

— Sabemos que ela não tem um pingo de moral — concordou Aurora. — Temos que esperar qualquer coisa, especialmente quando seu plano desmoronar.

Ah, Aurora. Sua interminável confiança no sucesso garantido do Sever sempre fazia Eponi sorrir, apesar da cena feia ao redor deles.

— Então qual é o nosso plano? — perguntou Rovo. — Vagar e ver quais armadilhas podemos acionar?

— Não exatamente — respondeu Aurora. — Por mais que eu gostaria de ficarmos juntos, não podemos colocar toda nossa força em um único caminho. Existem duas saídas, então precisaremos ir em dois grupos.

— E se isso for o que Vana quer? — perguntou Eponi. — Nos dividir não seria, sabe, uma boa maneira de nos matar?

— É um risco que vamos correr. — Aurora deixou seu olhar visado percorrer o esquadrão, esperando que alguém falasse. — Agora, estamos jogando o jogo da Vana. Ela espera que percamos. Não vamos perder.

As palavras de Aurora deram pouco conforto enquanto

Eponi, Rovo e Sai entravam no túnel pela saída oeste. Gregor e Aurora foram para o norte, perseguindo Vana. Os dois haviam destruído tão completamente o enclave de agentes em Gillane Quatro que Aurora acreditava que eles poderiam lidar com qualquer coisa que Vana tentasse lançar contra eles.

— Então ficamos, o quê, com as sobras? — perguntou Eponi enquanto deixavam para trás o chão sangrento, os robôs improvisados de escombros e, graças a tudo que era bom, o fedor de decomposição. — E se a Vana nos deu uma longa caminhada até, tipo, o sistema séptico da base?

— Então vamos encontrá-lo, dar meia-volta e avisar Aurora — disse Sai, liderando o trio com sua katana.

— Você é tão divertido, Sai.

— Me tente quando eu não tiver acabado de massacrar uma pequena cidade.

O túnel, marcado por um teto arqueado, compartilhava uma qualidade fundamental com a baía que acabavam de deixar: um aguçado senso de estilo. Em vez do metal constante e monótono encontrado em toda a civilização, os designers aqui entregaram designs espiralados. Símbolos percorriam os pisos e paredes, alguns até mesmo no teto, em uma dança interconectada que Eponi não conseguia decifrar. Diferente da baía atrás deles, os símbolos cintilavam em amarelos dourados e azuis mais brilhantes, como se o trio do Sever tivesse passado de um vazio sombrio para um prado agradável.

Reforçando essa impressão estavam as luzes. Barras retas, branco-azuladas corriam logo acima da altura da cabeça, afastando a escuridão conforme o Sever avançava. A cada metro ou dois, o próximo conjunto de barras acendia enquanto os que ficavam para trás se apagavam.

A brisa mantinha sua pressão, e Eponi imaginou que

este devia ser o alvo do vento, porque sua força chicoteante aumentava conforme caminhavam. O ar agitado empurrava as pernas de Eponi para frente, fazendo cócegas em suas articulações.

— Parece que estamos em nosso próprio mundo — murmurou Rovo. — Escuridão atrás, escuridão à frente. Se aparecer alguma terra fantástica, vocês me devem grana.

— Não vou aceitar essa aposta — disse Eponi.

— Quietos — sibilou Sai, levantando uma mão.

À frente, não havia muito para ver. O túnel continuava, as luzes em barra apagando-se não muito à frente. E, no entanto, Eponi captou o vermelho em seu visor. Algo lá na frente tinha o Sever na mira, uma visão clara o suficiente para ser detectada pela armadura de poder.

— Se o visor está captando — disse Rovo —, então eles devem nos ver. E não é como se fôssemos difíceis de identificar. As luzes e tudo mais.

— É quase como se não tivessem projetado essas armaduras para furtividade — acrescentou Eponi, mas mesmo assim apontou seu rifle pelo corredor.

Se os visores tinham uma falha, era que as máquinas não definiam a distância da ameaça. Eponi não conseguia dizer se o vermelho vinha de um metro de distância ou cem. Assim, embora ela imaginasse que algo estaria vindo em direção a eles, Eponi ficou surpresa quando as luzes à frente piscaram e mostraram... nada.

— Trajes de invisibilidade — disse Sai, assumindo uma postura no centro do corredor e segurando sua katana com as duas mãos. — Desmascare-os.

Eponi e Rovo pegaram a ordem e seguiram com ela, puxando os gatilhos de seus rifles e enviando raios vermelhos, ajustados quentes o suficiente para queimar através da maioria das armaduras, chamuscando o corredor abaixo.

Sem nada para mirar, Eponi optou pela abordagem de espalhamento, enviando tiros para cima, para baixo e por todo o túnel.

Os tiros acertaram rápido. Faíscas brilharam quando os disparos de Rovo e Eponi atingiram objetos correndo pelo corredor, aproximando-se rapidamente. Os acertos deixaram marcas pretas no ar, flutuando como se feitas por magia enquanto os trajes avançavam.

— Não é tão difícil de ver agora — disse Eponi, mirando no que vinha direto para ela.

Seu rifle explodiu. Em um segundo, a arma estava preparada e pronta, e no outro, Eponi estava de costas no chão. Seu visor alertava que sua armadura de poder havia levado uma surra, e a própria Eponi sentia a pele ferida nas mãos e braços. Formigando, queimada.

Antes que pudesse entender o que diabos havia acabado de acontecer, Eponi sentiu uma mão agarrá-la e levantá-la. O traje de invisibilidade tinha marcas pretas por toda a frente, com faíscas saltando de uma articulação do ombro, mas ainda dava ao seu usuário a força para colocar Eponi de pé.

— Ainda viva? — Uma voz feminina, arrogante e nem um pouco preocupada, perguntou.

— Claro, vamos com essa — respondeu Eponi, observando uma cena estranha.

Rovo, à esquerda de Eponi, estava com sua foice em modo de duas armas, dançando com o que parecia ser um longo e afiado cabo chicoteando contra ele de outro traje. Sai, mais à frente no corredor, chutava o que parecia ser ar, apenas para conectar e enviar seu alvo batendo no chão.

— Bom — respondeu a voz. — Eu odiaria perder você tão rápido, depois do que você fez conosco da última vez.

A captura de Eponi segurava uma pistola, balançando-a

diante dos olhos de Eponi. A pilota do Sever reconheceu a arma. Ela a tinha segurado, tinha chicoteado seu dono no rosto com ela.

Tarla?

Droga.

CINCO

FILEIRAS E PATENTES

Se ele não tivesse visto o disparo atingir o rifle de Eponi, um laser preciso vindo de metros de distância que explodiu a arma da piloto da Sever em suas mãos, Rovo não teria tido tempo de sacar a foice. A arma de tom azulado, ganha por Sai nas ruas de pedra negra de Wexer e doada ao novato, não tinha utilidade alguma no túnel apertado até Rovo quebrar a foice ao meio.

O cabo em sua mão esquerda, com um movimento de pulso, abriu-se em um pequeno escudo reluzente, enquanto a direita, segurando a longa lâmina curva da foice, varreu para cima e para fora para interceptar a coisa que avançava em direção a Rovo.

Um chicote trançado, desenrolando-se sobre um ombro invisível, voou em direção a Rovo num piscar de olhos. Mais por instinto do que habilidade, Rovo conseguiu capturar o golpe, prendendo o chicote em um movimento. O dono do chicote tentou puxar sua arma de volta, mas a armadura potencializada de Rovo lhe deu força suficiente para fazer o oposto. A lâmina da foice trabalhou contra o cordão, cortando-o e quebrando o último terço do chicote.

— Parece que você vai ter que chegar mais perto — disse Rovo, suas palavras se perdendo em meio ao barulho metálico quando a katana de Sai encontrou outra lâmina à frente e à direita de Rovo.

O novato queria olhar rapidamente na direção de Eponi, certificar-se de que a piloto ainda estava viva. Armaduras potencializadas podiam absorver bastante, mas o rifle explodira nas mãos de Eponi. Mesmo que a mulher respirasse, quem quer que tivesse atirado em sua arma provavelmente não perderia a chance de tirar vantagem da situação.

Antes que Rovo pudesse se mover, o chicote e seu portador retornaram. O inimigo seguiu o conselho de Rovo, aproximando-se até que sua arma danificada pudesse atacar novamente. O golpe veio em direção à cabeça de Rovo, e o novato moveu o escudo para bloqueá-lo. Enquanto o chicote deslizava pelo círculo na mão de Rovo, o novato avançou, soltando um rugido sem palavras. Dois passos longos se transformaram em um repentino golpe frontal com a foice.

Ou Rovo tinha melhorado seu jogo de combate corpo a corpo, ou seu oponente realmente não esperava um ataque rápido com o gancho. A lâmina de Rovo acertou em cheio, cravando-se na armadura peitoral do traje e deixando uma cicatriz áspera e faiscante em toda a frente. A foice encontrou um ponto de apoio e, com Rovo inclinando-se no movimento, puxou o traje para o chão.

Rovo retirou a foice, ergueu-a para um golpe fatal, quando um grito o fez parar. Normalmente, alguém gritando em uma luta não chamaria muita atenção—as pessoas tendem a gritar em combate por todo tipo de razões terríveis—exceto que esta pessoa estava gritando o nome de Sever.

— Parem, seus bastardos da Sever! — A mulher gritou novamente, e Rovo olhou para ver Eponi, mal se mantendo

em pé, com uma pistola enfiada bem debaixo de seu queixo.
— Continuem lutando e sua piloto leva um tiro na cabeça.
Um que ela não vai sobreviver.

— Existem muitos tiros na cabeça que ela sobreviveria?
— perguntou Rovo, flexionando a mão esquerda para
retornar o escudo da foice a uma única barra.

Ao mesmo tempo, Rovo também moveu seu pé
esquerdo. Plantou a bota no peito de seu inimigo imediato,
um movimento instável já que Rovo não conseguia ver
exatamente onde o corpo com o traje estava. A armadura
potencializada se ajustou, no entanto, e ele conseguiu fazer
a provocação sem cair de cara no chão.

Uma verdadeira demonstração de poder.

— Só tem um jeito de descobrir — respondeu a mulher.
Sua voz cutucou a memória de Rovo, uma coceira ali, mas
com o traje ainda ocultando o rosto da mulher, o novato não
conseguia identificá-la. — Mas isso fica para depois. Por
enquanto, você pode sair de cima do meu amigo. E seu
companheiro ali pode guardar a espada.

Sai parecia ter causado um estrago considerável em seu
oponente também. O traje adversário tinha longos cortes
que agora pareciam estar flutuando, um deles vazando uma
fina linha de sangue ao longo do traje e descendo até o chão
do túnel, onde se misturava com os símbolos pintados.

— Você não quer negociar, Tarla? — disse Sai, conectando tudo para Rovo.

A pistola empurrada contra a garganta de Eponi, o
chicote estalando contra a foice de Rovo. As armas de
Tarla e Javelin. Rovo não sabia quem empunhava uma
lâmina entre os Rangers do Crepúsculo, aquele grupo
mercenário que tinha se enfrentado com a Sever em
Wexer, mas dadas as afinidades de atirador de elite de
Perro e o gosto de Briany por armas enormes, Rovo apos-

tava que era Sanje, o próprio piloto de Tarla, trocando golpes de espada com Sai.

Identificar seus oponentes só levantou outra questão: o que diabos os Rangers do Crepúsculo estavam fazendo aqui?

— Eu já negociei — disse Tarla. — Que inimigo interessante vocês encontraram, Sever. Aqui estávamos nós, sentados em Wexer, nos perguntando se poderíamos arrancar dinheiro suficiente daquele covarde do Calico Max para conseguir uma nova nave, quando aparece um agente da DefenseCorp. Quer adivinhar o que eles ofereceram?

— Estou mais curioso por que eles procuraram vocês? — perguntou Rovo.

Com a Sever em vantagem de dois contra um na luta, o novato captou o sinal de mão de Sai enquanto Rovo respondia à pergunta de Tarla. O espadachim queria ir com calma. Havia outros dois membros dos Rangers do Crepúsculo em algum lugar, e descobrir se outra emboscada estava à frente valeria a pena. Sem mencionar que a vida de Eponi, sabe como é, estava na mira da pistola de Tarla.

Aos pés de Rovo, Javelin murmurou um palavrão. Rovo enterrou a bota, cortando as palavras com um suspiro.

— Eu também me perguntei isso — disse Tarla, aparentemente não se importando nem um pouco com a situação de seu companheiro de equipe. — Até que eles começaram a perguntar sobre vocês. Uma pequena grana por uma pequena informação. Eu disse que você tinha coração demais para ser um assassino.

— O número de cadáveres diz o contrário — disse Sai. — Contar a Vana algo que ela já sabia não te traz até aqui, Tarla.

— Ah, não. Isso foi tudo comigo. Ofereci nossos serviços

em troca de uma carona para sair daquela pedra, e olhem para nós agora? Novos brinquedos, mesmos inimigos.

— E sem dinheiro.

Tarla estremeceu, deu de ombros. — O preço do progresso, eu suponho.

— Se vocês nos matarem — disse Rovo — e depois? Vana dá uma grande medalha para vocês?

— Que tal sua nave e o que sobrou nela? — disse Javelin, com a voz apertada, mas ainda arrogante sob a pressão de Rovo. — Vocês pegaram a nossa, é justo que a gente pegue a de vocês, né?

Quando Rovo foi pressionar Javelin novamente, Eponi moveu sua mão e algo fez um clique. Todos os olhos se voltaram para a piloto, Rovo esperando que Tarla puxasse o gatilho. Tarla, no entanto, hesitou, e por um bom motivo: a mão de Eponi segurava uma granada, uma de várias que todos tinham nos cintos de suas armaduras potencializadas. No espaço apertado do túnel, a bomba destruiria todos eles.

Difícil reivindicar uma recompensa quando você está em pedaços.

— Vocês não vão pegar minha nave — disse Eponi, com a mandíbula pressionando contra a pistola de Tarla para conseguir falar. — Vão...

— Viu? — interrompeu Tarla, com os nervos aparentemente inabalados pela morte certa em sua cintura. — É isso que eu amo em vocês. Sempre dispostos a enlouquecer completamente. — Ela riu, suave e encantada. — Ah, Eponi. Qual é o seu plano? Explodir e nos levar todos junto?

— Nem perto disso — os olhos de Eponi piscaram na direção de Rovo. — Mexam suas bundas, Rovo. Se Tarla se estacionou aqui, Vana deve estar escondendo algo bom pelo corredor. Se eles vierem atrás de vocês, a bomba explode.

— O quê? — disse Rovo, enquanto Sai se afastava de

Sanje, sua katana ainda ao alcance para um golpe rápido e letal. — Não vamos te deixar.

— Ah, por favor — disse Eponi. — Eu vou ficar bem. Vão.

— Ela não vai ficar bem — acrescentou Tarla. — Mas, por favor, sigam as instruções da sua piloto. Eu prefiro não morrer hoje.

Rovo hesitou enquanto Javelin soltava uma risada engasgada no chão. Sanje, até esse ponto, tinha ficado quieto, não se movendo com a lâmina de Sai tão perto. Deixar Eponi significava abandonar um membro do esquadrão, um com uma pistola apontada para o rosto. O que quer que estivesse no final do corredor, quem sabe se importava? Sai e Rovo poderiam correr para longe, deixar Eponi para sua morte, e não encontrar absolutamente nada?

Mas Rovo não via outra saída. Puxar o gatilho do rifle, quebrar os ossos de Javelin sob suas botas também não libertaria Eponi. Poderia até matar todos eles.

— Se você a machucar — começou Rovo.

— E vocês não viverão o suficiente para ver o fim do dia — completou Sai. — Isso vale para todos vocês. — O espadachim mexeu os dedos, e Rovo entendeu a ordem. Hora de ir. — Eponi, continue viva.

— Claro — respondeu Eponi. — Sem problema.

Rovo cravou mais uma vez o calcanhar da armadura potencializada em Javelin antes de sair. Sai, andando de costas, começou a descer o corredor até Rovo alcançar seu ritmo. Juntos, sem provocações, sem disparos, a dupla acionou suas armaduras potencializadas e avançou rapidamente pelo corredor. As luzes da barra piscavam enquanto eles seguiam, embora cada vez que Rovo olhava para trás, na distância crescente, ele pudesse ver a luz onde haviam deixado Eponi para trás.

O túnel terminava com uma porta, como a maioria dos túneis. Os símbolos espiralados que haviam acompanhado Sai e Rovo ao longo do túnel se juntavam para um final, cobrindo a ampla placa da porta em decoração salpicada. Um único scanner preto, procurando por um bracelete para validar, aguardava no lado direito da porta. Sai, liderando o novato, parou diante do scanner.

— Alguma ideia brilhante? — perguntou Rovo, aproximando-se por trás.

— Ainda estou pensando em Eponi — respondeu Sai. — Se havia algo que poderíamos ter feito diferente.

— Ela tomou a decisão — respondeu Rovo — e não acho que ela fez isso sem pensar.

Fosse Rovo realmente acreditasse nisso ou tivesse se convencido durante a corrida até a porta, o novato imaginou que Eponi ainda estivesse viva. Que ela tinha sido mais esperta que Tarla e os outros dois. Talvez Eponi tivesse se esquivado e fugido de volta para a *Prisa*, segurando-se firme em seu forte espacial.

— Eu tentei chamá-la — disse Sai. — Ainda sem resposta.

O visor escondeu o rubor de Rovo. Por ser um especialista em comunicações, ele tinha esquecido de enviar qualquer consulta pela banda do esquadrão para Eponi. Muita adrenalina, muita curiosidade sobre o que mais os esperava nesta linha.

— Então temos que continuar. — Rovo passou por Sai, aproximou seu bracelete do scanner. Este emitiu uma negação irritada. — Parece que isso não vai funcionar.

— Eu poderia explodir a porta — disse Sai, gesticulando para os pacotes em ambas as coxas. O homem das demolições tinha passado parte de suas férias tranquilas construindo bombas e, agora, Rovo lutava contra um certo desconforto com todo aquele poder explosivo embalado bem ao seu lado. — Mas não acho que isso nos faria nenhum favor. Se houver mais algumas centenas atrás dessa porta, eu prefiro não virar comida fácil.

— Como se — Rovo apontou para a katana. — Você os picaria em pedaços.

Sai balançou a cabeça, afastou Rovo e foi até o scanner. Com Rovo dando-lhe espaço, Sai pegou sua katana, nivelou a lâmina com o pequeno objeto, e então o apunhalou diretamente.

— O quê? — Rovo gritou quando faíscas explodiram e o scanner tentou um triste e agonizante último apelo. — Que diabos você está fazendo?

— Sendo desesperado.

Sai enfiou a katana mais fundo na parede e chacoalhou a lâmina o máximo que pôde. Nada parecia acontecer além da crescente descrença de Rovo de que seu amigo, seu experiente parceiro da Sever, achava que poderia abrir caminho através de um scanner cortando-o.

A porta se abriu num estalo. Um movimento rápido que surpreendeu Rovo e Sai quase tanto quanto a presença da Sever surpreendeu o homem do outro lado. Franzindo a testa para seu bracelete enquanto se afastava do scanner oposto, o homem olhou para cima e viu os dois soldados vestindo armaduras potencializadas. Sua boca caiu, seguida pelo resto dele, quando Rovo desferiu um soco na têmpora do homem.

— Agente — disse Rovo, ajoelhando-se para verificar a etiqueta no uniforme do homem, um carmesim opaco. Apenas inconsciente, o bracelete do homem permanecia ativo, mostrando o que a alma infeliz estava fazendo um segundo antes. — Respondendo a uma porta quebrada. Nossa porta quebrada.

— Viu? — respondeu Sai, libertando sua katana. — Eu sabia que ia funcionar.

Deixando o homem nocauteado para trás, Rovo guiou Sai através da porta e para uma passarela retangular ressoante. Seu visor se ajustou à iluminação mais brilhante e azulada que vinha através de uma enorme cúpula de vidro e sua janela para o céu de Aurum Três. Toda aquela luz caía em outro espaço enorme, maior que a baía de pouso que a *Prisa* tinha conseguido para a Sever. A passarela parecia circular todo o exterior, com sinais vermelhos sobre portas a cada poucos metros.

A arte espiral continuava, embora as cores mudassem entre cada conjunto de portas, como se servissem de guia para o que alguém encontraria na próxima passagem. Havia mais agentes vagando pela passarela, olhos em seus braceletes ou, como os de Rovo e Sai, no que estava acontecendo abaixo.

Sai praguejou várias vezes, e Rovo o acompanhou, porque o que mais havia a dizer?

Centenas, até milhares, estavam em fileiras, retas e olhando fixamente. Suas roupas eram frequentemente esfarrapadas, com pouco que se assemelhasse a um uniforme. Alguns não usavam quase nada, embora ninguém parecesse notar ou se importar. Mais agentes caminhavam pelos intervalos entre as fileiras, cada um seguido por robôs como os da enfermaria da *Nautilus*. Enquanto pisavam no chão de metal decorado, os agentes inspecionavam cada corpo que passavam, balançando a cabeça afirmativamente ou negativamente.

Aquelas pobres almas que recebiam um aceno ganhavam uma injeção, uma rápida picada do robô enfermeiro. Aqueles que não recebiam eram levados por uma segunda equipe de agentes. Essas duplas agarravam o perdedor e o arrastavam para fora da fila, puxando-os para o lado da sala e fora da vista de Rovo e Sai.

— A baía — disse Rovo.

— Os rejeitados são jogados de lado — concordou Sai, suas palavras pesadas. — Isso, isso está muito longe do certo.

— Fica pior.

A linha da frente tinha uma combinação diferente de agentes caminhando pelas fileiras. Seguidos não por um robô enfermeiro, mas por um longo suporte em um carrinho vermelho-metálico móvel, os agentes colocavam os trajes de borda branca na frente de cada alma em pé. Uma vez que toda a linha, com várias dezenas de comprimento, tinha seu traje colocado, os agentes davam a ordem para começar. Quase como um só, os cativos aceitavam seu presente, vestindo as armaduras potencializadas.

Um por um, as fileiras desapareciam da vista clara. Só quando os agentes seguiram a primeira ordem Rovo entendeu.

— Dirijam-se às naves. Permaneçam em suas linhas — declararam os agentes que estavam colocando os trajes, enquanto ainda mais trabalhadores vestidos de carmesim reabasteciam o carrinho com mais trajes. — Nosso momento está quase chegando, e com ele, sua chance de ganhar sua liberdade!

Se alguém dava a mínima para o grito de incentivo, Rovo não conseguia ver. Ele podia, no entanto, sentir o enjôo que se enrolava em seu estômago. Não era medo, não exatamente. Medo significaria que eles tinham alguma chance, medo significaria que havia algum lugar para onde ele poderia correr.

Mas contra tantos trajes, tantos monstros, o que um único esquadrão poderia fazer?

SEIS

UM ENCONTRO AMIGÁVEL

A saída para o norte levava à superfície. Ou melhor, a uma passarela fechada de mão dupla que enviava Gregor e Aurora em uma rápida viagem em direção ao que parecia ser o centro da base. O vidro parecia novo, e nada apresentava os escombros ou pinturas decorativas da baía que ficara para trás. Simples, sem graça e reconfortante.

— Não estou recebendo nada — disse Aurora enquanto ela e Gregor, rifle e martelo em prontidão, começavam a andar pela passarela preta e veloz. — Aparentemente Vana não é fã de rádio.

— Ou ela tem nossas frequências — respondeu Gregor.

Bloqueio de sinal não seria surpresa. Vana conheceria todas as bandas padrão de esquadrão, tendo trabalhado com a DefenseCorp por tanto tempo. Sever ainda usava sua frequência antiga, e agora Aurora se amaldiçoava por não ter pensado em mudá-la. Bravata e a crença no sucesso de Sever não a levariam muito longe se a tornassem estúpida.

— Então essa é a primeira tarefa — disse Aurora enquanto a superfície dourada e iluminada em azul de

Aurum Three se espalhava ao redor deles. — Encontramos de onde ela está bloqueando nosso sinal e eliminamos.

— Vana era a primeira tarefa.

— Segunda tarefa, então.

Lá em cima, a tarde de Aurum Three disfarçava todas as estrelas artificiais que apareceriam quando a noite caísse. A frota remendada da DefenseCorp devia estar se perguntando o que havia acontecido com a *Prisa*, especialmente após a proclamação de Aurora. Quantos aspirantes a generais lá em cima estariam suando, pensando que haviam deixado o inimigo atravessar suas linhas?

Algum deles decidiria enviar tropas atrás, ou eram todos covardes, contentes em esperar em suas conchas blindadas?

A passarela levou o par até a estrutura alta e de laterais inclinadas que Sever havia visto durante o pouso. Da abordagem terrestre, o tamanho do edifício adquiria um novo significado: Aurum Three não tinha nada nos registros da DefenseCorp sobre este lugar, incluindo o custo ou os trabalhadores contratados para construí-lo. Encobrir algo tão grande, ou escondê-lo, exigiria esforços e permissão do alto escalão da empresa.

Em outras palavras, Vana poderia administrar o lugar agora, mas já existia muito antes dela colocar suas mãos sujas de agente nele.

A passarela terminou com uma porta espiral, que se abriu junto com uma voz plácida alertando Aurora e Gregor contra quedas quando as ripas móveis chegassem ao fim. Nenhum dos dois caiu, descendo e olhando para uma entrada rasa. Dificilmente uma entrada grandiosa, a passarela cuspiu os recém-chegados em um espaço semicircular, com três ramificações: uma escada à esquerda, outra à direita e um elevador no meio com um scanner de pulseira com brilho vermelho ao lado.

— Por segurança — veio uma voz, e Aurora apontou seu rifle na direção antes que as duas palavras terminassem. Vana estava em pé, com os braços abaixados a seus lados e mãos vazias, na parte superior da escada. Ela se apoiava no rígido corrimão de pedra que subia os degraus, parecendo divertida em seu cabelo exagerado e roupa elegante. — Vocês viram a baía, presumo? Eles não podiam confiar em quem poderia descer por esta passarela.

Gregor afastou-se um passo de Aurora, dando-lhes espaço para reagir, para mergulhar para longe caso Vana tivesse algum truque. Aurora manteve o rifle levantado, dedo no gatilho. Ela queria atirar em Vana, mas novamente, a agente havia soltado uma surpresa. Vana não estaria aqui a menos que tivesse algo a ganhar, mas o quê?

— Quem são "eles"? — perguntou Aurora, mais para se dar tempo para decifrar o motivo de Vana do que qualquer outra coisa.

— Você já ouviu falar dos Saqueadores, é claro? — disse Vana, sem se mover, falando como uma mãe paciente. — Um pouco antes do seu tempo, mas tenho certeza de que ensinam alguma história a vocês soldados?

A última tentativa fracassada de infecção. Criar um monte de soldados sem mente, fortes o suficiente, entorpecidos o suficiente à dor e ao medo para ultrapassar qualquer defesa e cumprir a missão. Ideia divertida, até que todos os sujeitos decidiram que estavam cansados de receber ordens e dedicaram-se a destruir tudo o que podiam.

— Adivinhando que este era o lar deles? — disse Aurora.

— Deixado sozinho por anos e anos. — Vana assentiu. — Tudo o que Renard precisava, aqui mesmo e pronto. Espaço para laboratório, fabricação de armas e nenhum transeunte curioso. O homem pensou que ele e Anaskya poderiam trazer os Saqueadores de volta, e melhores do que nunca.

— Isso funcionou muito bem para ele — murmurou Gregor.

— Renard está morto, e você está prestes a estar — disse Aurora. — A única razão pela qual não estou puxando este gatilho é porque estou tentando descobrir sua jogada. Qual é?

— Para isso, você terá que me seguir — respondeu Vana, então lançou um olhar para cima das escadas. — Não muito longe. Há algumas pessoas que eu gostaria que vocês conhecessem. Talvez elas te convençam de que não sou sua inimiga.

— Improvável — disse Aurora. Ela tinha perguntas a fazer, perguntas que Aurora Vana poderia não responder, mas a agente parecia tão calma, tão no controle, então por que mentir? — Quem eram aqueles na baía, os que você deixou para morrer?

Vana franziu a testa, seus olhos se voltando para o chão. Seria tristeza genuína?

— Baixas — disse Vana. — Obrigada por acabar com a dor deles.

A agente virou-se, começou a subir as escadas. Aurora puxou o gatilho. Um raio vermelho passou por Vana, queimando a parede à sua esquerda. A agente congelou e virou-se novamente.

— Ainda não terminei — disse Aurora.

— Então fale — respondeu Vana. — Mas seja rápida. Não quero deixar nossos outros convidados esperando.

— Não me importo com seus outros convidados. Havia outra saída da baía. Para onde vai?

— Você não enviou os outros por lá?

— Enviamos, mas você está bloqueando nossas comunicações. Não posso contatá-los — disse Aurora. — Ou você para, ou responde à minha pergunta.

Vana balançou a cabeça. — Me mate se quiser, mas não vou arruinar a surpresa. Você terá que confiar em seus amigos.

— Vana, parece que me importo com a sua surpresa?

Isso, pelo menos, fez Vana virar-se completamente, colocando as mãos no corrimão e agarrando-o. — Se você insistir, Aurora, garantirei que todo o seu esquadrão morra, um por um, diante dos seus olhos. Agora, por favor, siga-me e podemos dispensar todo esse negócio feio.

Desta vez, quando Vana se moveu para continuar subindo as escadas, Aurora não atirou. Ela manteve o dedo no gatilho, manteve o cano apontado para a agente até que ela desapareceu ao longo dos degraus curvos.

— Você não atirou — disse Gregor. — Ela estava bem ali.

— Vamos — respondeu Aurora.

Ela passou por Gregor, dirigindo-se para as escadas. Deu dois passos antes de sentir a mão de Gregor em seu ombro, puxando com força.

— O quê? — disse Aurora enquanto olhava para o grande soldado.

As viseiras faziam muito para esconder expressões, para tornar as pessoas difíceis de ler, mas de perto, o rosto de Gregor aparecia através da barreira translúcida. Estava, em uma palavra, furioso.

— Concordamos que Vana era número um — disse Gregor. — Não estou aqui para jogos.

— Você acha que eu estou?

Essas palavras, de um comandante para um soldado, deveriam ter forçado um recuo. Talvez um *não senhora* e uma recuada. Fosse porque Gregor levou a sério as palavras de Aurora de muito tempo atrás, sobre Sever não ter mais a estrutura de comando da DefenseCorp, ou porque o grandalhão simplesmente não se importava, Gregor manteve sua posição.

— Não tenho certeza — disse Gregor. — Sai, Rovo e Eponi estão em perigo. Cada minuto gasto aqui os coloca em risco ainda maior.

— Se eu matasse Vana agora, nunca conseguiríamos sair deste planeta vivos — respondeu Aurora. — Ela não está tentando nos matar, e quero saber por quê. Talvez, se houver uma razão que possamos explorar, haja chance de sobrevivermos a isso.

— Ou morreremos tentando.

Aurora assentiu. — Estou pedindo, Gregor, que confie em mim. Mais uma vez.

Gregor hesitou, então retirou sua mão. Devolveu-a ao cabo de seu martelo. — Mais uma vez.

As escadas subiam, o corrimão dando lugar ao metal sólido e entrincheirando os degraus entre duas paredes cinzentas sem janelas. Tão pouca personalidade estava gravada na cena que Aurora sentiu falta da ruína sangrenta e interessante lá na baía da *Prisa*. Eventualmente, os degraus chegaram a outra porta, reforçada com barras extras através do meio e um som zumbido de um escudo laser.

Vana havia dito que esta longa entrada tinha sido cons-truída para defesa, e ela não estava brincando.

O scanner de pulseira deu a Aurora e Gregor, que tinham subido em fila única na escada estreita, uma luz verde. Aurora levantou seu pulso esquerdo, a armadura de energia recuando uma fenda para revelar o computador aos olhos do scanner. Mesmo com o verde, Aurora ainda sentiu um choque quando a porta se abriu. De alguma forma, por algum motivo, Vana não estava aproveitando todas as opor-tunidades para matá-los.

Além dela, uma ampla sala arredondada com uma porta

dupla os recebeu. O que parecia ser barreiras improvisadas estavam apoiadas contra a parede direita, prontas para serem derrubadas em caso de ataque. À esquerda, uma janela do comprimento da sala exibia as dunas douradas de Aurum Three. Misturadas na sala, observando e esperando, estavam pessoas que Aurora só conhecia por fotos.

Especificamente, as fotos na unidade que Sai disse que Vana havia lhe dado, lá na *Nautilus*. A teia de Renard, todos presentes para desfrutar de seu aparente sucesso.

Muitos dos altos escalões da DefenseCorp, seus mestres financeiros, militares e diplomáticos, estavam em suas variadas vestimentas carmesim. Alguns seguravam armas, mas a maioria olhava, com toda a sua elegância e garantia de invencibilidade, para Aurora e Gregor sem nenhuma preocupação. Como se uma conversa educada tivesse sido interrompida por garçons com canapés.

— Estava começando a ficar preocupada — disse Vana, parada logo dentro. — Aqui estava eu, dizendo a todos os meus convidados que eles estavam prestes a conhecer o melhor comandante de esquadrão da DefenseCorp, e então você não apareceu.

Aurora não conseguia pensar em nada para dizer. Ela havia puxado o gatilho contra mil ou mais inimigos, sobrevivido a incontáveis negócios com a morte, mas nenhuma parte do papel de Sever, do plano de Sever para Aurum Three, discutia encontrar as pessoas que a haviam enviado em uma missão após outra por tantos anos.

— Você pode baixar seu rifle, capitã — disse um homem mais velho à direita de Aurora, que ela reconheceu como um almirante de alto escalão servindo no lado oposto da galáxia. — Não há necessidade de violência aqui.

— Nem em nenhum outro lugar — acrescentou Vana, acenando para que Aurora e Gregor entrassem. — Todos vocês entendem, como mencionei quando Aurora e seu esquadrão chegaram à nossa reunião, que ela acredita que nosso trabalho aqui é um desastre. Precisamos convencê-la do contrário.

Aurora, apontando seu rifle para o chão, mas não movendo seu dedo do gatilho, entrou na sala. O movimento era menos sobre seguir a direção de Vana do que dar a Gregor uma visão clara, porque pelo que Aurora via, todos nessa sala haviam considerado Sever, como qualquer outro esquadrão da DefenseCorp, descartável diante do dinheiro. Ninguém aqui hesitaria em colocar um laser em suas costas se isso significasse garantir os lucros da DefenseCorp, e Aurora nem os culparia.

Ela havia feito muito o mesmo durante toda a sua carreira.

O grupo reunido, pela contagem rápida de Aurora, o número era de quinze, dividiu-se no que parecia ser uma ordem de fala pré-planejada. Cada um, apresentado por Vana, explicou como os trajes invisíveis, como soldados aprimorados pelo vírus, beneficiariam sua posição. Menos rotatividade, melhor controle. Ameaças infinitas àqueles que poderiam recusar os generosos contratos da DefenseCorp. Comandantes como Aurora teriam esquadrões sem disputas pessoais, prontos para lutar a qualquer momento.

E, com o vírus servindo como administrador, a Defense-Corp poderia recrutar de qualquer lugar. Nenhum vagabundo, nenhuma alma perdida ficaria sem lugar. Finalmente, qualquer um poderia receber as injeções, desistir de sua existência torturada pelos confortos assassinos da DefenseCorp.

O dedo de Aurora no gatilho ficou dormente com os discursos, com os sorrisos crescendo nos rostos ao seu redor enquanto eles apresentavam o que parecia tão flagrantemente errado. À sua esquerda, ela viu as mãos de Gregor apertando o martelo. Nenhum dos dois tinha dito uma palavra até agora, a nenhum dos dois havia sido perguntada sua posição. E não seria perguntado: a única escolha que Aurora e Gregor tinham aqui era aceitar o inevitável, ou morrer tentando impedi-lo.

— Vê, Aurora? Gregor? — disse Vana quando o último homem havia terminado sua visão empolgante de uma galáxia sob o domínio bem-intencionado da DefenseCorp. — É isso que estamos fazendo aqui. Dando à nossa civilização um futuro melhor e mais brilhante. O que você diz, vai se juntar a nós?

Aurora tinha visto ofertas tentadoras toda sua vida. Alvos do esquadrão Sever ofereciam subornos ridículos diante de seu rifle, enquanto outros esquadrões tentavam comprar a ajuda de Sever, ou a própria Aurora, para se juntar às suas missões ou às suas fileiras. Pequenas empresas haviam pedido a Aurora para permanecer no luxo em vários planetas, oferecendo segurança especial para algum VIP ou celebridade. Ela havia recusado todas essas ofertas, declarando que o eventual pagamento da DefenseCorp valeria mais no final.

Mas sabendo, realmente, que ela ficava por seu esquadrão.

— Onde estão os outros? — disse Aurora naquele vácuo. — Rovo, Sai e Eponi? Você os deixou ir por um caminho diferente.

Os almirantes, os políticos, os executivos na sala se viraram para Vana, que balançou a cabeça.

— O caminho errado — disse Vana. — Eles tropeçaram em um lugar onde não deveriam ter ido, Aurora. Sinto muito, mas o Esquadrão Sever está reduzido a apenas dois. Os dois melhores e mais importantes. Se você concordar, no entanto, tenho certeza que podemos encontrar seus corpos para você.

— Mentirosa — rosnou Gregor enquanto Aurora tentava, novamente, com a banda do esquadrão.

A tentativa de contato, lançada em sua frequência, encontrou apenas um silêncio difuso de um sinal bloqueado. Vana poderia muito bem estar mentindo, ou poderia estar, como esteve abaixo na escada, contando a terrível verdade.

— Acredite no que quiser — disse Vana, respondendo a Gregor. — Não obstante, preciso de uma resposta. Agora.

A agente, recuando em direção ao fundo da sala, levantou sua pulseira. Os outros deram espaço a Aurora e Gregor, recuando em direção às paredes, à janela. Vana teria alguma armadilha? Algum laser que dispararia do teto sem características, ou talvez um fosso que engoliria Gregor e Aurora inteiros, esmagando-os no escuro?

Aurora não precisava usar os dedos, não precisava enviar o código silencioso. Ela tinha vindo a Aurum Three para eliminar Vana, acreditando, esperando que isso seria o fim. Agora, isso não seria suficiente. Sem Vana, uma das pessoas aqui assumiria seu manto. Todos eles viam a mesma coisa que Renard viu, queriam a mesma coisa que ele queria.

E isso, Aurora não poderia permitir.

Levantando seu rifle, Aurora mirou em Vana. Enquanto Aurora puxava o gatilho, Vana escorregou para trás enquanto puxava outra alma infeliz para o caminho. O rifle de Aurora cuspiu, o raio amarelo-vermelho avançando e atingindo seu alvo. Vana continuou recuando, mergulhando na multidão enquanto os oficiais reunidos percebiam que seu tempo havia acabado.

Gregor captou o sinal e agiu, saltando para frente e

destruindo tudo com o martelo. O primeiro golpe pegou dois, o segundo outros três. Aqueles poucos ainda segurando armas não tentaram lutar contra os soldados blindados, mas fugiram.

Não foram muito longe.

Segundos mortais se passaram, terminando com Aurora e Gregor em pé no meio de uma ruína. Pessoas que haviam conquistado sistemas planetários jaziam ao redor deles, lado a lado com outros que haviam elaborado as contas financeiras da DefenseCorp para comprar as gigantescas naves que davam à empresa seu poder. Em poucos batimentos cardíacos, os mais poderosos da galáxia haviam sido destruídos.

Em seus navios, essas pessoas teriam guardas. Soldados leais. Vana os havia trazido para cá, despojados de sua proteção através da ganância. Aurora teria sentido pena dos desgraçados, exceto que ela não tinha mais pena para dar.

— Alguns escaparam — disse Gregor, nem sequer respirando com dificuldade. — Seguir?

— Vana nem tentou nos parar — disse Aurora. — Ela simplesmente correu.

— Agentes são covardes.

— Então vamos pegar uma covarde.

Aurora tomou a dianteira, deixando os corpos para trás. Seu rifle funcionaria melhor no corredor além, um trecho estreito continuando a vista com janelas à esquerda com uma sala após outra selada por scanner. Havia uma chance, claro, que Vana tivesse escorregado para qualquer uma dessas, junto com os oficiais que haviam escapado.

Os sons vindos de frente, no entanto, tornavam esse curso improvável.

Gritos, exigências ecoavam de volta para a dupla Sever enquanto os convidados restantes de Vana ordenavam que ela tomasse alguma ação, que os tirasse dali. As palavras eram acaloradas, e enquanto Aurora queria puxar o gatilho final sobre Vana ela mesma, ela não ficaria muito chateada se alguém atirasse na agente primeiro.

O corredor se curvava, dobrando para dentro, com uma porta selada impedindo que continuassem em linha reta. Quando Aurora se aproximou da curva, a discussão ficou mais alta, mais determinada e então, como um interruptor sendo ligado, mais em pânico. Clarões manchavam a luz da tarde de Aurum Three, e quando Aurora contornou a curva, rifle pronto, a fonte ficou clara.

Outros cinco corpos, com buracos queimados em seus peitos, jaziam no chão. Nenhuma Vana entre eles.

— Ela não está fugindo — disse Aurora, observando a fumaça subir das vítimas. — Vana está assumindo o controle.

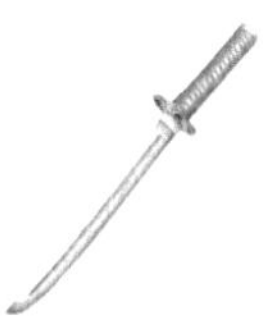

SETE

JOGO DE ESPADAS

O momento observando os agentes trabalhando, equipando as fileiras em marcha com trajes, durou tanto tempo demais quanto de menos. A passarela metálica onde Sai e Rovo estavam oferecia pouca cobertura, então Sai não ficou muito surpreso quando seu visor brilhou vermelho quando os outros agentes em patrulha avistaram a dupla blindada.

— Hora de ir — disse Sai, embainhando sua katana e sacando suas pistolas. A espada não seria muito útil a essa distância.

— Ir para onde? — respondeu Rovo enquanto os dois se abaixavam, tanto quanto podiam nas armaduras volumosas, atrás do corrimão do anel. — Tarla e seus amigos estão atrás de nós. Na frente, há alguns milhares de inimigos.

— Então pensa em algo.

Sai, olhando de volta para o túnel de onde haviam saído, esperou que o visor indicasse quando os agentes que se aproximavam chegassem perto. O halo vermelho rastejou da parte inferior do seu visor para as bordas esquerda e direita. Estavam próximos agora.

— Vou para a esquerda — disse Sai.

Rovo não respondeu, e ambos se moveram com experiência instantânea quando o vermelho atingiu o nível certo. Sai se levantou, virando para a esquerda quando a agente, com suas próprias armas em punho, dobrou a esquina. Sai disparou um tiro, mas a agente aparentemente já esperava por isso, pois surgiu num impulso repentino. Os disparos de Sai seguiram seu rastro, marcando o metal pintado atrás dela.

O pulso direito da agente se agitou enquanto ela corria, duas esferas prateadas brilhantes saltando na direção de Sai.

— Granadas! — gritou Sai.

Se tivesse as mãos livres, Sai poderia ter tentado jogá-las de volta. Se estivesse com sua katana, poderia ter tentado fatiá-las, desarmando a explosão antes que pudesse começar. Em vez disso, ele ativou as botas potencializadas da armadura, lançando-se para frente. Ele voou por cima das granadas num salto selvagem, colidindo com a agente, que tinha usado a parede para interromper sua corrida e iniciar uma retirada de suas próprias bombas.

Sai atingiu a mulher, coberta com uma armadura corporal carmesim padrão da DefenseCorp, mais fina. Juntos, eles se chocaram contra o lado oposto, com o peso de Sai empurrando a agente contra o metal. Sai sentiu o corpo dela ficar mole — agentes sempre pareciam achar que capacetes não eram legais — enquanto ele recuava. A agente escorregou para o chão, inconsciente.

Uma a menos, um milhão para ir.

O visor de Sai piscou uma nova ameaça vermelha à esquerda, mas o espadachim da Sever não viu nada ao longo da passarela.

O combatente com traje revelou-se com um raio azul quente disparado à distância, seguido por outro. O espadachim esquivou-se dos disparos, mantendo-se abaixado. Um raio atingiu de raspão o ombro direito de Sai, a armadura recebendo o golpe com alarme enquanto o calor queimava metade de sua proteção. Sai ergueu suas pistolas, esperando estabelecer algum fogo de cobertura para se aproximar, fazer o atirador piscar e ganhar algum tempo.

As granadas explodiram.

Dois estalos ondulantes ecoaram nas paredes enquanto o fogo dilacerava a passarela. Sai inclinou-se para o lado quando seu apoio desapareceu, o metal dobrando-se sob seus pés ou queimando até sumir. A armadura resistiu ao fogo como resistiu ao laser, sem se importar nem um pouco. Sai, no entanto, gritou enquanto caía, batendo no chão abaixo, com os escombros chovendo ao seu redor. A pancada deixou a cabeça de Sai confusa por um segundo, e suas pistolas não estavam mais em suas mãos.

— Você está aí? — as palavras de Rovo chegaram ao ouvido de Sai. — Por favor, diga que está aí.

— Aqui — respondeu Sai, sentindo sangue na boca onde mordeu a língua no impacto. — Já estive melhor.

— Já ouvi dizer que é mais inteligente correr *para longe* das granadas, e não na direção delas.

— Não estás errado.

Sai rolou, piscou para a cena à sua frente. Aqueles cidadãos, os muitos injetados de Dynas aguardando sua chance de vestir os trajes, estavam no mesmo nível que ele. Estavam parados, e não pareciam reagir. Os agentes distribuindo os trajes continuavam seu processo, dispondo novos equipamentos e ajudando cada nova fila a vestir suas armaduras.

Não se importavam que duas granadas tivessem acabado de destruir uma extremidade da sala? Não se importavam que dois soldados, em armaduras de potência, tivessem invadido sua operação?

A próxima fileira começou sua marcha quase silenciosa e invisível, e Sai viu o porquê. Os novos trajes iam para a direita de Sai, dirigindo-se a uma grande abertura. Avisos fixados nas laterais do portal declaravam o destino como zonas de pouso, aquelas amplas áreas que Sever havia visto durante a aproximação. Os agentes continuavam gritando para cada novo grupo ir para as naves, preparando-se para uma viagem fora do planeta.

Para onde essas naves iriam? Eles espalhariam todos esses maníacos pela galáxia, ou seria uma invasão direcionada?

— Então, hm, ajuda? — a voz de Rovo invadiu os pensamentos de Sai. — Estou cercado aqui em cima!

Sai levantou-se, alcançando sua katana. Ao seu redor, a luz filtrava em pedaços pelos restos da passarela. O inimigo de traje que estivera atirando em sua direção não havia continuado o ataque. Talvez pensasse que Sai estava morto. Erro dele.

— Não posso subir até você — disse Sai. — Meus propulsores ainda não têm energia.

— Que grande ajuda és — respondeu Rovo. — Derrubei dois, mas tem mais cinco me cercando.

Algumas opções, então. Sai poderia avançar dos escombros, chamar atenção e talvez encontrar uma maneira de se conectar com o novato antes que os agentes o dominassem. Mas eles já estavam em desvantagem numérica. A dupla da Sever não poderia lutar contra todos os agentes neste lugar, não sem cobertura, sem a surpresa ao seu lado. Mas havia outra opção.

— Corre — disse Sai. — Sai daqui e foge. Eles estão levando esses trajes para as naves, e não sei por quê, mas não podemos deixá-los partir.

— Sim, hm, não vou me importar com esses soldados se eu estiver morto.

— Então não estejas — repetiu Sai. — Vai. Encontra uma porta, sai daqui, e envia uma mensagem lá para cima. Alguém na DefenseCorp tem que se importar, tem que acreditar que deixar esses monstros livres é um problema.

Sai observou os flashes de laser acima enquanto eles rasgavam o ar do segundo andar para o lado esquerdo. Os raios atingiam o corrimão, acertavam a parede acima, e alguns passavam por cima. Sai não conseguia distinguir a forma de Rovo, mas esperava que o novato levasse suas palavras a sério.

Outra fileira recém-equipada rompeu as fileiras e iniciou sua marcha em direção à longa abertura e às plataformas de pouso além dela. O movimento trouxe Sai de volta ao ponto, às fileiras à sua frente que, até agora, não se preocuparam em investigar os escombros e a armadura de potência que se erguia deles. Sai ainda não conseguia acreditar que nenhum dos agentes trabalhando com os trajes tinha se movido em sua direção.

Eles tinham que vê-lo, tinham que saber que uma queda como aquela não mataria alguém em uma armadura de potência. Mesmo que precisassem equipar todas essas pessoas dóceis e mandá-las embora, parecia ridículo não...

O clarão vermelho do visor impeliu Sai a mergulhar para frente. Atrás dele, os escombros gritaram quando algo os cortou. Recuperando seu rolamento no ombro, Sai equilibrou-se com a mão esquerda, erguendo sua katana com a direita para bloquear qualquer golpe subsequente.

Os trajes invisíveis faziam o que podiam para esconder armas acopladas ou cobertas pelos compartimentos do traje. As malditas facas que Vana costumava usar tinham um revestimento similar que dobrava a luz, tornando-as difíceis de rastrear. Este cara, no entanto, tinha uma lâmina curva e zumbida de aço vermelho que não fazia nada para se esconder. Parecendo flutuar no ar, a espada balançou para frente e para trás, seu dono se exibindo.

— Segundo round? — disse o traje, embora Sai não pudesse ver o homem falando.

Segundo round?

Sai não dava a mínima para rounds. O que importava era que o cara, parado ali balançando a espada, deu a Sai uma chance de se levantar. De segurar a katana em uma pegada confortável. Talvez um duelista considerasse isso um ritual, uma honra concedida a um oponente, mas em um lugar como este? Uma luta como esta?

A honra teria que esperar.

Sai avançou, trazendo a katana para cima em um golpe aéreo. Deixando seu peito aberto para um ataque, Sai provocou o traje, e o homem mordeu a isca. A lâmina vermelha subiu em uma estocada reta, nivelando-se em direção ao estômago de Sai.

Normalmente, uma katana seria muito pesada para um corte com uma mão como o de Sai, seria muito desajeitada e propensa a se desviar do caminho. Normalmente, um espadachim não teria um traje de armadura amplificadora de força mantendo seu aperto onde precisava estar.

Sai baixou sua mão esquerda, varrendo seu braço protegido para baixo à frente da katana para desviar a lâmina vermelha. O zumbido provou seu significado enquanto a energia ao redor da espada emitia faíscas branco-quentes na armadura de potência, mas Sai redirecionou a ponta mortal para baixo e para longe. Em vez de furar através das costelas de Sai, a espada roçou na perna de Sai, deixando seu dono exposto, vulnerável.

A katana cortou o ombro do homem, removendo o traje

invisível e as roupas abaixo. Só ao deixar cair a lâmina e recuar é que o homem sobreviveu, ainda com um corte profundo no ombro. Sai virou a empunhadura da katana, angulando sua ponta em uma estocada fatal, quando o traje desligou sua energia invisível, mostrando o homem camuflado por baixo.

— Perro? — disse Sai, chutando para longe a lâmina vermelha e encarando o homem ferido. — Por quê?

— Dinheiro é uma boa resposta?

— Já encontramos Tarla — disse Sai. Ele não tinha tempo para isso, mas o homem poderia ser útil. Assim que os agentes vissem que Sai tinha lidado com sua proteção, o espadachim da Sever imaginou que seria cercado. — Ela explicou o acordo de vocês. Estou perguntando por que não atirou em mim.

— Não parecia justo. — Perro fez uma careta ao exibir um sorriso frouxo. — Além disso, queria experimentar meu novo brinquedo. Eles têm todo tipo de armas legais aqui.

— Imagino.

Sai olhou por cima do ombro, para a passarela. Os lasers não estavam mais se cruzando, sugerindo que Rovo estava morto ou havia saído. O fato de Rovo não ter enviado nenhuma palavra também não respondia à pergunta, já que toda a base parecia bloquear qualquer comunicação assim que saíam do alcance de campo próximo.

— Você não vai viver muito, sabe — disse Perro. — Me matar não importa. Olha para todos eles. Estarão em toda parte da galáxia em breve, obedecendo às ordens daquela agente.

Sai apontou a katana para a garganta de Perro. — Me diz como isso te ajuda. Não haverá muito trabalho para um mercenário se todos já estiverem mortos.

— Acho que esperávamos que alguém como você a detivesse, depois que recebêssemos, é claro.

— Você conhece alguma maneira? De detê-los?

Perro riu, fez outra careta. — Mata todos eles?

Não vai acontecer, por mais que Sai quisesse. A
sugestão de Perro, no entanto, indicou um caminho diferente a seguir. Sai e Gregor, junto com Sever na *Prisa*,
tinham cuidado das criaturas Helix sem muito esforço. Os
trajes eram o que os tornava mortais, o que dava à força
heterogênea de Vana uma chance de desestabilizar a
galáxia.

Livre-se dos trajes, e talvez houvesse uma chance.

— Há quanto tempo estás aqui? — Sai perguntou a
Perro.

— Algumas semanas — disse Perro. — Vana não tinha
certeza de quando vocês chegariam.

— Então conheces a base.

Agora Perro se sentou, fazendo uma careta. — Pode ser
que conheça. Por quê?

— Pode me mostrar onde eles fabricam os trajes?

— Acho que está esquecendo de que lado estou.

A katana se moveu, descansando sua ponta contra o
pescoço de Perro.

— Acho que você está esquecendo o quão desesperado
estou — disse Sai. — Me mostra, e talvez vivas para receber
todo esse dinheiro.

— Só recebemos se você estiver morto.

Sai queria estrangular o homem. Perro não receberia um
maldito centavo se Sever morresse. Vana provavelmente os
mataria, ou o dinheiro em si seria insignificante depois que o
exército invisível e impensante de Vana dobrasse a galáxia à
sua vontade.

— Perro, vou te dizer isso lentamente — disse Sai. —

Você vai me levar até onde eles fabricam os trajes. Vamos destruir a produção. Depois podemos discutir seu pagamento. — Perro abriu a boca e Sai pressionou a lâmina mais perto. — Se disser qualquer coisa exceto sim, vou te matar agora e tentar a minha sorte.

Perro piscou, ofereceu um sorriso gelado.

— Entendido, chefe.

OITO

ISCA, TROCA

Duas vezes hoje, ele empunhara o martelo. Duas vezes hoje ele usara o impressionante poder da arma para esmagar e destruir inimigos indefesos. Na primeira vez, eles avançaram contra Gregor com o abandono imprudente próprio daqueles que haviam desatado sua corda com a realidade. A segunda foi um ato de defesa contra um inimigo que não podia atacar.

Assim como Aurora, Gregor havia visto os nomes e rostos no drive de Sai. Cada um, envolvido no esquema que a Sever tentara impedir. Cada um culpado de, no mínimo, uma tentativa de crime contra a civilização. Arrependimento não deveria ser sentido ao lidar com pessoas como essas.

E, no entanto, Gregor não se encontrava tomado por uma glória vitoriosa. Não era um combate que criava lendas, não era heroísmo.

Massacre seria a descrição adequada.

Pior, Vana, a única que realmente importava, continuava escapando. Gregor estava com Aurora no final do corredor, scanners piscando em vermelho bloqueando as salas ao redor. As vítimas mais recentes de Vana jaziam atrás, fumegando enquanto seus cadáveres esfriavam. Com o caminho à frente trancado e o caminho de volta levando a lugar nenhum, Gregor precisava encontrar algo para golpear que revidasse.

— Ou vou perder o controle — Gregor falou a última parte em voz alta, atraindo o olhar de Aurora do scanner, que continuava rejeitando seu pulseira.

— Vai perder o quê? — Aurora endireitou-se.

A comandante da Sever havia guardado seu rifle e mantinha as pistolas no coldre. Sua armadura potencializada parecia impecável, enquanto a de Gregor mostrava evidências do combate. Suas armas contavam uma história.

— Estamos encurralados, e agora somos criminosos declarados para nossa antiga companhia — disse Gregor. — Mesmo se destruirmos Vana, ninguém nos verá como heróis.

— Alguma vez já fomos isso?

— Talvez não, mas não gosto de ser o vilão.

— Nunca soube que te importavas.

— E tu não te importas? — perguntou Gregor.

Aurora voltou-se para a porta, apontando para ela.

— Me importo em passar por aqui. Me importo em encontrar Vana. Me importo em acabar com tudo isso.

— E depois?

— Descobriremos o futuro quando ele chegar. Não sou muito de fazer previsões.

— Uma postura ousada de nossa comandante.

Agora Aurora encarava Gregor diretamente.

— O que há de errado contigo? Estás questionando, ficando filosófico. Este não é o Gregor que conheço.

— O Gregor que tu conhecias não assassinava os indefesos.

— Qualquer um deles teria te matado se pudesse. — Aurora pôs a mão no ombro de Gregor, pesada. — Não é hora de ficar sentimental, meu amigo. Ainda tens chance de lutar pela galáxia. Não esqueça disso.

Afastar os debates internos para outro momento. Como era típico de Aurora, da Sever. Gregor franziu a testa, tentou fazer o que Aurora pedia. Havia preocupações, dilemas morais a considerar, mas isso poderia ser feito depois, quando Gregor estivesse morto ou trancado numa cela pelos seus próximos séculos de vida.

Por enquanto, teria que silenciar as vozes do jeito que Gregor sempre fazia.

— Afaste-se — disse Gregor, e Aurora obedeceu.

Livre do risco de danos colaterais, Gregor girou a base do martelo. A energia cinética armazenada, maximizada pelos golpes na baía e depois na sala anterior, carregou a cabeça do martelo. Com um forte golpe por cima da cabeça, Gregor atingiu em cheio o centro superior da porta.

O comentário de Vana sobre os Raiders explicava muito sobre a disposição da base, com a baía da *Prisa* marcando a confusão discordante e caótica, à medida que soldados distorcidos por dentro e por fora eram forçados ao serviço. Assim como a própria família e amigos de Gregor, trabalhando nas minas de cometas, haviam sido mantidos separados dos administradores, dos acionistas, dos donos corporativos.

Até agora, este edifício central demonstrava um núcleo protegido. Todas as portas trancadas por scanner, os corredores estreitos e salas construídas para canalizar uma força atacante através de um ponto de estrangulamento após o outro. Os Raiders não podiam ser controlados, mas podiam ser eliminados, exterminados e depois reiniciados com um novo lote.

Gregor reconhecia um matadouro quando via um.

Através da porta, a humanidade retornou. As paredes simples desapareceram, substituídas por obras de arte penduradas, com os slogans corporativos da DefenseCorp estampados em paredes subitamente lisas, de um dourado suave que combinava com as dunas de Aurum Três. A porta que desabava, dobrando-se sob o martelo de Gregor, deixou entrar uma brisa filtrada e quente, modulada para corresponder à umidade e temperatura ideais para a saúde humana sustentada.

— Os do topo sempre têm a melhor parte — resmungou Aurora, observando a diferença.

— E os de baixo nunca veem — concordou Gregor.

Aurora deixou Gregor, sendo aquele com o martelo gigante, tomar a frente. Deixando todas as outras portas trancadas para trás, Gregor passou por cima dos destroços que ele mesmo causara e entrou pesadamente em um lugar estranho. Por mais que parecesse um escritório e laboratório sofisticados – as paredes tinham janelas aqui, dando vista para espaçosas salas de trabalho e espaços de reunião – o silêncio sinistro, juntamente com os espaços sem poeira e perfeitos, fazia parecer que a Sever se movia através de uma exposição de museu.

Vana ou dirigia uma operação muito bem organizada, ou queria um show bonito para servir aos oficiais visitantes.

— Deserto? — disse Gregor enquanto continuavam pelo corredor acarpetado, com salas dos dois lados.

— Ou evacuado. Talvez os tenhamos assustado.

— Então tiveram a evacuação menos caótica que já vi.

Surgiram escolhas quando o corredor encontrou outras opções. Ir para a direita, continuar em frente, o dilema teria sido difícil de interpretar no labirinto do edifício. Teria sido, se as botas de Vana não tivessem deixado um rastro claro por onde passava. As marcas no carpete, maculadas por terra dourada e pedaços de coisas que Vana devia ter pegado ao pisar nos corpos que seus convidados deixaram para trás, eram fáceis de identificar.

— Ela está sendo desleixada — disse Gregor após a segunda intersecção que novamente tinha um caminho claramente marcado.

— Estamos subestimando-a — respondeu Aurora, virando-se no espaço, mantendo seu rifle apontado para trás, para frente e para o lado. — Ela nos conduziu a todos aqueles VIPs, e deve saber que estamos seguindo-a.

— Vimos suas surpresas, e elas são fracas — replicou Gregor, e retomou a caminhada.

Os laboratórios e escritórios solitários desapareceram à medida que os dois chegaram ao final do corredor, desta vez com uma porta aberta, o scanner iluminado em verde permanecendo desbloqueado. Gregor olhou para Aurora, que deu de ombros e concordou com a cabeça para que ele prosseguisse. Se Vana queria poupar suas portas da dor do martelo de Gregor, Sever poderia atender.

A porta aberta levava a um espaço amplo e plano. Na extremidade distante, um lado aberto deixava entrar o ar natural de Aurum Três. Vários metros mais alto do que os andares padrão pelos quais haviam caminhado, naves de transporte enchiam o óbvio hangar de docagem. Eram naves especiais, cobertas de insígnias, pinturas chamativas e nomes declarando-se propriedades dos corpos que Aurora e Gregor haviam deixado para trás.

Mais preocupantes eram todos os guardas que permaneciam ao redor das mesmas naves. A segurança que estivera ausente no banho de sangue particular de Vana aparentemente esperava aqui, armada e virando-se, agora, na direção de Sever. O visor de Gregor contabilizou as ameaças potenciais, enchendo sua visão de vermelho, e estimou cerca de cinquenta.

— Nada bom — disse Gregor, parado ali na entrada com seu martelo preparado.

— Concordo — respondeu Aurora. — Voltamos. Nos abrigamos no corredor. Limitamos seus números.

Uma vantagem de cinquenta contra dois exigiria mais do que um corredor e algumas salas fechadas para equilibrar, mas Gregor aceitaria uma chance em vez das zero chances que teriam lutando no hangar aberto. Aurora começou a recuar e Gregor seguiu enquanto os guardas observavam.

— A todos — a voz de Vana ecoou pelos intercomunicadores, reverberando pelos corredores atrás e pelo hangar à frente de Gregor. — Estou falando com vocês, assustados e feridos. Dois desertores da DefenseCorp atacaram, sob uma bandeira pacífica, seus protegidos e deixaram seus corpos para trás. Eles devem ser destruídos antes que possamos nos recuperar, antes que o futuro brilhante da DefenseCorp possa ser definido. Como sua oficial comandante agora, estou ordenando que eliminem esses dois imediatamente.

Uma ordem desajeitada, desprovida de estratégia e substância, mas Gregor viu os resultados espalhafatosos enquanto recuava: a nave mais próxima da entrada, um transporte verde-e-prata, cuspiu seus guardas no hangar através de uma rampa de embarque. O distintivo das forças especiais da DefenseCorp, estampado sobre a armadura verde-negra, aparecia claramente enquanto o esquadrão erguia seus rifles na direção de Gregor. Outros esquadrões seguiriam assim que verificassem com seus líderes e os encontrassem sem resposta.

— Hora de ir — disse Aurora, e Gregor teve que concordar.

A comandante da Sever liderou uma retirada ativa, estourando janelas enquanto avançava com disparos precisos do rifle. Os grandes painéis de vidro eram mais do que largos o suficiente para alguém escalar e atravessar, e cada abertura oferecia uma emboscada que qualquer perseguição teria que investigar. O rastro seria retardado, por menor que fosse o resultado.

Eles viraram à esquerda na primeira intersecção, esperando que ninguém visse a mudança repentina de direção. Aurora trocou de posição com Gregor, retornando em direção à divisão do corredor para dar cobertura enquanto Gregor lidava com a porta da única maneira que podia: com outro golpe.

O martelo não havia atingido coisas suficientes para recarregar sua rajada cinética, então o primeiro golpe apenas amassou a porta. O scanner guinchou, acionando um alarme.

— Desculpe — disse Gregor, erguendo o martelo para outro golpe.

— E depois de eu ter atirado em todas aquelas janelas — disse Aurora. — Que desperdício.

A capitã abandonou seu sarcasmo com uma praga, atraindo o olhar de Gregor quando Aurora agachou-se e disparou. Gregor voltou-se para a porta, golpeou novamente e a despedaçou. Além dela havia um laboratório amplo, onde protótipos de trajes meio acabados pendiam de ganchos. Vidrarias cobriam as mesas, algumas ainda cheias de vários polímeros esperando sua chance de serem moldados para propósitos assassinos.

Mais portas ofereciam saídas à direita e do lado oposto do laboratório, enquanto à esquerda de Gregor, no final do equipamento de laboratório, uma porta pintada de amarelo declarava que o ambiente além era um freezer. Uma ideia tomou forma enquanto Gregor entrava no espaço, inspirada mais pelos jogos que ele jogava nas rochas flutuantes quando criança. Os esconderijos mais eficazes eram aqueles que eram ao mesmo tempo possíveis e absurdos, arriscados demais para serem permitidos.

Mas se você quisesse realmente vencer um jogo, enviar os caçadores para casa sem seu prêmio, então você tinha que trabalhar em equipe. Um chamariz combinado com um local bem escolhido levaria a uma chance, levaria à vitória.

— Entre ali — disse Gregor, apontando para o freezer. — Agora.

— No freezer?

— Vou desviá-los. Eles não vão verificar.

Havia comandantes que negariam o movimento de Gregor, que avaliariam a oferta de seu soldado e se perguntariam se poderiam confiar nas intenções. Se o soldado queria oferecer o comandante como isca.

Aurora olhou para Gregor, oferecendo um simples aceno de cabeça. Ela alcançou, tirou uma granada de seu cinto e a lançou de volta pelo corredor. Ninguém correria em direção à bomba, e isso poderia atrasar os perseguidores o suficiente para que ela se escondesse.

— Vai logo então — disse Aurora.

— Cuide da Vana.

Aurora não precisava dizer nada. A maneira como ela apertou o rifle foi toda a resposta que Gregor precisava. Ela havia hesitado antes, curiosa sobre uma saída, mas essa linha fugiu quando Sever acabou com os oficiais na outra sala. Sobrevivência não era mais o objetivo.

Gregor virou-se rapidamente e correu em direção à porta do lado direito. Enquanto corria, ele novamente girou o cabo do martelo, carregando os golpes da primeira porta em um golpe esmagador de metal na próxima. A coisa fina se despedaçou, suas duas metades espalhando-se pelo próximo corredor e cortando as paredes em seu voo.

O homem do martelo não se incomodou em dar um último olhar para trás, não se importou em ver se Aurora havia chegado à segurança. Em vez disso, ele seguiu correndo, deixando o martelo marcar as paredes ao seu redor, deixando seu ruído seguir seus passos.

Os cães seguiriam, e quando o pegassem, Gregor finalmente encontraria sua luta.

NOVE

PASSEIO INTERROMPIDO

A dor matou sua covardia. Qualquer impulso de correr, chorar ou desistir não conseguiu superar a ardência em suas palmas, onde a armadura de combate não conseguira lidar com a explosão de seu rifle. A queimadura latejava agora, com Eponi segurando a granada em sua mão esquerda. Sai e Rovo haviam fugido, deixando um divertido impasse de três contra um.

— Eu disse para me dar um minuto — Tarla repreendeu Javelin, que havia se levantado do chão. O arrogante manejador de chicote tinha tratado o ferimento de katana de Sanje, e agora ambos encaravam Tarla com olhares furiosos, reclamando do dinheiro perdido. — Ela não vai nos explodir, mas pode se assustar se vocês fizerem alguma besteira.

— Parece provável — acrescentou Eponi, as palavras rígidas enquanto seu maxilar pressionava contra o cano da pistola. — Sou uma piloto maluca. Posso nos explodir sem motivo algum.

— Não duvido disso — murmurou Javelin.

— Calma, calma — Tarla tentou amenizar a situação. — Percebi que você era a mais inteligente do seu esquadrão lá em Wexer, lembra? Te paguei aquelas bebidas e nós tivemos uma grande aventura juntas?

— Você tentou me matar.

— Ah, toda história tem seus pontos de virada — Tarla continuou sem hesitar. — Desentendimentos são inevitáveis em nossa profissão. Tanta violência, tanto dinheiro. — Tarla se inclinou, seus olhos brilhando. — Por falar nisso, quanto a velha Aurora está te pagando para vir nessa missão suicida?

Eponi não tinha nada a dizer. Ela sabia, e Aurora deixara bem claro, que o papel da Sever em vir para Aurum Três não era um plano de curto prazo. Tratava-se de manter a ordem galáctica e suas várias vias de lucro abertas e intactas. Ah, e Aurora também mencionou algo sobre salvar a humanidade, se você queria um agrado além do resultado financeiro.

— Nada? — Tarla respondeu por si mesma quando Eponi não falou. — Ouviram isso, vocês dois? Aurora tem seu esquadrão operando de graça. Um bando de heróis, aqui.

— Não somos heróis — Eponi forçou uma resposta. — Só odiamos a Vana.

Tarla piscou. — Bem, nisso, pelo menos, podemos todos concordar.

Agora os olhos de Eponi se arregalaram. — Mas você está trabalhando para ela?

— Claro que estamos — disse Javelin —, mas só porque ela é quem está fazendo os depósitos não significa que não possamos ver que ela é podre. Perro investigou um pouco depois que recebemos a oferta, e ela tem um histórico sombrio, aquela lá.

— É seguro dizer — Tarla complementou as palavras de Javelin — que depois deste trabalho, estamos fora. Trabalhar para ela significa uma viagem rápida para o túmulo.

— Aposto que posso torná-la mais rápida — disse Eponi, balançando a granada. — A menos que você tire essa pistola da minha cara.

O comentário de Javelin sobre o passado de Vana mordiscou o cérebro de Eponi, mas qualquer investigação teria que esperar até que sua proximidade com morte por laser ardente desaparecesse.

— E depois, o que acontece? — disse Tarla. — Você vai embora? Nos mata?

— Que tal eu levar vocês à *Prisa* para um passeio? Assim vocês podem ver a nave pela qual estão lutando tanto. — Eponi desenvolveu o plano enquanto o apresentava, encaixando as peças conforme elas surgiam. — Vocês não conseguirão entrar sem meus códigos de qualquer forma.

Tarla olhou para Javelin e Sanje, o último dos quais não tinha feito nada além de fazer caretas e manter a mão sobre as bandagens que cobriam o corte em seu peito. — O que vocês acham, Rangers? Confiamos na piloto da Sever?

— Se você está me oferecendo uma escolha entre explodir ou ganhar uma nave, vou escolher a nave — disse Javelin.

Sanje acenou com a cabeça em direção ao outro homem. — O que ele disse.

Tarla afastou rapidamente sua pistola, dando um passo para trás de Eponi. Ela ergueu a pistola novamente, mantendo-a centrada no rosto de Eponi, o único lugar em sua armadura de combate onde um tiro direto poderia causar dano. Antes que Tarla pudesse falar, no entanto, Eponi decidiu dobrar a aposta.

— Ah, sabe de uma coisa? — disse Eponi, estendendo a granada. — Meus amigos podem estar com problemas, e é tudo culpa sua eu não poder ajudá-los. Então que tal vocês dois irem verificar se meus companheiros estão seguros, e eu levarei Tarla para o passeio? Assim vocês saberão que estão ganhando algo bom, e eu tenho um motivo para não explodir todos vocês aqui e agora.

Javelin começou um insulto cheio de palavrões, mas Tarla o calou com um tiro de pistola no teto do túnel. O clarão intenso fez Eponi estremecer, e ela quase tirou a mão do gatilho da granada. A única coisa que a impediu? O sorriso contagiante de Tarla.

— Essa aqui, essa aqui — Tarla balançou a cabeça. — Você é especial, sabia disso?

Eponi não sabia sobre ser especial, mas sabia que passar de três contra um para um confronto mais equilibrado fazia muito sentido. Rovo e Sai já tinham uma boa vantagem a essa altura, e a menos que fossem os Severs mais lentos de todos, Javelin e Sanje não os encontrariam.

Ela não queria explodir a granada, mas Eponi tinha ido longe demais. Melhor aproveitar ao máximo os benefícios.

— Javelin, Sanje, façam o que ela está pedindo — disse Tarla.

— E o contrato? — respondeu Javelin. — Vamos abandoná-lo assim?

— Vana nos pagou para deter a Sever — disse Tarla. — Ainda há tempo para fazer isso. Do jeito que vejo, seja a Sever viva ou morta, vamos conseguir uma nave hoje.

Claro. Se era isso que Tarla queria pensar.

— É você quem manda, chefe — disse Javelin. — Pronto, Sanje?

O piloto não parecia pronto, mas com Javelin ajudando-o a ficar de pé, os dois começaram a descer pelo túnel. Tarla manteve uma pistola apontada para Eponi, acenando com a outra na direção de seus dois companheiros de esquadrão.

— Pronto, Eponi — disse Tarla. — Exatamente o que você queria. Agora vamos guardar a bomba, certo?

O truque tinha funcionado. Eponi reposicionou o detonador para o modo seguro e deslizou a granada em seu coldre. O movimento libertou uma pontada de dor em suas palmas, um lembrete de que bravata não curava tudo o que a afligia.

— Ei — Tarla, acenando para o gesto pacífico de Eponi, gritou pelo túnel em direção à dupla que se afastava. — Seja lá o que vocês encontrarem que eles estejam fazendo, não se arrisquem. Este lugar, este negócio não vale a pena.

— Que tipo de mercenários vocês são — disse Eponi.

— Aposto que a DefenseCorp também já te enviou para algumas missões de merda — Tarla retrucou. — Nenhum contrato vale a pena morrer por ele.

— Nisso, podemos concordar.

— Ótimo, então vamos indo. Quero ver meu prêmio.

Seu prêmio. Eponi virou-se, escondendo sua carranca. Ela se condenaria antes de deixar Tarla pegar a *Prisa*, mas permitir que a mulher acreditasse nisso até que a Sever terminasse seu trabalho aqui não mataria Eponi. Ela só teria que ficar quieta e deixar Tarla "vencer" por um tempo.

As duas marcharam de volta pelo túnel em direção ao hangar, com Tarla bombardeando Eponi com perguntas sobre o que havia acontecido depois de Wexer. Recontar Gillane Quatro e o longo descanso na estação da fronteira tomou mais tempo do que Eponi esperava, e ela mergulhou nos momentos. A longa corrida pelas ruas de Gillane Quatro, atiradores às suas costas, saiu de sua língua repleta de palavrões, e por um tempo Eponi esqueceu que era com Tarla que estava falando.

A Sever era a família de Eponi, mas eles já tinham ouvido todas as suas histórias, tinham estado ao seu lado na maioria delas. Tarla, no entanto, absorvia o relato com uma perspectiva nova, e sondava a cada momento para provar que estivera ouvindo o tempo todo.

— Tenho que dizer, eu dei um esporro na Aurora lá na DC — disse Tarla. — Mas ela transformou todos vocês em uma máquina eficiente.

— Ela não fez tudo sozinha — contestou Eponi enquanto chegavam à porta aberta de volta para aquele hangar escuro e sangrento. — Começamos fortes.

— Claro que sim — respondeu Tarla. — Eu também não levaria bebês para os Rangers.

As palavras de Tarla desapareceram quando ela olhou para o hangar. Eponi observou a expressão da capitã enquanto as luzes embutidas da armadura de combate se intensificavam para revelar a tinta sangrenta, os escombros empilhados, as óbvias lutas que haviam ocorrido neste lugar horrível.

— Sabe — sussurrou Tarla, toda a arrogância desaparecida. — Você viaja pela galáxia o suficiente, vê lugares como este. Você tenta esquecer, tenta superar todas as coisas terríveis que fazemos uns aos outros, mas nunca consegue realmente. Cada um desses adiciona mais uma lembrança ruim que preciso reprimir.

— Vana fez isso. A culpa é dela.

Tarla não disse nada a respeito, mas fez sinal para Eponi continuar.

Com Eponi liderando, as duas seguiram em direção à *Prisa*. As luzes de navegação da nave forneciam um farol claro a seguir na escuridão, com aquela brisa empurrando contra elas o caminho todo. Tarla não fez nenhuma piada, e Eponi não se opôs ao silêncio: a atmosfera parecia inadequada para histórias, piadas ou ameaças.

A *Prisa* exigia códigos para desbloquear, enviados por um bracelete ou um teclado no suporte frontal da nave.

Eponi tinha esses códigos; o truque era como entrar na *Prisa* sem Tarla segui-la. Ou então, Eponi poderia arriscar suas chances em combate direto. Mesmo com uma pistola apontada para ela, a armadura de Eponi poderia aguentar o impacto e dar-lhe tempo para fugir, sacar outra arma e revidar.

Todas essas ideias circulavam uma verdade desconfortável: Eponi não queria realmente matar, caramba, nem mesmo ferir Tarla. Talvez fosse por estar diante de um inimigo mais terrível em Vana ou daquelas coisas rastejantes e infectadas que haviam atacado depois do pouso, mas uma mercenária arrogante com personalidade? A galáxia poderia usar mais algumas dessas.

O dilema não havia se resolvido quando chegaram à *Prisa*. Tarla assoviou, o som passando pelo visor de seu traje. Ela havia se colocado novamente sob o manto de invisibilidade e a proteção completa do traje, aparentemente imaginando que Eponi poderia tentar algo. Em vez disso, ambas olharam para os restos da luta anterior, ainda lá em todos os seus restos horripilantes.

— Gosto da nave — disse Tarla. — Poderia usar uma lavagem e uma mudança de cenário, no entanto.

Eponi apenas assentiu. O visor emitiu um alerta e ela focou nos suportes traseiros. Além dos dois pilares inclinados era onde a Sever tinha empilhado os corpos que não foram reduzidos a cinzas pelas torres de defesa. O visor parecia achar que algo se movia lá atrás, além do alcance das luzes de navegação.

— Eu não pediria nada melhor — respondeu Eponi. — Mas não vou sair sem meu esquadrão.

— Nem eu sem o meu.

— Claro — disse Eponi, avançando. O visor continuava alertando sobre movimentos, embora não pudesse definir o que via como uma ameaça. Eponi queria sacar uma arma, mas Tarla ainda estava com a dela em punho, e levar um tiro nas costas estava bem baixo na lista do que Eponi desejava.

— Você está vendo isso?

— Vendo o quê?

Talvez aqueles trajes não fossem tão sofisticados afinal. Teriam reduzido a tecnologia do visor para conseguir todo aquele truque de reflexo?

— Estou detectando movimento atrás da nave — disse Eponi. — Não vasculhamos exatamente o hangar depois que eles pararam de vir. Talvez tenha sobrado um.

— Você vai lutar com as mãos nuas?

— Só não queria que você me acertasse.

— Eponi, eu sei quando atirar — disse Tarla. Sua voz vinha da esquerda de Eponi, e se a pilota se concentrasse, conseguia distinguir os borrões reveladores que os trajes deixavam na luz. — Por favor, pegue uma arma.

Certo então. Eponi sacou a pistola reserva, segurou-a na mão direita. Colocou uma faca de combate na esquerda, extraída de um compartimento na coxa da armadura de combate. Não era exatamente um ataque de alta potência, mas o suficiente para lidar com um dos destroços doentes.

— Você vai na frente — disse Tarla.

— Com medo?

— Esperta.

Eponi bufou, mas avançou mesmo assim. Aproximando-se da parte traseira da *Prisa*, o visor finalmente encontrou seu alvo, destacando pelo menos quinze seções na visão de Eponi com quadrados laranjas. Sua armadura havia detectado movimento nesses pontos, mas não tinha certeza se sinalizava uma ameaça, ou o quê. Um novo som também entrou em cena, um borbulhar de panela fervendo.

Com os motores da *Prisa* acima dela, Eponi aumentou

as luzes de sua armadura para o nível máximo. Elas irromperam dos pontos em seu ombro, disparando e cobrindo o que deveria ser uma pilha horrível e embolorada com luz amarelo-alaranjada brilhante.

— O que é... — disse Tarla.

A massa se movia, com certeza. Tremia e sacudia em sua ondulante escuridão. Crescimentos felpudos e serpenteantes envolviam a pilha, borbulhando e morrendo repetidamente. Em sua base, a forma negra se espalhava, crescendo muito lentamente como uma lagoa se enchendo de água. Um cheiro estranho, como fertilizante de planetas cheios de plantações onde Eponi costumava correr, filtrava-se pelo seu visor.

— É o vírus — disse Eponi. — De Dynas.

— De onde?

— Não importa. — Eponi ergueu sua pistola em direção à massa. — Podemos matá-lo com fogo.

Tarla não precisou de uma segunda ordem. A mercenária levantou suas pistolas e começou a atacar a massa. Eponi fez o mesmo, seus disparos penetrando na pilha enorme e não fazendo absolutamente nada. Depois de esgotar suas cargas de energia e recuar vários passos para evitar a borda rastejante da pilha, Eponi concluiu que precisavam de uma nova estratégia.

Uma que significava deixar Tarla entrar na *Prisa*.

— Siga-me — disse Eponi, abrindo seu bracelete e digitando o código. — Não vamos matar essa coisa aqui fora.

— Estou captando a ideia. Se importa em me dizer o que é isso e se preciso ter medo?

— É o que está indo para os soldados — disse Eponi enquanto a rampa da *Prisa* descia até o chão. — Ou alguma versão dele, de qualquer forma. Vai torná-los muito fortes antes de deixá-los muito loucos. Depois, eles ficam parecendo com aquilo.

— Vana está assassinando toda a sua força? Isso não faz sentido.

Eponi liderou o caminho pela rampa, as duas soldados com trajes entrando na *Prisa*. Tarla nem fez uma piada ou se maravilhou com a nave, um sinal de que talvez, apenas talvez, a mercenária entendesse o que estava em jogo.

— Ela não está matando-os — respondeu Eponi ao chegarem ao centro da nave. — Em Gillane Quatro, eles tinham alguma dose supressora que mantinha o vírus sob controle. Ela não está empoderando todas essas pessoas...

— Ela está escravizando-as — disse Tarla. — Isso é um negócio seriamente maligno.

— Agora você entende por que estamos aqui. — Eponi travou o olhar com Tarla através do visor, o borrão da mulher se destacando assim de perto. — Isso não é apenas um trabalho para nós. Em um segundo, vou sair da minha armadura e fazer o que precisa ser feito. Você escolhe de que lado está.

Nas corridas de karts, Eponi tinha que fazer apostas o tempo todo. Tinha que prever para onde o corredor à frente iria, se o de trás tentaria avançar e empurrá-la para fora da pista. Fazer a jogada errada poderia custar a corrida, até mesmo o kart. Isso não era muito diferente, e pelo menos, se Tarla a atingisse pelas costas, Eponi não teria que se preocupar por muito tempo.

Virando as costas para Tarla, Eponi ordenou que sua armadura de combate a liberasse. O traje estourou, abriu, e afrouxou para que a pilota pudesse se extrair. Afastando-se, indo em direção à cabine, Eponi fechou os olhos por um longo segundo, esperando pelo disparo. Um tiro, e Tarla teria sua nave, teria um bom começo para cumprir o contrato de Vana.

O sorriso surgiu quando Eponi deslizou para o assento do piloto, ativando os propulsores da *Prisa*. A grande nave ganhou vida, a rampa de embarque retraindo. Suavemente, muito suavemente, Eponi elevou a nave do chão sem levantar os suportes. Girando o manche de voo, Eponi acionou os jatos de manobra da *Prisa* e enviou a nave em uma rotação lenta. Na frente, as estátuas de escombros e o chão manchado de tinta gradualmente deram lugar à crescente e borbulhante piscina de vírus.

— Você fala muito bem — disse Tarla, sentando-se no assento do copiloto. Sem o traje invisível, Tarla não parecia nem metade tão mortal, mas duas vezes mais arrogante. Seu sorriso não era contido pelo visor, e seus olhos grandes cintilavam. — Eu enviei a mensagem lá atrás. Os Twilight Rangers não aceitam contratos de ninguém que faria isso.

Os lábios de Eponi curvaram-se em direção aos seus olhos, escondendo o alívio que sentia. No entanto, ela não conseguiu conter completamente o suspiro que veio com toda a tensão esvaindo-se, e Tarla riu.

— Você achou que eu ia te acertar? Depois de tudo isso? — disse Tarla.

— Nunca se sabe — respondeu Eponi, então deu outra olhada pelo para-brisa. Aumentou a energia para as torres. — Pronta para fritar essa coisa?

— Mostre-me o que minha nave pode fazer, pilota.

A *Prisa* não decepcionou.

DEZ

PELA ESCOTILHA

Quando Sai foi para a esquerda, Rovo escolheu a outra opção óbvia. Deixando sua foice nos coldres, o novato avançou para a direita, erguendo seu rifle e disparando tiros de cobertura pela vasta câmara abobadada em direção aos inimigos que se aproximavam. O visor ajudou, destacando os agentes contra a luz azul-dourada que vinha de cima.

A armadura padrão da DefenseCorp poderia suportar um tiro, talvez dois antes de ser perfurada. Os agentes pareciam saber disso, porque trataram o avanço de Rovo como um grito para mergulharem em cobertura. Rovo tinha quatro alvos enquanto corria ao longo do correto até o canto da sala. Ele acertou o mais próximo, trocando disparos no ombro que sua armadura potencializada suportou facilmente enquanto as defesas do agente... não.

Rovo não conseguiu distinguir se derrubou o número um ou se o homem mergulhou em cobertura, mas ao seu terceiro passo já tinha girado sua mira para o número dois. Essa agente jogou mais seguro, agachando-se perto da grade e aparecendo para atingir a armadura potencializada maior, mais larga e mais volumosa em todos os sentidos. Seu rifle lançou laser branco incandescente em direção ao peito de Rovo, mas o novato ativou seus propulsores cinéticos, saltando para frente e atirando sem parar.

Um movimento absurdo que deveria ter feito os tiros de Rovo se espalharem pela sala em vez disso se transformou em um ataque perigoso graças à armadura potencializada mantendo sua mira ajustada. Rovo sentiu as leves pressões em seus pulsos e braços enquanto a armadura posicionava seu rifle onde precisava estar. A agente se viu exposta quando o salto de Rovo o levou até o canto.

Dê a Rovo um tiro em linha reta e ele acertaria.

Depois de confirmar que o primeiro agente realmente tinha caído, Rovo reduziu as chances pela metade. Os dois últimos agentes, mais adiante na passarela retangular que o primeiro duo, transformaram o que aconteceu com seus amigos em cautela. Deslizando para dentro de portas, os dois ofereceram tiros eventuais na direção de Rovo, que ele contra-atacou com uma rajada de rifle.

O que poderia ter sido uma luta arrastada terminou quando as granadas explodiram. A explosão estrondosa sacudiu os agentes para uma cobertura mais profunda e empurrou Rovo para frente enquanto a seção traseira da passarela desmoronava para o nível inferior. O novato não viu Sai cair, não viu seu parceiro em toda essa confusão.

À sua esquerda, a corrida de Rovo o levou a outra porta, esta com trava vermelha como as outras. Usando o recuo raso para se colocar em pé de igualdade com os agentes mais adiante na passarela, Rovo tentou se orientar. Ele contatou Sai pelo comunicador, conseguiu falar com ele e sentiu o alívio ao saber que o espadachim não tinha sido pego pela explosão.

Estar sozinho em um ninho inimigo, como Rovo aprendeu em Dynas, tendia a ser uma droga.

Novos disparos interromperam a conversa de Rovo com Sai, raios azuis cortando o ar do outro lado da câmara. À longa distância, os tiros erraram por milímetros enquanto Rovo se agachava de volta para dentro do vão da porta. Agora ele tinha dois agentes à sua esquerda e um do outro lado, uma combinação que estressava qualquer estratégia possível.

Então Sai disse a Rovo para correr.

A ideia pareceu errada desde o começo. Você não fugia com o Sever, você fazia mudanças calculadas de posição para virar o jogo, para inverter as probabilidades. Sai, no entanto, não acrescentou nenhum desses detalhes. Em vez disso, Rovo precisava tirar seu traseiro dali o mais rápido possível.

Disparando alguns tiros contra o agente do outro lado da câmara, a rajada selvagem deu a Rovo tempo para olhar a porta atrás dele. Um scanner vermelho significava que ele não entraria, a menos que encontrasse um bracelete de acesso funcionando.

— Isso algum dia fica mais fácil? — Rovo murmurou para si mesmo.

Respirando fundo, ajustando seu rifle, Rovo lançou mais alguns disparos do outro lado para manter aquele agente suprimido. Ele seguiu seus tiros com uma corrida de virada, batendo pela passarela em direção aos outros dois agentes que avançavam em sua direção. A investida de Rovo pegou os agentes de surpresa, que provavelmente achavam que Rovo estava encurralado, fazendo-os tropeçar para trás.

A armadura potencializada do novato recebeu alguns disparos perdidos, o calor penetrando no joelho esquerdo e nas costelas de Rovo enquanto o fogo do rifle fazia seu estrago. A retirada cambaleante não ajudou muito os agentes, e Rovo os alcançou depois de três longas passadas.

Mirando com a mão direita, Rovo puxou o gatilho e eliminou o do lado direito. Com a esquerda, Rovo fez algo que só tinha visto em filmes: agarrou o braço do agente e arremessou o inimigo contra a parede à esquerda.

Atordoado, o agente deixou cair seu rifle, colocou as mãos no chão para se apoiar. Rovo o pegou em vez disso, ajudando o homem a se levantar e guiando-o diretamente para a próxima porta na fila.

— Fique quieto e você não morre hoje — disse Rovo, deixando as palavras saírem pelo alto-falante da armadura potencializada.

O agente riu, aquela risada maliciosa e estranha que Rovo lembrava de Gillane Quatro. O homem tinha sido injetado, então.

— Você acha que me importo em morrer? — disse o agente, embora não resistisse aos puxões de Rovo. — Todos nós vamos por esse caminho em breve. A única pergunta é se será você ou eu que vai primeiro.

— Então espero que seja você — disse Rovo.

Antes que o agente pudesse responder, eles chegaram ao próximo recesso. Lá, novamente, havia outra porta espiral com outro scanner bloqueado. Batendo o agente e seu pulso contra aquela caixa preta, Rovo esperava ter escolhido um refém com alta credencial de acesso.

O scanner emitiu seu som alegre, trazendo mais do que um pouco de alívio. Apesar de sua contínua ignorância sobre a luta ao redor deles, Rovo tinha que supor que todos aqueles desgraçados de terno lá embaixo seriam chamados à ação eventualmente. Lutar contra os Twilight Rangers, Vana, mesmo agentes normais naqueles trajes já era ruim o suficiente — Rovo não precisava tentar batalhar pessoas que perderam toda a sanidade.

Além da porta, um caminho estreito inclinava-se para

cima, com entalhes servindo como degraus emparelhados com corrimãos de ambos os lados. A aparência era estranha o suficiente para que Rovo olhasse duas vezes, mesmo quando novos tiros vinham por trás. Um sinal vermelho brilhante na porta e tanto dentro quanto fora rotulava o portal como uma saída de emergência.

Porque, é claro.

— Eu sou ruim nisso? — Rovo perguntou ao refém enquanto o arrastava, batendo no scanner ao passar para fechar a porta. — Tipo, como foi que escolhi justo esta?

— Todas as saídas deste lado são de emergência — respondeu o agente entre acessos de alegria. — Você está na borda da base, para onde você achava que elas levariam?

— O quê? — Rovo começou a subir os degraus, arrastando o agente. Não parecia uma boa ideia ficar por ali. — Eu vi as portas. Havia pelo menos quatro ao longo deste lado?

— Este é seu primeiro dia aqui? — perguntou o agente. — Você não assistiu à orientação?

— A orientação? Quem diabos você acha que eu sou?

— Alguém que perdeu sua dose? — O agente riu. — Como eu vou perder se isso continuar por muito mais tempo. Vemos isso o tempo todo. Algumas pessoas não têm a tolerância para seguir o cronograma.

Esse lugar continuava piorando. Rovo não conseguiu formular outra pergunta após a revelação do agente. Não era de admirar que os homens de terno lá embaixo, os outros agentes não parassem seu trabalho. Sever não era uma força inimiga, apenas algumas pessoas doentes que colocaram as mãos em alguns equipamentos.

Não havia necessidade de revelar a verdade ao agente. Em vez disso, Rovo ligou as comunicações do traje para transmitir na frequência do Sever. Encontrando silêncio,

Rovo xingou durante toda a história do agente, abraçando a catarse e esperando, talvez, que Eponi, Gregor ou Aurora entrassem na linha e perguntassem o que diabos estava acontecendo.

Ninguém respondeu. Apenas um silêncio difuso.

Deixando essa situação perturbadora de lado, a inclinação ascendente terminou em outra porta selada. Esta não tinha um scanner, não tinha o portão espiral elegante. Em vez disso, oferecendo uma trava giratória, a porta operava pelo método ancestral da força muscular.

— Se importa de fazer as honras? — Rovo perguntou ao agente, que piscou para ele.

O novato apontou seu rifle, e o agente entendeu. Rovo não queria um refém, não queria realmente matar o agente — não por bondade, mas o agente parecia saber para onde ir — mas, acima de tudo, Rovo não queria que o agente saísse correndo enquanto o novato abria a porta.

Com um rangido alto totalmente esperado, o agente forçou a abertura da porta. Enquanto o homem fazia isso, areia dourada cobriu sua armadura carmesim, inundando o tubo de cima. O agente tossiu, Rovo ouviu quando seu traje confirmou que a atmosfera de Aurum Três era respirável, se não necessariamente agradável. O agente eventualmente recuperou os pulmões, olhando para Rovo com olhos que perguntavam *e agora?*

— Vamos sair — disse Rovo.

A ordem de Sai dizia a Rovo para encontrar alguma forma de enviar uma mensagem para todos aqueles monstros em órbita que tentaram explodir o Sever do céu durante sua aproximação. Por alguma razão, o espadachim sentiu que aquelas naves não mereciam ter seus interiores dilacerados por uma horda de maníacos sedentos de sangue invisíveis. É o pai do esquadrão tendo uma gota de empatia.

— Você sabe o que tem lá fora, certo? — perguntou o agente. — Porque não tem nada. Não há nada lá fora.

— Prefiro o nada a morrer por laser.

O agente não podia lutar contra essa lógica e, com o rifle de Rovo continuando a cutucá-lo, o agente subiu e saiu. Rovo o seguiu, deixando a suave luz azul lá dentro pelo entardecer que escurecia e um céu cheio de motores rugindo.

Aquelas fileiras de homens de terno tinham recebido ordens para embarcar em transportadores, e parecia que esses transportadores estavam se preparando para partir. Os jatos iônicos elétricos não tinham o mesmo trovão ondulante dos combustíveis de foguete mais antigos, como os que Rovo usava quando cresceu em casa, mas eles produziam barulho suficiente com sua energia crepitante. O som vinha sobre as dunas como um grito no vento.

Além do barulho, Rovo se sentiu desorientado por estar em um espaço tão aberto. Depois de tanto tempo em uma estação espacial, em seus corredores apertados e depois na *Prisa*, com suas cabines ainda mais apertadas — particular-mente a de Rovo, que ele compartilhava com Gregor, a vista se estendendo até o horizonte em todas as direções deixou o novato tonto.

Até que ele viu o centro da grande base, uma massa cinza-prateada que se erguia da areia. Suas luzes, em um esquema roxo-amarelo, começaram a piscar quando a luz do dia começou a diminuir, fazendo a estrutura brilhar do chão como um tesouro cósmico. Ao seu redor, estendendo-se como braços metálicos, havia passarelas terrestres que levavam a lugares que Rovo não conhecia.

E à direita, menos impressionante mas ainda presente como um disco feio na areia, estava a baía que abrigava a *Prisa* em meio a seus horrores.

— Onde fica o centro de comunicações? — Rovo perguntou ao agente.

— Centro de comunicações? Por quê?

— Preciso dizer à minha mãe que a amo — Rovo respondeu bruscamente. — Não importa o porquê. Me mostre.

— E se eu disser não? — O agente riu.

— Com toda essa areia soprando, vai demorar muito tempo até que alguém encontre seu corpo.

O agente parou de rir, mantendo, por um segundo, a compostura devida a um momento em que sua vida estava realmente em jogo.

— Existem três centros de comunicação aqui — disse o agente. — Se você quer o principal, tem que ir para o grande lugar no meio. Se quer um lugar com menos atenção, pode ir por ali. — O agente apontou atrás de Rovo, para a esquerda da estrutura central. — Aquele é o alojamento. Normalmente eu diria que você está ferrado indo para lá, mas estamos esvaziados.

— Não imagino por quê — murmurou Rovo. — O alojamento parece uma boa jogada. Vamos.

— Não quer cobrir seus rastros? — O agente apontou para a escotilha aberta. — Eles saberão por onde você foi.

— Eles nos viram sair. Eles me viram jogar você contra uma parede. Estou confiante de que estou sendo seguido.

O agente hesitou, ajoelhando-se sobre a escotilha aberta. — Talvez, mas tem muita coisa acontecendo lá embaixo. — Uma risada suave. — Pode ser que eles se esqueçam de você.

Rovo revirou os olhos. Se não precisasse deste agente para passar por outros scanners, o novato já teria torrado ou nocauteado o homem a essa altura.

— Tudo bem, feche a escotilha se isso te fizer sentir melhor.

O agente se inclinou, estendeu a mão para a escotilha. Rovo observou, com a mão distraidamente no rifle. O agente tinha uma pistola, mas Rovo imaginou que poderia explodir o homem antes que o agente pudesse sacar a arma.

O movimento aconteceu rápido. O agente deslizou na areia, escorregando pela borda da escotilha e de volta para dentro do túnel. Rovo levantou seu rifle, mas o agente puxou a escotilha para baixo. A trava clicou, fechou e selou.

— De alguma forma, em todas as nossas lutas, esqueci que todos vocês realmente têm treinamento — disse Rovo, batendo com força até a escotilha.

Feita para saídas, não entradas, uma superfície lisa o recebeu. Sem maneira óbvia de abri-la. Rovo estava completamente sozinho em Aurum Três, com uma direção geral e nada mais para seguir. Suspirando, o novato partiu, pisando forte através da areia e amaldiçoando sua própria idiotice.

Enquanto caminhava, os primeiros transportadores se ergueram à vista, inclinando suas formas em direção às estrelas, levando sua carga condenada para uma frota desavisada.

ONZE

A FUGA

Você não chega a comandar um grupo como o Esquadrão Sever imaginando que um dia estará escondida numa câmara frigorífica de laboratório. Mesmo assim, Aurora seguiu as instruções de Gregor e se esgueirou — tanto quanto alguém consegue fazer usando uma armadura de combate — para dentro do compartimento congelado, acomodando-se entre as prateleiras carregadas de caixas, frascos e itens rotulados que Aurora não tinha nem tempo nem paciência para ler.

Em vez disso, ela escutou. Primeiro, a granada que havia arremessado de volta pelo corredor explodiu, seu estrondo abafado atravessando as portas do freezer, seguido pelo estalar constante de vidro rachando sob botas que se aproximavam.

Ordens vieram em seguida, comandos gritados e contestações enquanto oficiais e soldados de unidades desconexas tentavam estabelecer uma cadeia de comando onde nenhuma existia. Atiradores desgarrados, correndo por aí e caçando. Aurora sorriu por trás da viseira.

Mesmo se chegasse a um confronto, a resposta seria descoordenada. Frouxa. Vana não conseguiria controlar esses desgraçados mais do que Aurora poderia.

O nome de Vana fez o sorriso desaparecer. O que a agente estava fazendo? Ela havia trazido Aurora e Gregor para dentro de sua base, quase sem tentar detê-los — Aurora não acreditou nem por um segundo que aquela multidão moribunda na baía da *Prisa* tivesse alguma chance de eliminar o Sever — então, qual era o verdadeiro plano?

A teoria de Deepak que levou à missão, a ideia que trouxe o Sever para sua estação de descanso e depois para cá, baseava-se em destruir a suposta conferência de Vana. Eliminar Vana ou destruir seus experimentos antes que ela os vendesse para a DefenseCorp. Então, sem nada restando, e tanto dinheiro desperdiçado trazendo suas naves e eles mesmos até aqui, os superiores se voltariam contra Vana, acabando com ela caso o Sever não tivesse feito isso, e dando ao esquadrão um passe livre para sair do planeta.

E, finalmente, limpando o nome do Sever para seguirem seu próprio caminho.

Em vez disso, os líderes da DefenseCorp deixaram seu sangue para trás. Eles não ajudariam o Sever de além-túmulo, e nem os segundos no comando que tentavam assegurar suas posições numa empresa agitada que, se Aurora estivesse certa, estaria procurando bodes expiatórios. Sempre é mais fácil culpar a oposição do que olhar para dentro.

O que, novamente, trazia Aurora de volta a Vana. A comandante do Sever percorreu o laboratório congelado com o olhar, tentando decifrar o plano da agente. Todas essas encomendas, os frascos e as caixas tinham datas estampadas neles. Adesivos mostrando que tinham sido enviados para cá anos atrás. Isso combinava com o plano lento de Renard, com toda a operação Helix.

Tudo isso aconteceu antes de Vana, de acordo com suas próprias palavras no *Nautilus*, estar envolvida. Então Renard recuperou esta base e recrutou Vana depois?

Por quê? E por que Vana se juntaria a ele?

O silêncio interrompeu os pensamentos de Aurora: nenhum vidro quebrando, nenhuma ordem, nenhum barulho de soldados armados passando. Ninguém se preocupou em verificar o freezer. Um descuido que qualquer esquadrão normal da DefenseCorp teria considerado, exceto que estes não eram esquadrões normais em missões normais.

Guarda-costas que perderam os corpos que deveriam proteger, e agora queriam vingança.

Aurora aproximou-se da saída do freezer, esperou mais um longo momento e escutou. Sua viseira não captou nada que a comandante do Sever tivesse perdido, então com o rifle em punho, Aurora destravou a porta e a abriu lentamente com o pé.

O laboratório estava destruído, em parte por Gregor e em parte pelo enxame que passou por ali. Sem a porta abafando o som, seus chamados voltavam pelo corredor, gritos sugerindo que suas presas tinham ido por este ou aquele caminho. Outro berro declarando uma sala arrombada como vazia.

Aurora assentiu para si mesma: Gregor, mantendo os fundamentos básicos mesmo enquanto corria.

Virando à direita, Aurora refez seus passos de volta à baía. Chegando ao limiar, olhou ao redor da extremidade e viu pelo menos sete soldados reunidos no centro da baía. Todos pareciam usar insígnias de patente em suas armaduras carmesim, junto com o emblema de suas respectivas naves. Os líderes, então. Mantendo-se afastados para avaliar o progresso de suas equipes.

Aurora sentiu o gatilho do rifle sob seus dedos. Ela poderia se virar, despejar um fogo fulminante e derrubar a maioria antes que alguém reagisse. Entregar justiça repleta de laser... exceto que esses tolos não estavam aqui por algum motivo maligno. Não pousaram esperando ver uma demonstração de super soldado, ou testemunhar a próxima onda de dominação da DefenseCorp. Estavam fazendo um trabalho e sendo pagos por isso. Aurora poderia ter ido em missões com qualquer número dessas pessoas, poderia ter tido suas costas cobertas pelos rifles deles, por suas naves espaciais.

Estes não eram agentes, eram soldados da DefenseCorp, e não mereciam isso.

Alcançando outro compartimento em sua armadura, Aurora tirou sua última granada. A pequena esfera prateada parecia bonita na luz que diminuía, brilhando ao captar o azul dos feixes superiores da base. A nave mais próxima dela, de onde aqueles combatentes das forças especiais haviam saído, estava com a rampa abaixada. A cabine parecia vazia.

Ainda poderia haver danos colaterais, mas Aurora fizera o possível para limitá-los.

A capitã do Sever lançou a granada, fazendo-a descrever um arco no ar em direção à baía. A bola azul atingiu a cabine da nave com um forte baque e saltou, aninhando-se em seu segundo impacto na lacuna entre a cabine e os motores montados no meio da nave. Aurora não podia ver o grupo, mas podia ouvir suas perguntas, seus chamados preo-cupados.

— Lá vamos nós — Aurora disse para si mesma, sentindo

falta, mais uma vez, do comunicador do esquadrão que normalmente uniria o Sever em uma missão como esta.

A granada explodiu. O pequeno explosivo encontrou alvos suculentos dentro da seção central da nave, atingindo oportunidades inflamáveis e acendendo-as em uma cadeia ardente que se espalhou pelos dois lados, como se a nave fosse uma crisálida se partindo no meio, prestes a anunciar alguma nova e bela estrela.

Estilhaços choveram, e Aurora olhou ao redor da borda para ver os soldados reunidos correndo para suas próprias naves ou mergulhando em busca de proteção atrás de provisões empilhadas, combustível ou ferramentas. Estalos ressoavam enquanto fios superaqueciam e bolsões de oxigênio desapareciam à medida que a nave se desfazia. Caos suficiente, Aurora tinha que calcular, para uma tentativa.

Contornando a esquina com passos pesados, Aurora levantou seu rifle enquanto corria. Não conseguia manter muita atenção em sua mira na baía movimentada, porém, porque não tinha ideia para onde estava correndo. Vana tinha vindo por aqui, passado pela baía, então a saída tinha que estar em algum lugar, o rastro tinha que existir.

Esperança não era algo em que Aurora preferia confiar, mas hoje não havia muitas outras opções.

As naves atracadas formavam uma fileira de dez, um número impressionante, embora algumas devessem ter transportado mais de um VIP lá de cima. A granada de Aurora incendiou a primeira, atraindo todos os olhares restantes enquanto seu fim rugindo se aproximava. No lado esquerdo da baía, o crepúsculo dava ao inferno da nave um belo pano de fundo, enquanto o lado direito servia para abrigar aglomerados de equipamentos, carrinhos de carga e depósitos de suprimentos amontoados em montículos cinzentos.

Nenhuma saída por ali.

Aurora avançou uma dúzia de passos, perto da segunda nave, antes que o primeiro laser viesse em sua direção. Um raio laranja passou zunindo pelo rosto de Aurora e se enterrou na parede à sua direita; o tiro tinha uma sensação de pressa, um atirador compensando pela velocidade cada vez maior do alvo. Baixando o rifle — Aurora desistiu da ideia de atirar depois que começou a correr — a comandante do Sever direcionou toda a energia de sua armadura para as botas.

Uma pessoa em armadura de combate não era a ideia que alguém teria de uma bailarina, uma dançarina suave e esbelta. Mas a armadura era como um trem, ganhando velocidade à medida que Aurora se mantinha apontada em uma direção, transferindo o impacto cinético de cada passada para a próxima.

A granada e seus danos deram a Aurora tempo suficiente para começar, e enquanto outros tiros seguiam o laranja, a maioria errou o alvo por muito. Apenas alguns acertaram, seu calor persistente desvanecendo-se através das costas de Aurora. A viseira não mostrou danos críticos, e Aurora manteve seu foco no que havia à frente, além daquelas naves.

A viseira captou uma coisa, no entanto: lá fora à esquerda de Aurora, suas luzes brilhando intensamente no escuro. Transporte com motores em chamas. Mais e mais decolando. Transportes? Naves da DefenseCorp retornando para suas bases em órbita?

Aurora teria ponderado mais sobre a ideia, exceto que sua corrida a trouxera ao final da linha de naves. Se acelerar os quilos pesados da armadura de combate levava tempo, freá-los vinha mais rápido. A baía de atracação terminava em uma parede espessa, que transformaria Aurora em pasta se ela continuasse investindo diretamente contra ela. Em vez disso, desligou os impulsos cinéticos, quase tropeçando quando as passadas perderam seu andar fácil e flutuante.

Segurando a respiração, Aurora saltou para frente, juntando os pés na curta distância. Levantando os joelhos o máximo que podia, atingiu o chão em um ângulo que deveria tê-la feito rolar de cabeça para baixo até colapsar, onde os perseguidores a encheriam de laser.

Em vez disso, acionando os impulsos cinéticos não gastos durante várias passadas, Aurora se lançou para cima. O impacto e seu momento giraram Aurora para frente e ela se enrolou com o loop, girando os pés completamente até que aquelas botas grossas e blindadas batessem primeiro na parede do final da baía. As placas de metal esmagaram-se, faíscas choveram enquanto suas botas se prendiam na parede, suspendendo Aurora a vários metros acima do chão.

— Alguém ficou impressionado? — Aurora disse, olhando ao longo da baía pela qual correra.

A resposta veio em mais disparos, atirados de longe e fora do alvo. Aurora desativou as travas, deixando-se cair em direção ao chão e rolando para o lado quando o atingiu. Lasers cascatearam enquanto Aurora saía do rolamento, dando uma olhada rápida ao redor.

A única saída da baía de atracação espelhava a entrada de Aurora à sua esquerda. Uma porta grande que levava sabe-se lá para onde, mas também a única opção de fuga de Vana. Levantando-se rapidamente, sofrendo alguns golpes no lado e nas pernas no processo, ataques que chamuscaram seus músculos e queimaram a proteção da armadura, Aurora voltou a correr.

Ela poderia ter atirado em todos eles. Poderia ter acabado com os soldados enquanto eles avançavam, tentando se esquivar de cobertura em cobertura na baía lotada.

— Vocês todos me devem suas vidas — Aurora murmurou, caminhando pesadamente até a porta com seu scanner vermelho piscando.

Com um comando rápido, Aurora fez a viseira iniciar uma contagem regressiva. Trinta segundos para abrir a porta antes que Aurora tivesse que lidar com o grupo avançando em sua posição. Ela não tinha o martelo de Gregor, não tinha a espada de Sai.

Mas tinha uma arma. Uma ideia.

Aurora chutou a porta. Com força. Trocou de pé e fez isso novamente. Os impactos amassaram a placa cinza simples, que não foi projetada para resistir a nada mais que uma equipe de pouso descontente. Um terceiro chute, e um quarto.

A viseira apitou. Alguém atrás dela gritou para Aurora se render.

— Estou me rendendo — Aurora disse, transmitindo as palavras e erguendo as mãos enquanto se agachava.

Qualquer coisa para ganhar mais um segundo.

A mesma voz ordenou que Aurora saísse da armadura. Isso, a capitã do esquadrão Sever não faria.

— Vocês podem querer recuar — Aurora disse. — Isso não é sobre vocês.

Quem estava lá, quem ouviu suas palavras, Aurora não sabia e não se importava realmente. A confusão deu a Aurora mais um segundo, tempo suficiente para acionar aqueles propulsores carregados. Entre sustentar a corrida de Aurora e serem recarregados com os chutes na porta, sua armadura de combate tinha energia cinética para queimar.

Sentindo como se tivesse se amarrado a uma nave de lançamento, Aurora explodiu do agachamento, avançando contra a porta enfraquecida como um míssil de tamanho humano. Não teve tempo de girar o ombro, de abaixar a cabeça. Seu capacete atingiu primeiro, um solavanco que não parou nada. Aurora viu, sentiu a porta se rasgando enquanto ela irrompia através dela, a armadura destroçando a barreira apenas para ricochetear no teto do outro lado e enviar Aurora em um rolamento descontrolado.

Um rolamento que soou duro, que pareceu rígido e contundente. Enquanto deslizava até parar, Aurora percebeu que esta metade, esta seção não era acarpetada e limpa como sua parceira oposta. Em vez disso, Aurora viu paredes reforçadas ladeando celas. Definhando entre barreiras de energia crepitantes, separadas apenas por um metro ou dois, estavam pessoas infelizes ou algo pior.

Como aquelas em Dynas, nas profundezas do complexo Helix, experimentos giravam ao redor de Aurora. Alguns ostentavam as marcas do vírus escuro, enquanto outros evidenciavam novos traços, como uma pele branca escamosa ou uma tonalidade azul em seus corpos. Quais propósitos eles teriam, que misturas adicionais a cientista Anaskya poderia estar jogando em sua mistura, Aurora não podia saber.

O choque desapareceu quando suas faculdades retornaram, corpo dolorido pela queda e agora encarando um grupo maior e diversificado derramando-se da baía. Armados e furiosos, o bando seguiu Aurora pelo corredor. Inicialmente, suas armas apontavam diretamente para Aurora e sua armadura de combate.

Inicialmente.

É difícil manter o foco quando você está cercado por coisas que não correspondem à sua realidade. Os capitães do esquadrão, os comandantes das forças especiais vacilaram ao perceberem que não estavam em alguma instalação monótona para alguma cúpula da DefenseCorp.

— Que diabos é isso? — perguntou um, suas faixas verdes marcando-o entre as especialidades mais mortais no arsenal da DefenseCorp.

— Isso? — disse Aurora, permanecendo plantada no chão. Ela viu sua chance, e manter os movimentos bruscos ao mínimo poderia permitir que Aurora conseguisse. — Isso é a verdade.

DOZE

CORAÇÃO ELÉTRICO

Com a lâmina vibrante de Perro em punho e a katana de Sai embainhada, os agentes e suas fileiras de soldados em transe ignoraram os dois enquanto caminhavam para o fundo da câmara. O que, na frente, funcionava como uma operação de equipar e enviar limpa e eficiente, tornava-se mais ·sinistro nos fundos. Lá, a fila diminuía para uma única coluna vinda de um túnel largo. Agentes posicionavam-se nos lados da entrada, e barreiras elétricas improvisadas conduziam os desesperados do Helix em uma fila constante.

Conforme cada um deixava o túnel, um robô enfermeiro estava sentado, seus vários braços girando de uma caixa contendo frasco após frasco preto. O robô sugava cada substância para dentro de uma seringa, girava e a injetava na próxima pessoa. A fila avançava um passo e o processo se repetia, cada golpe atingindo seu alvo na parte superior do antebraço.

As vítimas mal reagiam. Seus rostos flácidos, seus olhares distantes.

— Drogados — disse Perro enquanto caminhavam. —

Assustador, não é? Vana diz que todos enlouqueceriam se ficassem sem o sedativo.

— E é isso que está nesses frascos? Um sedativo?

— Claro que não. Isso é a causa. O molho secreto que todos esses coitados estão recebendo desde o começo. Supostamente para transformá-los em máquinas de combate.

— Spoiler: não funciona.

Perro deu de ombros enquanto se aproximavam. Finalmente, uma agente pareceu notar que Perro e seu cativo escolhido não faziam parte da ordem normal. Acenando para que as injeções continuassem, a mulher deixou seu posto e se aproximou alguns metros da fila para olhar Sai nos olhos cobertos pela viseira.

— Este é o que causou a confusão? — perguntou a agente.

— É ele mesmo. Abstinência — respondeu Perro. — Preciso levá-lo lá para baixo e tirá-lo dessa coisa.

A agente olhou para Sai, notou a espada e as pistolas. A própria armadura potencializada.

— Não sabia que tínhamos modelos como este aqui — disse a agente. — Este é o padrão da DefenseCorp. Onde conseguiu?

Sai não se moveu. Manteve-se fiel ao plano simples. Perro poderia traí-lo aqui, poderia entregá-lo e colocá-lo em uma posição muito difícil. Perro afirmava que nunca faria isso, por sua honra.

Para algumas pessoas, Sai até poderia acreditar na questão da honra. Perro, no entanto, havia tentado um golpe sorrateiro enquanto estava invisível. Havia forçado Sai a um duelo nas ruas de Wexer e depois armado uma emboscada para atirar à distância. A honra não fazia parte do jogo do atirador.

Então Sai se certificou de que o mercenário permaneceria leal.

— Temos alguns antigos lá embaixo — Perro falou rápido. — O cara de alguma forma escavou fundo para encontrá-los. Conseguiu sair por outro túnel. Quase libertou os caras realmente perigosos.

A agente empalideceu. — Então você o está levando para a enfermaria?

— Você sabe o que Vana disse — Perro assentiu —, pegue todo corpo que possa lutar decentemente e coloque-o na fila.

— Hoje é o dia — concordou a agente. — Traga-o de volta rápido, então. Estamos carregando todos que conseguirmos encaixar, e não estamos guardando sobras.

Seguindo as instruções da agente, outros dois abriram uma passagem na fila do Helix, permitindo que Perro e Sai passassem para o outro lado da câmara.

— Enfermaria? — disse Sai. — Não vou para a enfermaria.

— Não se preocupe com isso — respondeu Perro. — Quer ver onde estão construindo as armaduras? É bem perto do médico. Não existe uma verdadeira enfermaria aqui, cara.

Isso, Sai podia acreditar.

À direita de Sai, o próximo lote de armaduras marchava ruidosamente. Invisíveis em suas armaduras, ainda assim faziam barulho. À frente, naves luminosas recebiam os recrutas em marcha, com naves cheias subindo pelo ar. Eles teriam as autorizações necessárias, atracariam na frota em órbita e rasgariam o núcleo da DefenseCorp. Destruiriam tudo e deixariam um vácuo no comando da maior e mais forte empresa da galáxia.

— Eles nunca conseguirão sair vivos daqui, não é? —

disse Sai enquanto Perro os guiava para a esquerda, atravessando a ampla plataforma de pouso das naves. No lado esquerdo da plataforma havia o que parecia um bunker, com paredes fortificadas e uma única porta dupla se abrindo para eles. — Mesmo que essas armaduras vençam lá em cima, Vana não vai buscá-los, vai?

— Você está fazendo perguntas que caras como eu não sabem as respostas — disse Perro, embora o tom presunçoso em sua voz tenha desaparecido.

Inútil, esse aí.

— É para lá que estamos indo? — perguntou Sai enquanto Perro o conduzia para a nova estrutura.

— Você queria ver onde as armaduras são feitas? É lá que são feitas — disse Perro.

Como se fosse uma deixa, aquela porta dupla se abriu e um novo suporte cheio de armaduras penduradas saiu rodando em outro carrinho. Ao lado de Sai, um carrinho vazio passou rapidamente na direção oposta, com os agentes que o conduziam empurrando-o com pressa. Ver aqueles dois agentes trabalhando tão arduamente para movimentar as armaduras suscitou uma pergunta diferente, uma que Perro poderia realmente saber.

— Por que todos esses agentes estão operando as linhas? — perguntou Sai. — Fazendo o trabalho manual? Não há mais ninguém?

— Nem muitos deles — disse Perro. — Não sei por quê, mas estamos falando de menos de cem das sombras de Vana aqui. Talvez por isso tenham nos trazido. Para fornecer aquela segurança extra.

— O que você definitivamente fez.

— Ei.

Aproximando-se das portas duplas, Perro puxou Sai

para o lado enquanto esperavam pela próxima troca de carrinhos. A noite de Aurum Três se aproximava, fazendo os lançamentos das naves parecerem estrelas cadentes enquanto subiam em direção à órbita. Teria sido lindo em qualquer outra circunstância.

— Então, quando entrarmos, você tira isso, certo? — disse Perro.

— Vou tirar quando terminarmos aqui — respondeu Sai. — Só não deixe que ninguém atire na sua coxa e você vai ficar bem.

Ambos olharam para a perna do mercenário, visível enquanto o homem estava com a refração da armadura desligada. Um olhar atento poderia ver o volume onde Sai havia colocado a granada, desta vez programada para detonar com a transmissão de curto alcance de Sai. Um movimento errado, um olhar errado, e a armadura de Perro não o salvaria.

Com um clique zumbido, o carrinho novo saiu. Os agentes que o empurravam lançaram um breve olhar para Perro e Sai, sem parar enquanto os dois se esgueiravam atrás deles e entravam no centro de produção das armaduras.

— A segurança parece relaxada — disse Sai enquanto se moviam.

— Hoje é o grande dia, e já começou — respondeu Perro. — Não há nada que você possa fazer para impedir isso, meu chapa. Eles já estão enviando tantas armaduras.

— Essa é a sua opinião.

Entrar no edifício e sua ruidosa cacofonia, no entanto, ameaçou o otimismo de Sai. A entrada se abria para uma linha rolante e serpenteante que se arqueava do teto do prédio até o chão. À direita, uma bomba de metal fundido em uma extremidade lançava para cima os metais crus e quentes que cascateavam pela longa sequência até que, quase aos pés de Sai, o produto final saía para um robô pegar e pendurar no próximo carrinho da fila. Alguns agentes permaneciam perto do final da linha, prontos para mover o próximo carrinho e sem parecer minimamente preocupados.

Perro não deu muito tempo para Sai observar, conduzindo o espadachim para a esquerda, onde um elevador esperava com um scanner piscando em verde.

— Impressionante, né? — disse Perro enquanto se moviam.

— Vana construiu isso nos últimos meses?

— Mais rápido, cara. Isso já estava funcionando quando chegamos aqui.

— Então temos que destruí-lo.

— Calma aí. — Perro baixou a voz. — Sei que você tem seu desejo de suicídio e tudo mais, mas eu? Prefiro sair vivo dessa. Se você quer acabar com essa coisa, vamos encontrar uma maneira de fazer isso discretamente.

— É por isso que você está me levando para o elevador?

— Se ficássemos parados lá, alguém perguntaria que diabos estamos fazendo. Estou ganhando tempo, mas isso vai acabar logo, então espero que você encontre uma ideia melhor.

Sai deu mais uma olhada na linha massiva. Poderia lançar algumas granadas ali, destruir as coisas, mas isso derrubaria o local inteiro e mais. Pior, parecia haver todas as oportunidades para Vana reconstruir qualquer linha danificada rapidamente. Perro continuava dizendo que hoje era o dia, mas amanhã poderia ser pior.

Aurora trouxe o Sever aqui para tentar acabar com a ameaça de Vana. Sai devia isso a ela, à sua própria família, impedir que essas armaduras voltassem.

— A que profundidade esse elevador vai? — perguntou Sai.

— Agora sim, é esse o tom que estou procurando — respondeu Perro. — E não faço a menor ideia, chefe. Estivemos pela base principal, este lugar, e não muito mais. Vana não nos deu exatamente um tour.

— Então vamos descobrir.

O scanner aceitou o comando de Perro sem reclamar. O elevador se abriu, oferecendo um bom conjunto de opções. No fundo, Sai viu o que queria.

Gerenciamento de Energia.

Perro assobiou quando Sai escolheu a opção.

— Estou começando a entender o que você está pensando — disse Perro enquanto o elevador se punha em movimento. O chacoalhar sacudiu Sai por um minuto até ele se lembrar de que esta não era uma base nova, mas algo que Vana havia roubado e convertido ao seu próprio gosto. — Só certifique-se de nos dar tempo suficiente.

— Teremos tempo — respondeu Sai —, se fizermos isso direito.

As portas do elevador se abriram, mostrando a Sai o que *direito* realmente significava. Sobrecarregar a energia de algo, seja as baterias de uma nave estelar ou a conexão de um edifício com o núcleo superaquecido de seu planeta, tendia a exigir um conhecimento de informática que Sai não possuía. Ele não iria hackear algum sistema, mudar alguns valores e então se sentar com um sorriso e assistir ao mundo queimar.

Não, Sai faria a destruição ele mesmo, e Vana havia feito o que podia para facilitar as coisas para ele.

Superaquecer metal suficiente para fazer tantas armaduras, e as armaduras potencializadas ou o que quer que tenha vindo antes, significava que o gênio da Defense-

Corp que havia construído essa coisa há muito tempo atrás havia se conectado à crosta profunda de Aurum Três e além. A estrutura da broca e seu sifão preenchiam a sala em que Sai e Perro entraram. Uma parede de monitores os recebeu primeiro, exibindo para onde toda essa energia estava indo, e atrás dela, a grande fera enegrecida com seus conversores sugando calor e transformando-o em carga.

Olhar para aqueles monitores disse a Sai que eles não tinham chegado à fonte de energia das armaduras, mas sim ao fornecimento de energia para toda a base.

— Eu chamaria de lindo, mas aí me sentiria mal por matá-lo — disse Perro.

— Não se sinta — respondeu Sai. — É uma máquina, nada mais.

Embora houvesse um scanner abaixo dos monitores, Sai não tentou se conectar. Um alarme poderia ser acionado, e esse não era o objetivo deste exercício. Em vez disso, ele contornou as telas enquanto Perro o seguia. A extremidade da broca se projetava como uma esfera sendo esmagada por um gigantesco tijolo de aço negro. Esse tijolo, localizado a vários metros acima da cabeça de Sai, estaria realizando o trabalho árduo de transformar calor em energia.

Também seria a parte mais vulnerável de toda esta operação. Interrompa-o, e a base desmoronaria.

— Me impulssiona — disse Sai.

— Te impulssiona? Como se fôssemos crianças?

— Não é uma pergunta. Faça isso.

— Tudo bem, cara. Você poderia rir um pouco.

Sai cerrou os punhos e lançou um olhar furioso a Perro que a viseira escondia. — Meus companheiros de esquadrão estão lutando por suas vidas lá fora. Meus amigos da Defen-seCorp, aqui sem culpa alguma, estão prestes a ser mortos por maníacos invisíveis assassinos. Me desculpe se não estou sorrindo ainda.

Perro, pela primeira vez, manteve a boca fechada e ajudou Sai a se erguer em direção ao tijolo de metal. As mãos do homem não eram das mais estáveis, então Sai prendeu seu gancho na lateral do tijolo para obter alguma estabilidade. As mãos de Sai foram em seguida para os pequenos discos presos à parte inferior de suas costas.

Fazia um tempo desde que Sai tinha podido brincar com suas ferramentas favoritas: minas. Os pequenos explosivos tinham um grande impacto, e ele havia montado um novo conjunto durante as férias do Sever na estação. Estes, usando pequenos dentes, fixaram-se na superfície do tijolo e apitaram indicando que estavam prontos para detonar.

— Estas vão explodir quando eu mandar — disse Sai depois que Perro o desceu. — Subimos, nos afastamos e desligamos este lugar.

Ou pelo menos, isso é o que Sai teria feito. Em vez disso, tanto ele quanto Perro congelaram quando as portas do elevador se abriram de volta para a entrada. Vários pares de botas entraram na sala.

— Sabemos que vocês estão aqui embaixo! — A voz que chamava não soava nem um pouco assustada. — Somos muitos, vocês são dois. Desliguem suas armaduras e se rendam, e talvez Vana seja gentil.

Claro que seria.

Mantendo-se quieto, desejando que Perro soubesse ler os sinais de mão do Sever, Sai sacou sua katana e tomou a direção oposta à rota que haviam seguido. Os agentes, no entanto, não seguiram exatamente seus passos, mas se separaram, suas vozes dando ordens os denunciando. Sai e Perro rolaram seus pés, abafando os suaves estalos com o constante rugido da broca.

Contornando a curva, Sai pegou fôlego e balançou a katana antes mesmo de poder ver seu alvo. O agente, provando mais uma vez que os combatentes de Vana não deviam ser subestimados, recuou rapidamente. A lâmina da katana atingiu o braço do agente, causando um corte, mas nada mais. O agente gritou, tentou levantar um rifle enquanto Sai avançava, acabando com o movimento antes mesmo que começasse.

Perro disparou pelo lado direito de Sai, enfrentando a agente ali antes que ela pudesse disparar uma pistola no lado de Sai.

— Hora de correr — disse Sai, rompendo através dos próximos dois agentes na fila enquanto suas armas se levantavam. — São muitos para nós!

Talvez não realmente, considerando o espaço confinado, mas Sai não podia arriscar. Ser baleado aqui poderia arruinar tudo para o Sever, e aquelas minas precisavam explodir. Agitando a katana, ele cortou um dos canos, fatiando-o completamente e liberando uma explosão fumegante e quente. A armadura potencializada de Sai o manteve seguro, mas os dois agentes recuaram, tentando se proteger.

Perro entrou na linha enquanto Sai corria, os dois contornando em direção ao elevador. Seis agentes mais esperavam lá, rifles apontados e miras centralizando-se nos dois soldados com armaduras. Não era bom.

— Segura firme! — Sai agarrou Perro com a mão esquerda, segurou a katana com a direita e acionou o salto impulsionado da armadura potencializada.

Juntos, o par voou para dentro e por cima de uma rajada de laser. Sai sentiu novas queimaduras se somarem às antigas enquanto seu visor exibia um alarme após o outro, mas os agentes se desviaram dos corpos blindados, permitindo que os dois rolassem, fumegantes, para dentro do elevador aberto.

— Te peguei — sussurrou Sai, usando sua katana para pressionar o botão de subida enquanto enviava o sinal.

As portas do elevador tremeram enquanto os agentes corriam em sua direção, enquanto, atrás deles, aquele tijolo de aço negro se iluminava em chamas luminosas.

TREZE

RETIRADA TÁTICA

O martelo balançava, as botas batiam com força no chão, e Gregor trovejava pelos corredores. Janelas estilhaçavam atrás e ao redor dele, tanto por seus golpes selvagens quanto pelos ocasionais tiros certeiros. Ele encontrava interseções com seletiva aleatoriedade, escolhendo direções que gradualmente o levavam de volta à passarela que retornava à baía da *Prisa*. Um plano, além de distrair o inimigo, não havia se formado, mas se as forças em seu encalço continuassem a perseguição, pelo menos a nave de Sever poderia lhe dar alguma cobertura.

Gregor, em uma missão normal, teria enviado um pedido de ajuda. Ele teria inundado as ondas de rádio da DefenseCorp com sua localização e sua perseguição, chamando ataques aéreos ou reforços. Em vez disso, agora, ele corria em silêncio, sua própria respiração sendo o único som que lhe fazia companhia na jornada.

Se é que se poderia chamar os laboratórios, escritórios e salas de conferência de jornada: Sua decoração sóbria e propósito funcional traziam repetição a cada curva, tanto que Gregor teria se perdido muitas salas atrás se seu visor não mantivesse projetada a direção geral da *Prisa*. Ele desviava da seta dourada traçada no chão a cada algumas curvas para manter seus perseguidores adivinhando e, até agora, Gregor continuava vivo.

Ao arrebentar a próxima porta — Gregor carregava o martelo entre aqueles portais selados batendo em paredes e janelas — o soldado da Sever encontrou-se em uma sala familiar, embora não exatamente igual. Paredes de concreto transparente em ambos os lados reforçadas com ripas feitas para serem abaixadas, nada no chão, e outra porta na extremidade oposta. Sem janela aqui para a noite de Aurum Três, mas Gregor reconhecia uma gêmea quando a via.

A sala poderia ser monótona, mas sua única ocupante fez Gregor parar um passo após entrar no espaço. Briany estava imponente em seu traje, nem um pouco invisível com seu enorme canhão seguro em ambas as mãos. Ela estava com o capacete levantado, um sorriso ardente combinando com seu cabelo tingido de azul.

Gregor não tinha para onde pular, nenhuma pistola à mão para atirar, e não tinha dúvidas de que o canhão de Briany despedaçaria sua armadura potencializada como se fosse confete. Mas saber que você vai morrer e deixar isso acontecer são duas coisas diferentes.

Erguendo seu martelo, pronto para sair lutando, Gregor começou a avançar.

— Sai da frente — disse Briany, virando a cabeça para a direita.

Não sendo alguém que questiona ordens no calor do momento, Gregor fez o que ela pediu, mergulhando para a direita enquanto Briany abria fogo com o canhão. Em vez de transformar Gregor em cinzas, os lasers de Briany dispararam por trás das costas de Gregor, pelo corredor que ele estivera destruindo. Gritos de pânico ecoaram, ordenando recuar, encontrar outro caminho.

Observando-a atirar enquanto se equilibrava, Gregor captou a luz quente enquanto ela iluminava o rosto de Briany, viu as marcas de queimadura em suas manoplas escurecerem à medida que o canhão atingia temperaturas terríveis. Ela se mantinha firme, mantendo a mira nivelada enquanto os pacotes de bateria em suas costas enviavam energia sobre seus ombros para a grande arma.

Uma visão incrivelmente bela.

Gregor odiava terminar tal maravilha, mas aquelas forças em retirada encontrariam o outro caminho em breve. Uma vez que tivessem Gregor e Briany encurralados, o fim viria rápido e doloroso.

— Precisamos ir — disse Gregor, dirigindo-se para a porta distante e derrubando-a com duas marteladas fortes. — Agora.

Briany, recuando em direção a Gregor sem interromper o fluxo de laser, finalmente desligou o disparo ao segundo grito de Gregor.

— Você quer fugir? — perguntou Briany. — Não achei que fosse covarde.

— Mudando o campo de batalha — respondeu Gregor. — Eles vão trapacear.

Briany começou a contrapor, mas eles não tinham tempo para provocações, então Gregor disparou. Trotando pela porta em direção às escadas, Gregor pulou o corrimão e despencou para o andar de baixo. Aterrissando com força suficiente para rachar a placa de metal, Gregor grunhiu quando a armadura potencializada informou que os impulsores cinéticos do traje estavam agora sobrecarregados.

Sempre bom ter outra arma no arsenal.

Briany veio mais devagar, descendo as escadas em um andar desajeitado.

— Eles não fizeram minha arma para isso — disse Briany depois que Gregor pediu para ela ir mais rápido. — Se quiser me deixar, pode ir. Eu enfrento todos eles sozinha.

Isso não responderia às mil perguntas que Gregor tinha, começando com por que diabos Briany estava parada em um corredor aleatório em um planeta aleatório como este. Em vez disso, Gregor olhou para a direita e então lançou seu martelo contra o teto sobre a outra escada. Com sua explosão de energia ativada, o martelo atingiu as ripas superiores, estilhaçando luzes e quebrando os suportes. A pancada pesada lançou o martelo de volta pelo caminho que veio, aterrissando a grande arma não muito longe dos pés de Gregor.

E a escada? A escada agora tinha uma enorme pilha de escombros bloqueando seus degraus superiores.

— Bela tacada — disse Briany ao descer.

— Fácil — respondeu Gregor. — Vamos.

Com Gregor liderando, os dois voltaram à passarela móvel que cruzava a longa extensão em direção à baía da *Prisa*. Briany não conseguia andar rápido, então, assim que chegaram à passarela, Gregor moveu-se para o lado, deixando que o motor elétrico da passarela os carregasse enquanto Briany se preparava para pulverizar qualquer coisa que viesse atrás deles.

Na noite que se aproximava de Aurum Três, as luzes brancas que adornavam o arco central da passarela iluminavam a jornada. Do lado de fora, motores mais brilhantes faiscavam enquanto naves subiam em direção ao espaço. Lançadeiras de pouso? Gregor não podia ter certeza, mas supôs que, fosse o que fosse, os lançamentos não significavam nada de bom.

— Obrigado — disse Gregor quando ninguém apareceu após os primeiros segundos.

— Por salvar sua bunda depois que você nos largou em Wexer? — respondeu Briany. — Não me agradeça. Agradeça a Tarla. Eu ia te queimar até ela mudar o jogo.

— O quê?

— Vana nos contratou para torrar todos vocês se o pessoal dela falhasse. — Briany falava sem desviar o olhar da direção do inimigo. — Pelo que vi lá atrás, você os tinha derrotado. Eu deveria esperar, impedir que vocês saíssem.

— Você deveria esperar?

Agora Briany deu de ombros. — Vana está pagando, ela é quem deu as ordens. Depois que vocês entraram na base, devíamos manter vocês lá dentro ou matar vocês. Eu fiquei no centro, Tarla e os outros ficaram com o prêmio de verdade.

— Que prêmio de verdade?

— Todas aquelas luzes lá fora, eu acho — disse Briany. — Algo sobre detonar uma bomba humana hoje. Se tivéssemos que matar vocês, devíamos fazer isso. Caso contrário, atrasar, atrasar, atrasar.

Mais perguntas que Gregor não podia responder com seu martelo.

— Matamos os traidores lá dentro — disse Gregor, olhando de volta pela passarela junto com Briany. — Aqueles que queriam isso. Eles se foram.

— Legal — disse Briany. — Aquelas pessoas não assinaram o contrato conosco. Vana assinou.

— Você poderia ter atacado lá dentro. Nos impedido.

— Despedaçado vocês? Sim, eu poderia. Vana me tinha bloqueando aquela outra escada depois que vocês pousaram. — Briany riu. — Parece que ela tem brincado com todos vocês.

— Ela vai perder.

— Parece que ela está ganhando. — Briany estreitou os olhos. — Hora do jogo, Gregor.

Erguendo seu canhão, Briany soltou uma saraivada de raios brancos ao longo da passarela. Sombras se dispersaram para longe da entrada, ficando cada vez mais para trás. Gregor encaixou seu martelo em sua bainha e sacou suas pistolas. Entre os dois, nada conseguiria—

A passarela parou, as luzes piscaram quando o chão tremeu. Gregor inclinou-se para frente, segurando-se no corrimão da passarela. Briany caiu para trás, o canhão ocupando suas mãos. Gregor ouviu o estrondo quando os pacotes de bateria dela amorteceram a queda, e quando olhou em sua direção, viu faíscas jorrando de sua arma.

As luzes morreram. Em todo lugar.

De uma base reluzente espalhada por um deserto dourado a uma extensão negra iluminada pelo brilho remanescente dos motores das lançadeiras em ascensão em uma fração de segundo. E no segundo seguinte, lasers cortaram a escuridão, disparando em direção a Gregor e Briany da entrada da passarela.

— Eles nem estão pedindo rendição — disse Briany, com dor em sua voz. — Você deve tê-los deixado realmente zangados.

Gregor disparou dois tiros patéticos de pistola de volta em direção ao fogo que se aproximava. O visor cobria todo o túnel com ameaças potenciais, e seus dois disparos não fizeram nada para diminuir o ataque. Sua armadura potencializada recebeu impactos, queimando seu ombro esquerdo e enfraquecendo a placa do peito para pouco mais que um plástico frágil.

— Não podemos ficar aqui — disse Gregor.

— Ótimo, não posso correr — respondeu Briany. — O preço de ter essa coisa.

— Então vou te carregar.

Briany começou algum protesto, mas Gregor agachou-se enquanto lasers preenchiam o espaço acima. Enganchando suas luvas sob os ombros dela, Gregor ativou seus impulsores cinéticos e saltou. Carregar Briany impediu Gregor de atingir sua altura usual no salto, mas a passarela não era alta, e o guerreiro da Sever lembrou-se do teto de vidro quando se chocou contra ele.

Talvez a passarela tivesse sido projetada para resistir ao vento contínuo de Aurum Três, mas certamente não foi feita para bloquear um traje de armadura potencializada em plena carga. A cabeça de Gregor atravessou com um estrondo que sacudiu os ossos, estilhaçando o vidro e rachando a barra central da passarela, junto com todas as luzes agora mortas embutidas nela. À medida que o salto de Gregor perdia força, e com Briany soltando maldições durante todo o caminho, o par caiu de volta através do vidro estilhaçado, desencadeando a falha total para cima e para baixo da passarela.

Aurum Três apressou-se para preencher sua nova brecha, soprando areia. O vento cortante pegou fragmentos de vidro e os girou de um lado para o outro pela passagem enquanto os dois mercenários aterrissavam. O salto de Gregor lhes deu alguns metros e proporcionou uma enorme distração.

Ignorando as reclamações de Briany e sua própria dor de cabeça repentina, Gregor puxou a Patrulheira do Crepúsculo para trás. Os lasers haviam parado, e embora Gregor não soubesse por quê, ele com certeza não ia desperdiçar esse bônus.

— Eles não podem nos ver, os idiotas — Briany riu

enquanto Gregor finalmente a ajudava a levantar. Sua mochila parecia ter entrado em curto-circuito, com as faíscas desaparecendo à medida que as baterias chiavam. — É por isso que você precisa chegar perto. Não dá pra errar desse jeito.

— Não dê ideias a eles — disse Gregor. — Vá na frente.

— Deixando uma dama liderar? Que educado.

— Nunca vi uma dama como você.

— E nunca verá novamente.

Briany aceitou o lugar oferecido, virando as costas para o inimigo e iniciando uma corrida desajeitada. O fim da passarela se aproximava e, com ele, alguma cobertura à medida que desciam para a baía. Chamados para avançar vinham pelo ar agora, elevando-se acima do vento. A força da DefenseCorp ainda não havia desistido.

Nunca antes Gregor havia retornado a um espaço tão perturbador, ensanguentado e arruinado como a baía da *Prisa* e sentido alívio. Sem as luzes, sem a energia, ele teve que sacar seu martelo e esmagar a porta, mas além dela, Gregor viu esperança: a *Prisa* permanecia, e suas luzes de navegação tinham energia. O que quer que tivesse danificado a própria base havia deixado a nave da Sever sozinha.

— Ela parece boa — disse Briany enquanto avançavam através dos escombros e contornavam as estranhas esculturas. — Todo o resto aqui é muito esquisito.

— Você perdeu a diversão.

— Imagino.

Atrás deles, sons de aproximação sinalizavam que seus perseguidores haviam ganhado terreno. Agindo por impulso, Gregor mudou seu comunicador da banda do esquadrão para a transmissão de campo próximo. Enviar o sinal os denunciaria para os perseguidores, mas se alguém estivesse na *Prisa*, então...

— Gregor, parceiro, é você fazendo esse barulho todo aí fora? — A voz doce e irônica de Eponi respondeu primeiro à sua chamada. — Eu diria que estou chocada, mas quem mais faria tanto barulho?

— Abaixe a rampa — respondeu Gregor, sem se dar ao trabalho de entrar na brincadeira. — Cobertura atrás, estamos sendo perseguidos.

— Entendido. — Eponi poderia estar impregnada de humor, mas a piloto sabia quando o negócio tinha prioridade. — Aguarde aniquilação. Tarla, vá para a torre de boreste.

Tarla?

O nome confundiu Gregor por tempo demais antes que ele se lembrasse da segunda parte importante do pedido.

— Apenas assustem eles — acrescentou Gregor enquanto afastava uma pilha de escombros com o martelo, abrindo caminho para Briany. — Sem mortes.

— Por quê?

— Porque ele não quer machucar seus velhos amigos — disse Tarla, desta vez, juntando-se da sua torre. — Vocês são todos sensíveis.

— Sem mortes — repetiu Gregor.

— Ouvi você — disse Tarla enquanto os primeiros tiros passavam zunindo pelo ombro de Gregor. — Protejam as pestanas, pessoal.

A *Prisa* iluminou a baía escura, disparando rajadas alaranjadas de baixa potência de sua torre sobre as cabeças de Gregor e Briany. Escombros e esculturas pegaram fogo ou derreteram, os silvos e estalos dando lugar a gritos para recuar, para correr.

— Gregor, espere até chegar aqui — disse Eponi. — Tenho uma história e tanto para te contar. Mas primeiro, preciso perguntar, onde está Aurora?

CATORZE

ESTRATÉGIA DE FUGA

Gregor e Briany cronometraram sua entrada com perfeição. Depois que toda a base tremeu e as luzes apagaram, Eponi e Tarla haviam queimado minutos preparando o *Prisa* para voar. Quando o homem do martelo e a mulher do canhão, como Eponi os chamava, irromperam pela entrada de lixo e tinta ensanguentada, Eponi estava enviando a energia do *Prisa* para os motores.

A ideia? Chegar bem perto da saída e usar a potência concentrada da nave para derreter um buraco.

Depois, encontrariam quem pudessem, recolheriam os soldados no compartimento do *Prisa* e dariam o fora.

— Você deixaria a missão incompleta? — disse Gregor enquanto se liberava de sua armadura potente na câmara central do *Prisa*. O traje do homem tinha marcas pretas, furos e todos aqueles belos arranhões que resultam de um trabalho bem-feito. — Você deixaria Vana viver?

— Não por muito tempo — respondeu Tarla, captando o olhar desconfiado de Gregor e devolvendo-o com um sorriso. — Sua piloto aqui tem todas as gravações que poderíamos querer na nave. Quando atingirmos a órbita, podemos transmiti-las. Nem mesmo a DefenseCorp pode enfrentar toda a galáxia unida.

— Viu? — acrescentou Eponi. — Eu sou praticamente a melhor.

— Você é, mas isto vai demorar demais — respondeu Gregor. — Vana vai fugir, ou atacar.

— Ela já está fazendo isso — disse Briany, saindo de seu traje depois de Gregor.

Eponi olhou para o grande canhão no chão, ao lado de suas baterias danificadas. Se aquela coisa explodisse, toda a nave poderia ir junto. O que, uh, não seria bom. Talvez, se Eponi pudesse enfiar o canhão dentro de um armário de armas, isso poderia impedir a explosão de-

— Então temos que parar as naves de transporte — Tarla respondeu a algo que Briany havia dito. — Não sou heroína, mas quero meu dinheiro e meus contratos. Aqueles monstros invisíveis não vão tirá-los de nós.

— Ãh, o quê? — perguntou Eponi quando todos os olhares se voltaram para ela.

— Coloque a nave em movimento — disse Gregor. — Temos alvos para derrubar.

Ah, bem, Eponi podia fazer isso.

O *Prisa* ganhou vida não muito depois, flutuando naquele hangar escuro como a morte enquanto Gregor e Briany tomavam seus lugares nas duas torres de tiro. Eponi não conseguia se livrar da estranha sensação ao ver Tarla na cadeira do co-piloto ao seu lado, onde Aurora deveria estar sentada. As duas capitãs não podiam parecer mais diferentes: Aurora sempre parecia pronta para lutar ou se preparando para uma, reta e severa. Tarla reclinava-se na cadeira e cutucava os dentes com uma mão, enquanto passava a outra pelo console.

— Então vamos atirar para sair daqui? — perguntou Tarla enquanto o *Prisa* tremia ao sair do chão.

— A menos que você tenha um código para abrir a porta?

— Precisaríamos restabelecer a energia primeiro. — Tarla percebeu o olhar questionador de Eponi — se a capitã realmente tivesse um código, ligar a energia poderia ser uma opção melhor. — Desculpe, Vana não compartilhou todos os seus segredos.

— E você não os tomou?

— Não achei que precisaria deles para vencer vocês.

Eponi imaginou que os Rangers do Crepúsculo de Tarla não haviam queimado um único Sever ainda, mas a piloto achou melhor não provocar a ira de Tarla enquanto precisava manter as mãos no manche do *Prisa*. À medida que a nave subia sobre os escombros e a escória ainda em chamas que havia sido os restos do vírus, Eponi intensificou as luzes e mirou na linha de metal cinza que fechava o hangar da noite estrelada de Aurum Três.

— Você quer atirar através disso? — a voz de Gregor soou pelo intercomunicador, nítida e clara. — Não temos tempo.

— Não — disse Eponi. — Vamos tomar um caminho diferente.

A DefenseCorp construiu o hangar na paisagem arenosa de Aurum Três, colocou um portão espesso e cercou toda a plataforma com metal. Embora o portão fosse padrão, grosso e forte, Eponi imaginava que as outras áreas do hangar não receberam o mesmo tratamento. Com as luzes do *Prisa* brilhando, sulcos gravados nas paredes do hangar por aquelas almas presas deixavam claro que a fundação não existia para se defender contra um ataque.

Porque quem atacaria a DefenseCorp, a empresa mais perigosa da galáxia?

— Tudo ao nosso redor é areia, certo? — disse Eponi no silêncio que se seguiu ao seu último comentário. — Não é uma fundação estável. Atiramos nos suportes sob aquele portão, e tudo vai deslizar, nos dando uma abertura.

Mais silêncio. Tempo suficiente para Eponi começar a se perguntar se havia perdido algo óbvio. Tarla olhou para ela como se Eponi tivesse enlouquecido.

— Sou a favor de ser corajosa — disse Tarla quando viu Eponi olhando —, mas fazer um hangar desabar sobre nossas cabeças não parece uma boa jogada, mesmo para você.

— Não vai acontecer — retrucou Eponi. — Não vamos tocar nos outros lados. Eles manterão o teto por tempo suficiente para sairmos voando.

— É melhor ter um timing perfeito — acrescentou Briany de sua torre. — Vai ser por um triz.

— Já passei por situações mais apertadas — disse Eponi.

E tinha mesmo. Pelo menos uma dúzia de corridas de kart onde um centímetro de diferença havia sido a diferença entre um final bem-sucedido e uma colisão desastrosa.

— Tudo bem. — Tarla balançou a cabeça. — Não tenho uma ideia melhor, e a menos que um de vocês dois cabeças-ocas tenha algo escondido nas suas cabeças, acho que vamos seguir nossa piloto e começar a atirar. A cada segundo que perdemos aqui, mais naves decolam.

Gregor e Briany não ofereceram mais discordância, então Eponi levou o *Prisa* para frente até pairar a duas distâncias da nave do portão. Usando seu console de piloto, Eponi marcou as seções que queria que fossem atingidas, dando opções às duas torres e ao seu canhão central. Diminuindo a energia destinada aos escudos e motores da nave, Eponi maximizou o poder de disparo.

— Prontos? — disse Eponi.

— Prontos — responderam Gregor e Briany juntos.

— Então vão — disse Tarla.

Eponi apertou o gatilho, e o hangar se transformou em um espetáculo frenético de luzes enquanto as armas do *Prisa* mordiam com força a parede. O metal abaixo do portão recebeu os disparos, brilhando cada vez mais laranja à medida que a fuzilaria continuava. Os três centros ficaram brancos de calor, as bordas de metal se descascando sob o assalto antes de cair, como cinzas, no chão.

Gregor e Briany trabalhavam de fora para dentro, enquanto Eponi usava o alcance mais limitado de seu canhão central para dissolver um buraco maior diretamente sob o centro do portão. A destruição veio silenciosa, com os lasers emitindo um zumbido, o metal rangendo e rachando, mas nenhuma explosão abalou o hangar, nenhum grito de inimigos dando seu último suspiro.

Eponi teria chamado aquilo de meditação, teria entrado em transe, se Tarla não tivesse começado a apontar e gritar como uma garotinha.

— Olha a areia! Está passando! — Tarla se endireitou e apontou abaixo do buraco que Eponi estava queimando. — Não acredito que seu plano idiota está funcionando!

— Idiota? Você achou que era idiota?

— Ainda é idiota! — Tarla riu. — Vou continuar dizendo isso até sairmos vivos daqui, mas aquilo ali é realmente areia. Incrível.

O deleite de Tarla provou ser contagioso, e Eponi não conseguiu evitar rir junto com a capitã dos Rangers do Crepúsculo enquanto os três lasers trabalhavam em conjunto. Os grãos de Aurum Três filtravam por vários lugares agora, correndo contra a fundação enfraquecida. O sucesso trouxe suas próprias complicações, no entanto, à

medida que Eponi reduziu a potência do laser, particular-
mente para seu canhão central, para que o *Prisa* tivesse
energia para avançar a qualquer momento.

— O portão está tremendo — disse Briany. — Olhem
como está balançando.

As braçadeiras que seguravam os lados do portão, segurando-o de cima, não tinham mais nenhum suporte real de
baixo. A areia continuava a entrar, a força quebrando o
metal nas bordas já enfraquecidas pelo fogo do laser.

— Quando acontecer, vai ser rápido — disse Gregor. —
Estejam prontos.

— Ah, sabe como é, estou assistindo a um filme —
respondeu Eponi. — Só deixa eu terminar esta cena e já
volto.

Pelo menos Tarla riu.

A ruptura veio com um aviso estridente. Com um grito
cortante que todos puderam ouvir no *Prisa*, os suportes laterais do portão se romperam. A porta maciça caiu na areia
fluida abaixo, rasgando suas fixações superiores. Metal
quebrou, estilhaçou e choveu ao redor do *Prisa* enquanto
Eponi acionava os propulsores.

Na frente, o antigo lugar do portão oferecia uma vista
aberta do céu noturno. Bem, não exatamente aberta. Fios
isolados, vigas e placas de metal pendiam no caminho.
Gregor e Briany atiraram no que puderam, incinerando
destroços enquanto Eponi empurrava o *Prisa*, com alguns
arranhões e batidas que a fizeram estremecer, para o ar livre.

Ela pode ter erguido um punho. Pode ter comemorado.

O *Prisa* tomou o céu noturno como um pássaro em uma
brisa de verão, subindo sobre a base completamente escura
enquanto Eponi fazia a nave girar para ter uma visão melhor
da longa fila de transportes subindo em direção à órbita.

— Então vamos voar em direção a tudo isso? —

perguntou Eponi. — Em vez de procurar Aurora, Rovo e Sai?

— Aurora está ocupada — disse Gregor.

— Sai e Rovo têm os outros Rangers cuidando deles — disse Tarla. — Voltaremos para buscá-los. Vamos.

Apenas dizer as palavras não fazia nada acontecer, no entanto. Eponi ainda precisava escolher um alvo. Eles poderiam descartar as naves que já estavam no ar e tentar impedir que novas decolassem, ou Eponi poderia direcionar o *Prisa* para a frota e tentar impedir que o máximo possível acoplasse...

Vana só poderia vencer cruzando a linha de chegada.

— Apertem os cintos — disse Eponi, direcionando a energia para os motores do *Prisa* e lançando a nave em direção às estrelas.

A trajetória de voo de Eponi parecia o lado de um triângulo, queimando em uma ascensão que interceptaria as naves próximo à sua saída da atmosfera. Os alvos subiam com a não-urgência constante dos pilotos automáticos. Nenhum reagiu quando o *Prisa* se aproximou, nenhum se preocupou em fazer manobras evasivas. Cada um manteve sua subida, indo direto para seus alvos.

— Muito bem, crianças — disse Tarla. — Vamos iluminá-los.

Não havia razão para esperar até que chegassem à frente da fila. Enquanto Eponi continuava passando pelas naves, Gregor e Briany abriram fogo com suas torres, disparando rajadas escaldantes. Escudos absorviam alguns impactos, enquanto outros atravessavam, destruindo placas de blindagem ou abrindo buracos. Naves de transporte como essas foram feitas para sobreviver a um pouso forçado sob fogo, mas um ataque concentrado sem cobertura?

Cairiam rapidamente.

O para-brisa do *Prisa* piscou branco por um segundo intenso, seguido por um alarme estridente. Eponi desligou o som enquanto jogava o *Prisa* em um parafuso. Outros tiros seguiram, seus lasers enchendo o ar ao redor da nave Sever.

— Essas naves têm dentes — disse Tarla, olhando para seu console. — Não dentes muito bons, mas ainda são dentes.

— Eles estão automatizando tudo — disse Eponi. — Eu faço a dança, vocês continuam com os lasers.

Ela teria que desviar um pouco mais de energia das torres para dar ao *Prisa* alguns escudos para absorver os inevitáveis acertos, mas Eponi apostaria sua pilotagem contra as armas de um computador a qualquer momento. Embora, quando Eponi voltou em direção à fila de naves em ascensão e viu as quatro torres por nave disparando em sua direção, sentiu uma agitação nauseante no estômago.

— Derrubem-nas rápido — disse Eponi, alinhando o *Prisa* para que as três armas pudessem encontrar um alvo —, porque se não o fizerem, seremos os próximos.

— Acabei de conseguir esta nave — acrescentou Tarla. — Não quero vê-la danificada.

Se os lasers que se aproximavam não estivessem enchendo o para-brisa de Eponi, ela teria dito algo. Como estava, a piloto se inclinou para frente, agarrou o manche e tentou manter todos vivos.

QUINZE

MENSAGENS

Uma missão já desesperadora para encontrar o centro de comunicações tornou-se impossível quando as luzes se apagaram. Marchando pela areia o mais rápido que sua armadura potencializada permitia — o que, considerando os grãos escorregadios, não era nada veloz — Rovo estava mirando na estrutura baixa e iluminada para a qual sua ex-refém tinha apontado.

Então o chão tremeu, as dunas se agitaram e tudo ficou escuro.

Bem, nem tudo: os motores das naves brilhavam intensamente em suas decolagens flamejantes, e a frota massiva da DefenseCorp parecia uma constelação condensada no céu. Combinados, seu brilho prateado dava às dunas um aspecto fantasmagórico, como se Rovo tivesse caído em algum pesadelo.

— Isso faria sentido — murmurou Rovo, parado perto do topo de uma duna, olhando para a escuridão.

Ele não estava tão longe das barracas, mas se as portas estivessem sem energia, Rovo teria que derrubá-las. Possível, talvez, com a armadura potencializada e seus propulsores, mas a ideia não ganhou impulso enquanto seus olhos voltavam para todas aquelas naves decolando. Algumas estariam atingindo a frota da DefenseCorp em breve, provavelmente já bem adiantadas em seus procedimentos de acoplamento.

Se uma mensagem tivesse algum efeito, o novato teria que enviá-la agora. Ou, preferencialmente, alguns minutos atrás.

Clarões acima mantinham o olhar de Rovo voltado para o céu. Um brilho intenso de motor, de uma nave maior que aquelas lançadeiras, parecia estar desviando entre o ataque de Vana. Rajadas amarelas e laranja disparavam tanto das lançadeiras quanto da nave em looping, parecendo apenas faíscas da distante perspectiva de Rovo. Talvez uma das naves da DefenseCorp tivesse percebido a verdade e enviado alguém para deter as lançadeiras.

Uma única nave, porém, não seria suficiente contra todas aquelas embarcações em ascensão. A resposta truncada e coordenada das lançadeiras indicava que seus computadores de voo estavam controlando o fogo, mas o puro volume de tiros salpicava clarões esverdeados ao redor da nave combatente. Ainda assim, a forma como a aeronave girava, mergulhava e cortava de volta enquanto mantinha as linhas de tiro de sua torreta arrancou um assobio dos lábios do novato.

— Eponi, você deveria ver isso — disse Rovo, transmitindo no canal do esquadrão, esperando que a mensagem não fosse a lugar nenhum. — Tem uma nave aqui voando como você.

— É porque é ela, seu idiota — a voz de Tarla respondeu pelo canal, e Rovo quase caiu na areia. — Ela está lá em cima salvando seu traseiro. Onde você está? Em algum lugar inútil fazendo coisas inúteis?

Rovo decidiu não considerar a pergunta de Tarla.

— Como você está na... — Rovo começou, apenas para Tarla interrompê-lo novamente.

— Estamos na *Prisa*, fazendo o que precisa ser feito — disse Tarla. — Talvez você devesse calar a boca e liberar este canal para informações importantes.

Rovo de fato se calou, apenas porque observou mais atentamente a nave dançando entre os feixes de laser. Os pontos começaram a se conectar: ele podia enviar transmissões porque a energia da base tinha sido cortada por algum motivo, e agora seus sinais não estavam sendo bloqueados. Eponi deve ter tirado a *Prisa* antes que isso acontecesse, em algum acordo com Tarla.

Tarla, que agora decidira mudar de lado?

Esta missão ficava cada vez mais estranha.

No alto, a *Prisa* mergulhou para outro ataque. Clarões laranjas dispararam em direção a uma lançadeira, que soltou faíscas e então explodiu em chamas abertas. Como uma flor desabrochando, o ferimento da lançadeira cresceu enquanto a nave se inclinava, e então voltou em direção à superfície de Aurum Três em um mergulho flamejante. Rovo observou, com a brisa açoitando ao seu redor com suas areias, enquanto a lançadeira em queda ficava cada vez maior.

Por um longo momento, Rovo pensou que a nave em queda o atingiria, mas os motores do veículo continuaram funcionando o suficiente para transformar seu mergulho em um planar descendente. A nave em chamas passou sobre a cabeça de Rovo, carregando consigo calor e uma onda de estilhaços que ricocheteou na armadura potencializada do lutador da Sever como se ele tivesse sido atingido por pequenas pedras.

Rovo deu a volta, observando a lançadeira colidir e atravessar a próxima duna, parando não muito longe. Foi por pouco, mas podia ser uma oportunidade.

Lançadeiras não tinham muito, mas podiam se comunicar.

Em passadas longas, Rovo meio que correu, meio que cambaleou descendo sua duna e subindo a próxima. Ele sempre foi grato por a armadura potencializada poder suportar o vácuo, mas agora Rovo aplaudia os engenheiros por aquela vedação hermética e sua capacidade de manter toda a maldita areia do lado de fora. Lutar contra uma agente sinistra e seus trajes invisíveis já era ruim o suficiente, fazê-lo com areia entrando em todo lugar seria o pior.

Chegando ao topo da próxima duna, Rovo olhou para a lançadeira arruinada e confirmou suas esperanças: a cabine da coisa parecia amassada, mas de resto intacta. A parte traseira da lançadeira, onde estavam todas aquelas tropas drogadas, parecia estar em péssimo estado. Os motores ainda brilhavam, mas com tão pouca luz e impulso que não conseguiam mover a nave contra a resistência.

Rovo não via algo tão bonito há muito tempo.

— Vamos ver quem é inútil — murmurou Rovo enquanto descia pesadamente a duna até seu prêmio.

De perto, a lançadeira em chamas certamente parecia um inferno. Tendo estado nas naves antes, Rovo não conseguiu reprimir um pouco de tristeza. Ela não pediu para ser recrutada para um plano maligno. A lançadeira deveria ter sido usada em um grande ataque contra alguma população pobre, alvo de grupos mais ricos e poderosos que podiam pagar os preços da DefenseCorp.

Talvez fosse bom que a Sever tivesse abandonado as fileiras da DefenseCorp. A alma de Rovo poderia estar melhor por isso.

Rovo acessou a cabine da lançadeira pela única maneira

disponível: quebrando o para-brisa com um forte chute potencializado cinético. Entrando por cima do vidro no espaço apertado, Rovo descobriu que o console do piloto ainda funcionava. Desativando o piloto automático em pânico, Rovo deslizou — um gesto complicado com dedos grossos e enluvados — para o programa de transmissão da lançadeira.

Mais alguns toques abriram uma transmissão simultânea em todos os canais da DefenseCorp, garantindo que qualquer nave com ouvidos abertos ouviria o que ele tinha a dizer. Rovo limpou a garganta, estendeu a mão para abrir sua linha e sentiu uma mão em seu ombro.

A mão agarrou e puxou, arrancando Rovo de sua transmissão e enviando-o para além de seu atacante em uma queda em direção à metade em chamas da lançadeira. O calor atravessou o traje, os estalos de uma nave em chamas encheram os ouvidos de Rovo, mas nada disso significava algo comparado ao que ele viu.

Pairando sobre ele como um terror remendado estava um dos horrores de Vana. Protegido por seu traje invisível, o homem havia passado pelo ataque a laser com seu corpo intacto, embora a armadura tivesse pedaços faltando, revelando que o uniforme barato por baixo havia queimado. O capacete do homem, quebrado, revelava um rosto coberto de cinzas, uma boca em uma careta permanente e olhos tão vermelhos quanto Rovo jamais havia visto.

— Ei, amigo — disse Rovo, mas o homem não parecia ter ouvido as palavras.

Em vez disso, emitindo algo entre um rosnado e um grito, o homem arrancou uma faca deformada pelo calor de um coldre do traje e a cravou em direção ao peito de Rovo. O novato desviou, alcançando e agarrando o pulso do homem antes que ele pudesse conectar. Com a armadura potencializada, Rovo deveria ter sido capaz de jogar o homem como um boneco de pano.

Em vez disso, enquanto o visor de Rovo soava um alarme, o homem continuou empurrando para baixo. A faca se aproximou.

— Isso não deveria ser possível — disse Rovo, alcançando com a mão direita e sacando uma pistola. — Impressionante, mas não vou deixar você me esfaquear.

Rovo levantou rapidamente a pistola e atirou no peito do homem. O soldado de Vana cambaleou um metro para trás, batendo na lateral da lançadeira, permitindo que Rovo se levantasse. Com a distância extra, Rovo ergueu a pistola, dedo no gatilho para entregar mais algumas respostas fatais à pergunta se o soldado sobreviveria ao acidente.

Outro corpo o atingiu por trás, derrubando Rovo para frente. O novato mal teve tempo de se virar antes que outra pobre alma, esta ativamente em chamas, corresse uivando e derrubasse Rovo através dos restos da cabine e para a areia além. Atingindo o chão, Rovo tentou levantar os braços, tentou colocar sua pistola em posição para atirar, mas seu inimigo original retornou, agarrando a arma e arrancando-a.

O trio queimando, queimado e completamente assado se lançou sobre Rovo, socando sua armadura potencializada, alcançando suas facas e apunhalando seus braços, seu peito, suas pernas. O novato socou, chutou, desviou, mas cada vez que ele afastava um dos monstros, eles voltavam imediatamente, indiferentes à dor.

Pela primeira vez desde Gillane Quatro, Rovo acreditou que ia morrer.

O medo atacou o novato tanto quanto os soldados, jogando seus movimentos em pânico. Nada no treinamento da DefenseCorp cobria um ataque suicida como este, nada cobria experimentos científicos fracassados vindo até você com intenções assassinas.

Nada preparou Rovo para estar tão completamente sozinho.

— Dá pra parar de gritar, cara? — As palavras vieram quentes, altas, e Rovo percebeu que estava, de fato, gritando. — Tô quase chegando em você, mas não consigo pensar com você berrando desse jeito, sabe?

Rovo piscou, sentiu uma pontada aguda quando um dos soldados enfiou uma lâmina em seu ombro. Assim que o monstro retirou o ataque para fazer outro, um longo cabo voou, circulou em torno do pescoço do soldado e arrancou a coisa de cima de Rovo. O próximo levou um tiro de pistola em seu rosto confuso, e o próprio Rovo conseguiu lidar com o terceiro com um golpe desimpedido.

O novato queria desabar na areia, mas se havia uma coisa para a qual seu treinamento o preparou, era completar a maldita missão, não importa o quê.

Levantando-se, Rovo viu seu salvador despachando o último soldado. Ou melhor, viu os resultados. O traje de Javelin funcionava perfeitamente, mantendo o homem quase invisível.

— Valeu pelo salvamento — disse Rovo, subindo de volta para a cabine da lançadeira e confirmando que o sistema de comunicações ainda funcionava. — Mas eu teria dado conta deles. Mais um minuto.

— Ah, é mesmo? — respondeu Javelin de algum lugar — era difícil, Rovo descobriu, ter uma conversa com alguém quando você não sabia onde ele estava. — Do jeito que eu vejo, salvei sua pele, novato.

Agora os Rangers do Crepúsculo também estavam chamando Rovo de novato?

— Veja como quiser — respondeu Rovo, acessando a

transmissão novamente. — Fica quieto um minuto. Tenho que vender uma invasão para um monte de pessoas que me querem morto.

Quando começou a falar, no entanto, Rovo descobriu que as palavras fluíam como sempre. Ele começou com uma declaração de emergência, dizendo a todas aquelas naves lá em cima que as lançadeiras que se aproximavam não traziam nada além de morte. Reforçando o argumento, Rovo pediu que as naves da DefenseCorp entrassem em contato com as lançadeiras, para ver o que diriam.

— Vocês vão descobrir que elas não responderão, mesmo enquanto enviam os códigos de acoplamento corretos — disse Rovo, puxando para uma conclusão. — Não deixem que pousem em suas naves. Se fizerem isso, vão perdê-las. E, se tiverem um caça ou dois, enviem-nos para nos ajudar a queimar esses desgraçados.

Javelin tinha tirado seu capacete e ficou observando Rovo de além da lançadeira enquanto o novato terminava seu discurso.

— Um verdadeiro discurso para os tempos, cara — disse Javelin. — Quase derramei uma lágrima.

Rovo teria revirado os olhos, teria voltado com alguma resposta atrevida, mas a lançadeira soltou um novo ruído que soava como se suas baterias estivessem sobrecarregando.

Então, em vez disso, os dois lutadores correram para a areia.

DEZESSEIS

AS CELAS

Se Aurora comprou sua sobrevivência ao atrair os guardas da DefenseCorp para o laboratório científico atrás dela, ela a vendeu novamente quando a energia acabou. As celas, bloqueadas por portões reforçados com laser, ficaram tão escuras quanto o corredor, lançando todos na escuridão. Maldições ecoavam de algumas vozes enquanto outras tentavam organizar um grupo díspar em alguma aparência de ordem.

Aurora se levantou, seu visor exibindo uma bela lista de problemas que sua armadura de poder havia registrado durante a corrida e a subsequente colisão. Os ossos da armadura tinham fraturas, a articulação do joelho esquerdo de Aurora estava danificada e, se ela não tomasse cuidado, a capacidade da armadura de ajudá-la a mover seus membros pesados se desintegraria.

Isso deixaria a capitã do Sever como pouco mais que uma estátua vulnerável e imóvel.

O visor, no entanto, compensava a falta de iluminação. Mudando para um espectro infravermelho, Aurora pôde ver a confusa multidão que a perseguira enquanto eles se reorientavam. Alguns apontavam armas — manchas azuladas devido às suas temperaturas frias — para Aurora, enquanto outros as apontavam para as celas.

A atmosfera tinha a tensão de um fio, esperando para ser rompida.

— Por favor, não atirem — tentou Aurora, a armadura amplificando sua voz o suficiente para sobrepor todas as outras. — As coisas aqui dentro podem ser perigosas, e estamos todos do mesmo lado.

— Mesmo lado? — respondeu o homem que liderou a investida. — Você é uma assassina e uma traidora.

— Estou tentando salvar vocês — respondeu Aurora, dando um passo para trás mesmo assim. Quanto mais distância ela colocasse agora, mais fácil seria sua eventual corrida de fuga. — Vana está tentando transformar vocês nessas coisas.

Murmúrios entre a multidão. Mais armas apontadas para ela, mas ninguém havia atirado. Ainda.

— É mesmo? — disse o mesmo homem, aparentemente o líder nomeado do momento. — E o que diabos *são* essas coisas?

— Experimentos — disse Aurora. — Não tenho tempo para explicar agora, mas quando voltarem para suas naves, procurem por Dynas. Helix. Talvez não encontrem nada, mas continuem cavando. Estará tudo lá, incluindo por que seus chefes morreram hoje.

— Isso não vai funcio-

A resposta foi interrompida quando uma célula de vidro à esquerda bateu. Aurora viu a forma oblonga vermelho-alaranjada se mover como um gato à espreita em sua jaula. Tinha testado o portão e descoberto que a barreira elétrica havia sumido. Sem choques. E gritou.

Aurora estremeceu quando o silvo vibratório ecoou pelo

corredor, um ruído como de uma garganta eviscerada empurrando todo o ar que conseguia reunir. Como uma matilha horrível, as criaturas nas outras celas corresponderam ao grito, ecoando nos mesmos tons atormentados.

Talvez fosse outro experimento, um transformando os soldados já distorcidos em grupos de caça em vez de indivíduos sedentos por sangue.

De qualquer forma, era hora de Aurora partir.

— Se eu fosse vocês — disse Aurora, continuando a recuar. — Eu iria para as naves e sairia daqui. Nada de bom vai acontecer aqui.

Ela girou enquanto as vozes pediam para Aurora parar, para fornecer mais informações e explicações. Aurora os ignorou, mesmo quando ouviu as portas das celas continuarem a bater, ouviu o primeiro vidro começar a rachar. Ela precisava encontrar Vana e depois sair desse planeta de pesadelo.

As paredes do corredor apresentavam-se em tons suaves de azul, seu calor capturado dando a Aurora o suficiente para saber por onde andar. A visão fria, porém, não dizia a Aurora para onde Vana tinha ido, deixando um labirinto frustrante para interpretar.

Esse labirinto, no entanto, não era feito apenas de paredes.

Enquanto Aurora se afastava dos combates atrás dela, as celas além batiam e rachavam à medida que seus ocupantes buscavam a mesma liberdade conquistada por seus companheiros. Sacando seu rifle e acelerando o passo, Aurora tentou não se distrair com os estranhos gritos, a maioria próximos o suficiente de um grito humano.

Difícil, porém, ignorar quando uma cela se rompe diante de você, seu vidro espalhando-se pelo corredor. Aurora já estava com o rifle erguido e pronto quando a coisa cambaleou para fora. Com músculos irregulares e protuberantes declarando um jogo genético que deu errado, a pessoa, vestindo nada mais que um manto fino e rasgado, olhou na direção de Aurora com o mesmo caos de olhos selvagens que a comandante do Sever havia visto da torre da *Prisa* quando o Sever pousou ali.

— Sinto muito — disse Aurora, e era sincera.

Músculos ou não, o rifle fez seu trabalho e mandou a vítima fumegante ao chão. Aurora passou por cima do corpo, continuando mais fundo. Mais três celas se romperam enquanto ela caminhava, cada uma expelindo outro experimento a ser eliminado. Por mais perturbadoras que fossem as criaturas, elas pelo menos tinham pouca consideração por táticas, optando por investidas cegas em vez de qualquer coisa realmente perigosa.

Enquanto o rifle de Aurora tivesse energia, ela poderia continuar procurando.

Gregor havia usado pegadas no carpete para rastrear Vana desde seu primeiro encontro até a baía, mas os pisos duros aqui não ofereciam respostas tão fáceis. Em vez disso, Aurora tentou eliminar caminhos através da intuição e possibilidade. Com a energia ainda desligada, entradas com scanners não iriam abrir. Aurora poderia atravessá-las à força com tempo, mas em vez de chutar cada opção, ela tentou adivinhar para onde Vana poderia estar indo.

A baía teria sido uma escolha óbvia. Com a maioria de seus rivais pelo controle da DefenseCorp eliminados pelas mãos de Aurora e Gregor, Vana poderia ter se retirado para uma nave e subido até a frota. Declarar seu controle lá e talvez se encontrar à frente de uma vasta corporação pronta para dominar a galáxia.

Em vez disso, Vana continuou correndo. Pelo menos, Aurora tinha que assumir isso. Ela supunha que a agente poderia ter se escondido em uma daquelas naves e ficado lá, mas a segurança agressiva sugeria o contrário. O que deixava uma questão: por que fugir de volta para cá, para esses experimentos?

Talvez para arrastar Aurora através de mais monstros que poderiam eliminá-la.

Talvez para perder Aurora no labirinto de celas.

Mas havia sinais, difíceis de ler no espectro infraverme-lho, mas presentes nas paredes, indicando direções. Esta curva levaria Aurora a um laboratório de contenção, seja lá o que fosse, enquanto outra a levaria ao fornecimento centralizado. Nenhum parecia um destino provável para uma agente perseguida, uma agente realizando uma brutal tomada de poder.

Administração, no entanto? Essa era uma opção mais plausível. Assim que Aurora viu a placa indicando a direção correta, ela começou a trotar. Sua armadura de poder protestou, juntas enfraquecidas e motores quebrados fazendo com que a corrida de Aurora pendesse para a direita, necessitando de um ocasional solavanco de volta para a esquerda.

Irritante? Muito.

Na longa lista de problemas de campo de batalha que Aurora já havia enfrentado? Quase no fim.

A entrada para a Administração tinha a mesma aparência que todas as outras: scanner morto, ripa pesada desencorajando investidas violentas. Também tinha uma diferença crucial: um tom azul mais brilhante do que as outras portas pelas quais Aurora havia passado. Isso signifi-cava uma coisa: calor, possivelmente de alguns corpos vivos do outro lado.

Aurora franziu a testa para a porta por um longo suspiro, mas nenhum milagre se apresentou. Uma entrada silenciosa simplesmente não aconteceria. Aproximando-se, Aurora plantou o pé esquerdo e balançou o direito. Seu pé com a bota bateu na porta uma, duas, três vezes. Cada golpe aumentava um pouco mais a potência no amplificador cinético, e o visor tocou quando Aurora atingiu o máximo.

Para o grande chute, Aurora mirou baixo. Acionou toda a potência que conseguiu reunir, e o golpe ecoou um repique de estalo pelo corredor. Seu chute baixo arrancou a porta de suas laterais e a enviou voando de ponta a ponta para dentro da sala em vez de para o chão. Flashes receberam a porta, lasers atingindo seu metal em vez de continuar e atingir Aurora.

Trazendo seu rifle para o ombro, Aurora seguiu a porta enquanto esta caía no chão. Dois agentes estavam do lado oposto, agachados atrás de uma mesa coberta de estações de trabalho. Toda a sala combinava com o local escolhido por eles: mesas e telas largas agora escuras. Sem luzes, os agentes provaram sua desvantagem disparando seus tiros em direção a onde Aurora estivera, não para onde seus passos a levavam.

Eles não conseguiam ver Aurora claramente. Não conseguiam um tiro limpo enquanto Aurora avançava pela sala. Usando as mesas e seus conteúdos como cobertura, Aurora se abaixou e usou o ombro para derrubar os móveis, enviando componentes voando e mascarando seus passos com a barulheira de entulho. Ela podia ver os agentes, suas formas alaranjadas se revelando, enquanto eles começavam a fazer seus próprios movimentos em direção a uma saída diferente, esta rotulada para emergências.

— Parem! — gritou Aurora quando os dois agentes perceberam sua provável derrota e fugiram. — Vocês não vão conseguir!

Havia movimentos que Aurora fazia sem esperar que

tivessem sucesso, gestos que ela direcionava a um universo moral ou a uma consciência limpa, como se fosse capaz de dizer, quando alguma pessoa fatídica perguntasse, que ela tentou encontrar uma saída pacífica.

Esses movimentos nunca funcionavam. Eles forneciam a cobertura para os tiros que vinham em seguida.

Exceto que, desta vez, os agentes pararam. Suas mãos se ergueram, e as pancadas afiadas quando suas pistolas atingiram o chão deixaram Aurora tão atordoada que ela não disse nada aos seus novos prisioneiros.

— Não nos mate — disse o agente à direita, de pé na única área aberta no centro da sala. — Nós nos rendemos.

— Se aceito isso ou não depende do que vocês podem me dizer — disse Aurora, encontrando sua voz. Alguns passos estalando a levaram até o par imóvel. — Onde está Vana?

— Ela seguiu em frente — disse a outra, uma mulher e mais velha, com uma voz rouca pelo tempo e estresse. — Deveríamos atrasar qualquer pessoa que viesse atrás. A menos que tivéssemos a sorte de te matar.

— Atrasar por quê?

— Não sabemos — disse o homem —, mas ela está indo para sua nave. Íamos encontrá-la lá.

Então Vana estava tentando escapar, só que do seu próprio jeito. Talvez ela não confiasse em todas aquelas pessoas que trabalharam para o grupo que Aurora e Gregor haviam executado. Provavelmente uma jogada inteligente.

— Então não tenho muito tempo — disse Aurora, tomando um momento para pisar e esmagar as pistolas dos dois agentes. Elas estalaram e soltaram fumaça sob suas botas. — Que tal vocês dois seguirem de volta para o outro lado? Há algumas pessoas da DefenseCorp lá que podem lhes dar uma carona se pedirem educadamente.

— Pelas celas? — a mulher riu. — Nunca conseguiríamos.

— A escolha é de vocês — disse Aurora, sem parar enquanto ia em direção à saída. — Se eu pegar vocês me seguindo, vou atirar.

A capitã do Sever não olhou para trás. O visor avisaria Aurora se eles a seguissem.

— Espere! — O homem chamou quando Aurora alcançou a porta de saída. — Você é do Sever, certo? O grupo que Vana disse que estava nos atacando?

— O que importa?

— Porque há algo que você deveria ter. — Aurora se virou enquanto o agente tirava algo pequeno do bolso. — Não consigo ver bem onde jogar?

— No sinal de emergência.

Quando o objeto deixou a mão do agente, ele continha calor suficiente para parecer um pequeno brilho verde, depois azul. Mantendo o rifle levantado e pronto em sua mão esquerda, Aurora pegou o objeto no ar. Deu uma boa olhada nele. Uma unidade, como a que Vana deu a Sai lá na *Nautilus*.

— O que tem nela? — perguntou Aurora.

— Não tenho certeza — respondeu o homem. — Vana disse que se não matássemos você, deveríamos te dar isso.

— Muito gentil da parte dela. — Aurora deslizou a unidade em um compartimento no bolso de sua perna direita. — Vão embora.

Os dois agentes não ofereceram nada mais, embora Aurora não tenha ficado por perto para ver que escolha fariam. Se eles vivessem ou morressem não era problema de Aurora.

A saída de emergência levava a uma escadaria isolada subindo e descendo. Diodos laranja alinhavam os degraus.

Aurora teve que adivinhar, decidindo que uma saída de fuga repentina seria mais provável embaixo do que no topo. Quaisquer ataques orbitais começariam de cima, deixando uma fuga subterrânea mais plausível.

Com sua armadura oscilante e avariada, Aurora saltou de um patamar para o próximo, cada pancada a aproximando mais e mais. Finalmente, Vana tinha ficado sem lugares para se esconder.

DEZESSETE

O SUBTERRÂNEO

Apertar o botão do elevador deveria ter fechado as portas, deveria ter bloqueado o fogo, a explosão. Apertar o botão do elevador não fez nada, porque no mesmo instante em que Sai golpeou com sua katana, a base parou de puxar energia. As minas explodiram, destruíram o compartimento da bateria, e antes que Sai realmente compreendesse a profundidade do seu perigo, todas as luzes se apagaram, deixando a única iluminação vindo do brilho laranja-avermelhado que se expandia.

O calor e suas chamas acompanhantes invadiram Sai e Perro, este último gritando o que deve ter pensado que seriam suas últimas palavras. A armadura de Sai também gritava, informando o que os vazamentos em seu traje danificado já diziam pelo toque: mais alguns segundos e ele estaria tão frito quanto os agentes lá fora.

Invertendo a katana, seguindo o instinto desesperado de se afastar do calor, Sai cortou o chão do elevador. O golpe da katana adicionou faíscas ao fogo, uma delas encontrando no traje de Perro um belo combustível. O homem parecia uma vela, balançando os braços enquanto as chamas o envolviam.

Um segundo corte, depois um terceiro. Os olhos de Sai lacrimejavam, suas pernas queimavam. Ele sentiu o cheiro do próprio cabelo começando a fumegar.

Um quarto corte e o chão cedeu. Um quadrado de meio metro que se tornou maior quando Sai chutou outro pedaço para fora.

— Vai! — gritou o espadachim, embora suas palavras tenham desaparecido no rugido do fogo, um ruído constante de motor enquanto consumia o oxigênio.

Quer Perro tenha ouvido o grito de Sai ou não, o homem em chamas e seu traje esbelto deu um passo e caiu pelo buraco enquanto Sai chutava novamente, tentando aumentar o espaço para que sua armadura coubesse. Não que isso importaria se a queda fosse de muitos metros, mas uma queda prometia uma morte melhor que o fogo. Outro chute, outro pequeno pedaço.

Sua viseira gritava cada vez mais alto. A própria armadura ficava quente agora, seu próprio sistema de refrigeração incapaz de competir com a contínua rajada quente do forno explodido.

A resposta veio quando a viseira fez uma pergunta, querendo saber se Sai desejava evacuar sua armadura comprometida. Dando um último passo sobre o buraco improvisado, Sai largou sua katana, deixando-a cair na escuridão abaixo. A lâmina poderia perfurar Perro, mas se Sai tivesse que escolher entre a vida do mercenário e a espada de sua família, bem, ele já havia escolhido.

De pé sobre o buraco, Sai ordenou à armadura que o ejetasse. Engrenagens rangeram contra fixações derretidas, mas a armadura conseguiu executar um último comando. Por um instante, Sai sentiu um calor sufocante. Seus olhos, ainda fechados, ardiam. Seu cabelo curto completou sua transformação em fogo direto.

Seu estômago despencou enquanto Sai caía pelo buraco, a súbita velocidade e o ar mais frio apagando o fogo no breve instante entre a queda e uma colisão saltitante, que sacudiu seus ossos, com o que parecia ser um travesseiro firme. Sai rolou para fora, vindo a parar de costas, olhando para o brilho alaranjado acima.

— Melhor se mexer caso o elevador caia — disse Perro, sua voz mais um chiado que palavras humanas. — Valeu por quase me matar com aquela espada maldita.

Sai queria se levantar. Queria ver como o próprio Perro ainda estava vivo. Naquele momento, porém, seu corpo parecia contente em se acomodar em sua própria ruína. Sai já havia se queimado antes, em várias missões e por vários lasers, mas nenhum inferno se comparava àquele. O traje de pele que estivera usando sob a armadura cobria seu corpo da cabeça aos pés, indo até o pescoço, e parecia ter feito seu trabalho: Sai sentia dor, mas não havia perdido nenhum membro.

Seu rosto, no entanto, formigava com uma dor diferente. Um toque confirmou que as sobrancelhas de Sai haviam desaparecido, assim como seu cabelo. Uma sensação de choque e dormência formigava ao toque, uma sensação que Sai imaginou que se transformaria em agonia em não muito tempo se ele não cuidasse disso.

— Vamos lá — disse Perro, e Sai viu a mão do homem se estender. — Você parece um lixo. Vamos ver se algo no meu traje sobreviveu.

— Você sobreviveu — respondeu Sai, pegando a mão e ficando de pé, instável.

A luz não brilhava no fundo do poço, mas o brilho de cima fornecia iluminação suficiente para mostrar a Sai o acolchoado feito para um elevador desgovernado. Sorte que a DefenseCorp mantinha suas normas de segurança em dia. A katana se erguia da almofada como uma bandeira, e Sai, com cada movimento esticando sua pele queimada, puxou a lâmina.

Perro, em seus momentos sozinho, havia se arrastado até um nicho ao lado. Sai esperava um armário de manutenção ou algum pequeno lugar para uma estação de trabalho monitorando o status do elevador. Em vez disso, a plataforma de Perro parecia abrir para outro andar, um que não estava listado no painel do elevador. Uma porta, completa com um scanner sem energia, estava sem marcação e à espera.

— Estranho encontrar uma porta aqui embaixo, não é? — perguntou Perro quando Sai se sentou ao seu lado na plataforma. O mercenário começou a mexer nos restos carbonizados de seu antigo traje. — Embora, conhecendo este lugar, talvez não seja tão estranho assim.

— Duvido que vamos gostar do que está do outro lado — disse Sai.

Seu traje de pele tinha pedaços onde o tecido havia sido queimado, e o de Perro não parecia melhor. Nenhum dos dois tinha mais armas além das espadas, a katana de Sai e a lâmina vermelha e zumbidora de Perro. Que suas pistolas não tivessem explodido, em vez de derreter, foi um golpe de sorte e design sólido de quem quer que tenha feito as coisas.

— Aqui — disse Perro, entregando um tubo enrugado sem tampa. — Acho que estourou durante a explosão. Podemos dividir.

O ungüento não cobria nem metade das queimaduras de Sai, mas ele o espalhou o mais fino que conseguiu. No mínimo, a loção refrescante impediria que Sai desmaiasse pela dor iminente. Perro passou a sua parte, e juntos os dois se sentaram na plataforma, observando o brilho laranja acima.

— Deveríamos ter morrido lá dentro — disse Perro, finalmente. — Não acredito em você com essa espada. Eu só...

— Eu vi — interrompeu Sai. — Pensei que você soubesse como manter a calma numa crise?

— Ah, porque todos nós temos experiência em ser explodidos, né?

— Não são os detalhes que importam — respondeu Sai.

— Se você acha que vou ficar todo irritado com o que está insinuando, não vou — bufou Perro. — Posso levar uma palavra sem perder a cabeça.

— Claramente — Sai levantou-se, deixou seus músculos dizerem o quanto odiavam a ideia. — Se as minas funcionaram, então não há energia nesta base. Precisamos encontrar outro caminho de volta para cima.

— Ainda quer lutar, não é?

— Até descobrir que concluímos a missão, sim.

Perro riu, balançou a cabeça.

— É isso que não entendo em tipos como você. A missão não importa se você morrer fazendo ela, cara. Quanto estão te pagando por isso? Quem está te contratando?

— Nada e ninguém — Sai virou-se para examinar a porta. Pegou sua katana pelo punho e a levantou. — Esta não é sobre dinheiro.

— Vingança, então?

Poderia ser. Sai teria comprado esse argumento se Aurora o tivesse apresentado assim. Ele certamente devia a Vana um troco pela noite em Gillane Quatro que passou sendo espancado no fundo de um pico oceânico.

— O futuro — respondeu Sai. — Não o meu, mas o da minha família.

Agora Perro cacarejou, uma risada incrédula que fez Sai

apertar o punho da katana. Que o fez girar os pés tão levemente, pronto para dar um fim ao mercenário.

— Um homem de família tão longe por aqui? Onde eles
estão? — Perro assumiu uma expressão de horror. — Não me
diga que os deixou lá em cima?

— Para — respondeu Sai. — Por favor, pelo seu próprio
bem, pare ou acabarei com você aqui e agora.

— Acabar comigo? — perguntou Perro, toda a risada,
toda a brincadeira desaparecida. — Por que não vai em
frente e faz isso, então? Estou todo queimado, preso no
fundo de um elevador com uma bomba explodindo lá em
cima. Minha equipe desapareceu, e as únicas outras pessoas
neste planeta querem me matar, então sim. Faça isso. Não
vou ficar no seu caminho.

Fique na luta tempo suficiente e você verá alguém à
beira do abismo, a um empurrão de se quebrar. Para salvar
alguém assim, você precisava mostrar-lhe um caminho
diferente.

Sai atacou com a katana, um longo corte na porta. O
golpe atravessou a camada suja da porta, cortando direto
para o outro lado. Uma barreira fina, então. Madura para
um par de lutadores feridos atravessar.

— Vamos — disse Sai. — Você pode ter pena de si
mesmo o quanto quiser quando sairmos daqui.

— Agora sim, isso é motivação — respondeu Perro, mas o
homem se levantou.

Segurou sua lâmina vermelha como se pretendesse usá-
la.

Mais dois cortes limparam a porta, abrindo um nada
escuro além dela. Sai poderia ter usado a viseira e seus diferentes espectros, mas teria que confiar no que a natureza lhe
deu desta vez. E o que a natureza lhe deu foi um túnel
cinza-negro desaparecendo ao longe. Diferente dos corre-

dores polidos acima, este parecia o rejeitado da base, suas paredes e chão manchados sugerindo uma expansão rápida sem cuidado com a aparência.

— Sinto como se tivéssemos encontrado outro mundo aqui embaixo — disse Perro.

— Talvez tenhamos — respondeu Sai. — Seja cuidadoso. Pode não haver agentes aqui embaixo, mas este lugar existe por uma razão.

— Você está pensando em seguir em frente só com os pulseiras para iluminar?

— É o que temos — disse Sai. — Acho que teremos que usá-los.

Liderando o caminho, Sai deu seus primeiros passos no túnel. O chão frio combinava com o ar que esfriava a cada passo que Sai dava para longe do forno aberto. Um cheiro adocicado também surgiu, quase estéril e pegajoso. Como produtos químicos de limpeza.

Atrás de Sai, Perro também avançou, seguindo a uma distância respeitável. Bom. Significava que o mercenário não havia esquecido totalmente de si mesmo e do espaço necessário para balançar aquela lâmina em um lugar apertado. Sai mantinha sua própria katana erguida à sua frente, pronta para defender à esquerda ou à direita, pronta para atacar com golpes curtos à frente. Um golpe elevado acima da cabeça prenderia a espada no teto, e qualquer varredura lateral atingiria as paredes.

O brilho laranja que iluminava seu caminho se dissipou após alguns passos, deixando Sai abraçando suas próprias palavras por necessidade. Com suas queimaduras se fazendo notar, Sai ergueu o braço esquerdo e ativou um programa de lanterna. A bateria do pulseira não duraria muito tempo emitindo luz branca, mas uma bateria morta não importaria se, bem, Sai morresse por andar em algo que não conseguia ver.

Juntos, a dupla seguiu em frente, pés cobertos pelo traje de pele pisando no chão duro. Sai esperava intersecções, uma grade padrão, mas em vez disso o corredor continuava, um único corredor seguindo adiante. As paredes não tinham decoração, apenas sinais grosseiros ocasionais pedindo a quem passasse para ficar alerta contra fugitivos.

— Bem, isso é divertido — disse Perro quando encontraram o primeiro aviso. — Quem será que eles mantinham aqui embaixo?

— Talvez eu tenha uma ideia — murmurou Sai. — Vamos continuar.

O fim veio repentinamente, sem qualquer porta ou outra marcação. O túnel se alargou para uma câmara cavernosa, o teto subindo e se afastando da luz do pulseira de Sai. Não que ele notasse, não que se importasse. Sai tinha os olhos focados em outra coisa.

Pelo centro da sala, pódios de vidro, alguns quebrados e outros virados, existiam em fileiras. Tubos estavam espalhados aos seus pés, muitos traçando de volta para um longo feixe que desaparecia no escuro do lado oposto da sala.

— Isso é muito estranho. Não deveríamos estar aqui — disse Perro.

— Não, é exatamente aqui que precisamos estar — disse Sai. — Se Vana é a cabeça desta loucura, então encontramos o coração.

DEZOITO

AMIGOS NA HORA DA NECESSIDADE

Eles subiram pela escada da morte em direção ao espaço. Cada metro brilhava com o fogo cuspido pelos lasers até que a superfície de Aurum Três desapareceu sob as nuvens e redemoinhos de areia, até que as únicas coisas que Gregor via além do para-brisa de sua torreta eram naves. Sempre mais naves de desembarque, lotadas de soldados em trajes espaciais subindo em direção aos antigos amigos de Gregor.

A *Prisa* captou a mensagem de Rovo quando chegou, um breve aviso que Eponi não perdeu tempo em retransmitir o mais longe que a nave de Sever podia enviar. As palavras do novato diziam que as naves que se aproximavam ofereciam apenas destruição, e Gregor sentiu esperança de que a frota pudesse ouvir. Que caças pudessem se juntar à batalha de Sever contra as naves automatizadas e transformar uma luta difícil em uma derrota para os vilões.

Gregor tinha esperança, mas não acreditava.

— Aqueles desgraçados estão nos chamando de mentirosos — as palavras de Eponi vieram pelo intercomunicador enquanto ela fazia a *Prisa* dar um mergulho de revirar o estômago, lançando a nave para cima e para longe de outro aglomerado de transportes e seus constantes e irritantes lasers. — Somos ou traidores ou idiotas ou ambos, pelo que dá para ouvir deles.

Pelo que Gregor contava, eles já tinham abatido três naves de desembarque até agora. Três destroços em chamas caindo para a superfície de pelo menos vinte, se não mais. Tantas naves aqui indicavam a Gregor que a frota dispersa não era apenas uma demonstração de força para Vana e os outros oficiais da DefenseCorp que estavam chegando, mas uma missão de abastecimento. Não era apenas uma demonstração, mas uma entrega. As próprias naves da frota estariam trazendo a morte diretamente às suas portas.

— Estou começando a achar que eles não querem nossa ajuda — disse Tarla. — Votos para abandoná-los à própria estupidez?

Um Gregor mais jovem talvez aceitasse a proposta de Tarla. Ele já tinha visto pessoas e organizações suficientes, sedentas por poder e alheias à realidade, golpearem com força demais pela vitória e perderem tudo no processo. Aqueles que sobreviviam tendiam a aprender com uma crise, e as naves que sobrevivessem a esse ataque também poderiam aprender.

Lá fora, a *Prisa* rompeu a atmosfera, trazendo o espaço escuro à plena vista e, com ele, os contornos cintilantes da frota. As luzes de navegação brilhavam, com embarcações menores parecendo estrelas cadentes dançando entre enormes cruzadores e fragatas. Tanto dinheiro, tantas vidas investidas no que estava fora das torretas de Gregor, e a maioria dessas vidas não tinha ideia do que voava em sua direção.

— Esta não foi a escolha deles — disse Gregor enquanto Eponi pilotava a *Prisa* para fora do alcance das torretas, em uma zona neutra entre ataque e retirada para permitir que os escudos da nave recarregassem. — Eles estão seguindo ordens sem conhecer as consequências.

— A galáxia é um lugar difícil — respondeu Tarla com ironia. — Não é nosso trabalho protegê-los de seus erros, especialmente se vai me custar grana.

— Pensei que não queríamos que esses monstros se espalhem — perguntou Eponi.

— Então ficamos nas bordas. Se qualquer nave tentar ir longe, a abatemos. — Tarla sempre parecia ter uma resposta para tudo. — Não são todas essas pessoas que querem você morto de qualquer jeito? Deixe seus inimigos lutarem. É uma ótima tática.

— E divertida de assistir — acrescentou Briany.

— Não vamos fazer isso — disse Gregor. — As pessoas nessas naves são inocentes.

Tarla riu, — Inocentes? Parece que esse pode ser você, grandão. Ninguém trabalhando para a DefenseCorp acredita ser o mocinho, a menos que sejam burros demais para ver o que está acontecendo. Eponi, você me ouviu. Vamos embora, deixe-os brincar com seus brinquedinhos.

Gregor recostou-se em sua cadeira. A configuração rígida da torreta não lhe dava muito espaço: o encaixe apertado garantia que a própria torreta se movesse em sintonia com cada um de seus movimentos. Um design focado em alcançar um objetivo. Gregor poderia argumentar que ele era muito parecido. Um lutador que não servia para mais nada.

E ele não ficaria de fora desta.

No scanner, brilhando na tela do console perto de seus dedos, pontos se agitavam enquanto as naves de desembarque se aproximavam dos quadrados maiores das naves. Os caças prometidos da frota também apareciam, traços formando uma parede preguiçosa entre a *Prisa* e as naves de desembarque que se aproximavam. Em breve, os pilotos teriam que decidir atacar, e uma vez que esses tiros fossem disparados, mudar de ideia ficaria ainda mais difícil.

Na franja da frota, próximo à borda da atmosfera e à tela de caças, uma nave de desembarque se aproximava de uma fragata leve à espera, a *Volucris*. A pequena fragata, projetada para lidar com caças estelares e transportes em fuga, não teria muita tripulação. Eles seriam destruídos pelos soldados em trajes. Despedaçados.

Um exemplo.

—...é por isso que estou dizendo que devemos voltar para baixo — Tarla estava falando. — Pegamos todo mundo agora, enquanto os amiguinhos assassinos de Vana ainda estão fazendo seu caminho pela frota. Depois, só fazemos a limpeza.

— Vamos para a *Volucris* — disse Gregor. — Me deixem lá, se quiserem. Não vou abandoná-los para morrer.

— Isso é do outro lado da barreira de caças — alertou Eponi.

— Está com medo?

— Ela é esperta — respondeu Tarla. — Mas se Gregor quer se matar, Eponi, então não vejo por que não deveríamos deixá-lo. Uma parte a menos para pagar.

Se ela o fez por Tarla ou por Gregor, Eponi começou a fazer a *Prisa* dar uma leve reversão, deslizando pela borda da atmosfera de volta em direção à linha de naves de desembarque e à *Volucris*. Os caças da DefenseCorp iniciaram seu próprio movimento, deslocando-se para cortar a *Prisa*.

— Olha só — disse Tarla. — Parece que seus amigos estão cumprindo sua ameaça. Devemos destruí-los no caminho, Gregor?

— Tarla — Eponi interrompeu antes que Gregor pudesse falar. — Por favor, só cale a boca por um minuto para que eu possa pilotar? Vamos chegar àquela maldita fragata, e vamos salvar todos esses idiotas de si mesmos.

Gregor aproveitou essas palavras para subir de sua torreta de volta à câmara central da *Prisa*, abraçando a gravidade zero e sua capacidade de tornar o movimento em uma nave girando e esquivando-se muito mais fácil. Um comando rápido abriu sua armadura de poder, seus braços e pernas zunindo e se expandindo para deixá-lo entrar. O visor se fechou sobre seu rosto, e novamente Gregor viu seus sinais vitais, as estatísticas de seu traje espalhadas diante de seus olhos.

Briany juntou-se a esses números e seu brilho verde e saudável. A Patrulheira do Crepúsculo impulsionou-se para o centro com Gregor. Seu grande canhão não funcionava com as baterias quebradas, mas ela tinha conseguido um rifle reserva para combinar com as pistolas.

— Acha que pode se divertir sem me convidar? — disse Briany quando Gregor olhou em sua direção.

— Aparentemente não.

Briany parecia ter algo mais a dizer, mas Eponi sobrepôs suas palavras com um chamado ríspido para descerem à escotilha da *Prisa*. Esquivar e desviar de caças significava que esta não seria uma acoplagem calma e suave, mas um lançamento em estilingue.

Briany não tinha sua própria armadura de poder, então teve que vestir um traje de evacuação flexível. De um amarelo brilhante para ajudar em qualquer tentativa de resgate, o traje de evacuação tinha flexibilidade para se mover, mas a proteção de um papel fino. Em vez de coldres, Briany teve que deslizar suas pistolas através de laços destinados a ganchos de resgate. Ela pendurou o rifle sobre os ombros, onde ele flutuou como se estivesse possuído.

— Nem ouse rir — disse Briany quando terminou a

dança desajeitada e oscilante para vestir o traje. — Já matei por menos.

— Não duvido disso. — Gregor riu mesmo assim, curto, mas alto o suficiente para que ela ouvisse.

Saber que estava prestes a entrar em uma boa luta fazia maravilhas para o humor do homem.

Os dois se posicionaram na escotilha inferior da *Prisa*. Um clique zunido isolou o resto da nave enquanto Eponi se aproximava do ponto de lançamento. Briany e Gregor, de cabeça para baixo para usar as pernas como impulso adicional, esperaram.

— Quase lá — disse Tarla, assumindo o controle para que Eponi pudesse se concentrar em manter a *Prisa*, já zumbindo com acertos em seus escudos, viva. — Espero que vocês dois saibam o que estão fazendo. Aquela nave já acoplou. Vocês vão chegar atrasados à festa.

— Melhor tarde do que cedo — disse Briany, sua voz metálica no equipamento de comunicação barato do traje de evacuação.

— Mais alvos desse jeito — acrescentou Gregor.

— Vocês dois são loucos, e eu adoro isso — disse Tarla. — Preparem-se para o vácuo. Esperem um segundo e vão.

A escotilha deslizou, o ar sugando Briany e Gregor. Tarla gritou para irem e os dois tiraram os braços das laterais da escotilha, Gregor indo um pouco antes de Briany. Sem resistência, e com Eponi puxando a *Prisa* fortemente contra seu impulso, Gregor disparou pela escotilha para o espaço negro.

Como um míssil cortando o vazio, Gregor atravessou o abismo interestelar entre a *Prisa* e a fragata, um intervalo inundado com o brilho dos lasers dos caças, da fragata e da *Prisa*. Disparos amarelos, laranja e azuis piscavam pelo visor de Gregor, todos cedendo a uma aura branca mais ampla à medida que o soldado de Sever se aproximava de seu destino.

Passar através do campo magnético que revestia a baía de acoplagem da *Volucris* foi como ser atingido por água gelada. A fragata tinha massa suficiente para alguma gravidade, e o súbito retorno ao ar rico em oxigênio freou o impulso de Gregor, fazendo-o cair num giro lento pelo chão da baía. Ampla o suficiente para a nave de desembarque e vários caças que já haviam partido, a baía ofereceu a Gregor espaço amplo para rolar sem impacto.

Embora o mundo fora de seu visor girasse como um pesadelo ruim, Gregor cronometrou um duplo empurrão com as palmas das mãos para se reorientar e inverter seu corpo, colocando seus pés em posição ideal para atingir a parede interna da fragata. Batendo no metal, Gregor ouviu o belo tilintar de seus propulsores cinéticos. Ele gastou a energia imediatamente, saltando de volta em direção a um certo rastro amarelo que seguia ligeiramente à direita de sua posição.

Crescer em uma colônia de mineração no espaço significava que passatempos casuais como jogar bola nunca aconteceram para Gregor. Ele nunca passara uma tarde aproveitando a emoção de segurar uma bola em uma luva ou em seus braços.

Quaisquer momentos perdidos desapareceram quando Gregor pegou a forma veloz de Briany. Seu impulso aumentado não anulou completamente o de Briany, e a armadura de poder de Gregor não era exatamente um travesseiro, mas os dois desabaram em um pouso lento e saltitante na baía da fragata mesmo assim.

— Ei, estamos vivos — disse Briany, desenredando seus membros dos de Gregor. — Bela pegada.

— De nada — respondeu Gregor, e então ele empurrou

Briany para o lado, sacando sua pistola para enfrentar dois estivadores da fragata e suas próprias armas erguidas. — E vocês dois precisam correr.

Vestindo o carmesim da DefenseCorp e empunhando seus próprios rifles, os dois soldados que recebiam a nave de desembarque combinaram uma altiva negação com mais do que um pouco de medo ao contemplar a pistola de Gregor. Ambos deviam saber que a armadura de poder superava em muito suas armas, mesmo que os dois conseguissem dar um tiro antes de Gregor ficar de pé.

— Vocês estão em menor número — disse o da esquerda, optando pela bravata em vez da coragem. — Em um segundo, aquela nave vai abrir suas portas e vocês serão engolidos. Desistam agora e diremos a eles para pegar leve com vocês.

— Eles vão... — Gregor parou quando Briany levantou um único dedo.

— Vocês têm um segundo — disse Briany — antes que ele atire em vocês. Então eu atirarei em vocês. E depois chutatemos seus corpos para fora, para que todos possam ver as duas mais novas luas desta pedra estúpida.

O da esquerda sorriu com a ameaça, abriu a boca novamente, mas não chegou a lugar nenhum antes que Briany, apesar do traje desajeitado, se virasse e disparasse um tiro de rifle. O laser cortou o rifle do esquerdinho, deixando seu cano fumegante e uma marca preta no teto da baía.

— Corram, pequeninos — repetiu Gregor.

Desta vez, os dois soldados fizeram o que lhes foi dito. Eles saíram correndo da baía, com Briany gritando atrás deles, dizendo aos covardes para fecharem a porta ao sair. As abas laterais da nave de desembarque tinham começado a se abrir, um rangido agudo, e Gregor queria manter sua presa onde pudesse encontrá-la.

Alcançando sobre o ombro, Gregor libertou seu martelo. Sentiu o cabo em suas mãos. Ele já tinha balançado a arma muitas vezes hoje, contra inimigos fracos. O martelo merecia um desafio, e...

— Ei — disse Briany. — Preste atenção, matador. Você me mostra onde eles estão se escondendo e eu atiro. Entendido?

Gregor bateu a cabeça do martelo no chão da baía de acoplagem, enquanto os primeiros ruídos de batida enchiam a baía. Botas atingindo o chão, trajes invisíveis virando em sua direção.

— Entendido — disse Gregor, e o homem do martelo foi ao trabalho.

DEZENOVE

VOO DE FANTASIA

Eponi soube que Gregor e Briany fizeram o salto quando Tarla praguejou, impressionada. A piloto teria observado o melhor que podia, exceto que a *Prisa*, como um kart de corrida entrando numa multidão, tinha uma perseguição seguindo cada movimento seu. Caças estelares manobrava para ataques, seu enxame sendo a única coisa impedindo as corvetas de lançarem mísseis diante do risco daqueles malditos projéteis atingirem seu próprio lado. Os caças poderiam ter se afastado, mas tinham suas próprias razões para se limitarem a lasers em vez de armas mais pesadas:

Lucros. Mísseis custavam muito mais grana do que alguns raios de energia, e a DefenseCorp conhecia bem esse cálculo.

— Não acredito que eles conseguiram — disse Tarla. — Pensei que iam errar o alvo e se queimar na atmosfera.

Eponi virou a *Prisa* de cabeça para baixo, mergulhando bruscamente para lançar os lasers da fragata na rota de voo dos caças perseguidores. O espaço sobre Aurum Três estava repleto de naves de transporte se dirigindo a seus alvos escolhidos. E a DefenseCorp recebia os assassinos de braços abertos.

— Você os deixou ir mesmo assim? — perguntou Eponi, estremecendo enquanto os escudos absorviam outro impacto direto.

A *Prisa* não aguentaria muitos mais. Então Tarla poderia tentar seu próprio tiro espacial.

Eponi? Ela afundaria com seu navio.

Seu lindo navio.

— Você acha que consigo impedir a Briany quando ela tem uma ideia? — Tarla riu. Era admirável como ela mantinha a voz tão despreocupada, como se não estivessem cercadas por todo esse perigo. Eponi deveria aprender essa habilidade, vendo com que frequência Sever a colocava a um lampejo de laser da morte. — O melhor que posso fazer é tentar fazer com que ela pense que o que eu quero é o que ela quer.

— Aposto que isso não é tão difícil para você.

Eponi tinha que fazer uma escolha. Ela não podia continuar dançando nesse espaço estreito por muito tempo. Os caças estelares estavam formando uma teia com as corvetas, prendendo-a dentro, onde a fragata ou algum outro punk com torres de laser a reduziria a nada. Ela poderia arcar de volta para a atmosfera, reverter a escada de transporte e tentar chegar à superfície. Ou a *Prisa* poderia aceitar a sugestão original de Tarla e seguir para o espaço profundo para esperar o fim da luta.

Ambas as opções deixariam Gregor e Briany mortos.

— Você acha que eu manipulo tanto os Rangers assim? — disse Tarla. — Como se eu fosse alguma mente-mestra puxando todas as cordas da minha equipe.

— É mais ou menos isso, sim.

Bem, até Eponi ter uma direção, ela não iria embora

quieta. Gregor poderia não querer que os caças da Defense-Corp fossem explodidos do céu, mas Eponi ainda poderia dar-lhes um corte de cabelo. Torcendo a *Prisa* para longe do planeta e indo em direção a uma corveta com sua dupla de caças estelares, Eponi observou enquanto seis outros caças se formaram em seus foguetes, alinhando seus lasers.

— Eu não comando uma seita, Eponi — disse Tarla. — Nós ganhamos grana e nos divertimos fazendo isso. Até o Sanje, que passou a vida inteira transportando fertilizante, entrou no barco. Esse é o trabalho mais tranquilo que você pode conseguir nessa galáxia quebrada.

Eponi não sabia o quão tranquilo o transporte de fertilizante poderia ser, talvez porque a ideia a fizesse vomitar levemente. Ou talvez fossem as leituras de energia enquanto os escudos da *Prisa* levavam outro golpe e ficavam críticos.

— Foi isso que os trouxe aqui, né? Você disse que eles ganhariam grana lutando contra nós? — disse Eponi enquanto pressionava o gatilho, cuspindo fogo do canhão e da torre combinados da *Prisa*. Sem artilheiros nos assentos, as armas laterais da *Prisa* seguiam suas ordens e lançavam sua luz em direção à corveta. — Que negócio.

— Era um ótimo negócio. Vana nos ofereceu mais grana do que qualquer um. Muito mais — Tarla hesitou enquanto lasers voavam à frente. — Você vai nos matar, Eponi?

— Estou tentando não fazer isso.

O fogo de Eponi fez a corveta piscar. O navio entrou em pânico, lançou uma barragem de mísseis em direção à *Prisa*, mas a saraivada apressada foi disparada sem mira, uma tática padrão para fazer uma nave em ataque mudar de curso. Ninguém sobrevivia a uma dúzia de mísseis atingindo você de frente, embora a corveta provavelmente esperasse perder alguns quando Eponi fizesse tentativas desesperadas para derrubá-los do céu.

Mas Eponi tirou a mão do gatilho assim que as nuvens brancas apareceram, assim que o console em suas mãos uivou que a morte delas estava chegando, e rápido.

Empurrando o manche para frente, Eponi transferiu sua energia de laser para os motores, dando à *Prisa* um impulso que a enviou para um mergulho mais suave. Os mísseis passaram por cima, deixando rastros de íons como estrelas cadentes indo em direção ao grupo de caças logo atrás da *Prisa*. Com a *Prisa* bloqueando a visão, e os mísseis não direcionados para eles, os caças tiveram um segundo para perceber o quanto estavam ferrados.

Tarla assobiou quando as explosões curvaram o vácuo atrás delas, com os caças girando ou colidindo-se em tentativas selvagens de sobreviver. O par de escolta da corveta, esperando um ataque frontal, ultrapassou a manobra de Eponi e voou direto para a confusão, seus pontos desaparecendo do scanner de Eponi quando os destroços os tiraram da luta.

A *Prisa*, enquanto isso, voou para um ponto em branco no espaço. Eponi poderia não estar perto de Briany e Gregor quando eles precisassem de uma carona, mas estava viva, e por enquanto isso teria que bastar.

— Essa, eu acho, foi a manobra mais fina que já vi — disse Tarla. — Você acabou com todos eles.

O elogio não chegou a lugar nenhum. Morreu no impacto com os ouvidos de Eponi, tão rápido que a piloto mal registrou as palavras. Ela tinha os olhos grudados nos scanners, esperando que alguns pontos voltassem, esperando por...

— Ligue os comunicadores, frequência padrão de resgate — disse Eponi.

— O quê?

— Você me ouviu. Faça isso, Tarla.

— Eles têm muitas naves — disse Tarla. — Não seja a heroína que morre fazendo algo estúpido.

Eponi deslizou o console para sair do scanner – perigoso para uma pilota ficar cega, mas que se dane – e abriu o canal. Palavras jorraram, indistintas, pedidos sobrepostos de resgate, de ajuda médica. Algum cruzador anunciou que estava preparando um transporte de resgate, mas demoraria minutos.

Minutos demais.

Com Tarla murmurando maldições ao seu lado, Eponi virou a *Prisa*. Absorveu os resultados completos de seus esforços. Como luz estelar através de uma nevasca, a nuvem de destroços mostrava areia e miúdos. Partes de caças estelares giravam, batendo umas nas outras e se quebrando em enxames menores. Cápsulas de ejeção flutuavam, e Eponi viu pelo menos três corpos flutuando livremente em seus trajes.

Apesar de parecerem girar no lugar, tudo na mistura se movia em alta velocidade sem impedimentos da gravidade ou fricção. Cada impacto lançava mais lanças afiadas, bordas serrilhadas que poderiam matar um piloto.

— Vista um traje e desça lá — disse Eponi. — Você tem trinta segundos.

— É por isso que você está aqui, não é? — Tarla disse enquanto se levantava do assento. — Seu maldito esquadrão nunca se comprometeu com essa vida. Nunca.

— O tempo está contando — respondeu Eponi, mirando no corpo mais próximo enquanto abria o canal de comunicação. — Chamando todos vocês, otários, aqui é a *Prisa*. Apesar de atirarem em mim e de vocês mesmos explodirem, estamos vindo buscar vocês. Aguentem firme e vamos recolhê-los um por um.

As palavras de Eponi encontraram silêncio, e então

vieram os protestos, uma tempestade criticando as ações de Eponi de todos os cantos. Os próprios pilotos ofereceram palavras escolhidas descrevendo o voo de Eponi, a aparência da *Prisa* e o que Eponi poderia fazer com seu resgate. As naves maiores, aquelas que demoravam muito para enviar alguém, ordenaram que Eponi ficasse longe ou eles enviariam mais caças.

— Obrigada pelas gentilezas — disse Eponi depois que a conversa morreu, os insultos diminuindo à medida que os pilotos girando começavam a perceber o quão condenados estavam. — Vou mantê-las em mente enquanto os recolhemos. — Silenciando o sinal, Eponi mudou para o intercomunicador interno da nave. — Você está pronta, querida?

— Você está me chamando de querida?

— Só estou tentando ajudar você a pensar em coisas legais enquanto pega esses pilotos para mim. — Eponi franziu a testa quando se aproximaram do primeiro. Ela estava fazendo o resgate, e os pilotos da DefenseCorp estavam sendo uns babacas. — Pensando melhor, esqueça isso. Trate-os como os idiotas ingratos que são.

— Bem melhor.

Voltando para a banda de resgate, Eponi esperava mais críticas. Em vez disso, pegou preocupação. Os pilotos não estavam mais falando sobre a *Prisa*, mas tentando contatar suas naves-mãe. Tentando e recebendo silêncio em vez de cronogramas de transporte de resgate.

Eponi voltou para o scanner, olhou para o fluxo de transportes. Mais haviam atracado em todas as fragatas mais próximas, alguns cruzadores leves. A DefenseCorp mantinha as naves maiores mais afastadas, mas os transportes de desembarque também avançavam em direção a elas, em uma linha constante.

A invasão continuava enquanto Eponi e Tarla recolhiam um piloto após o outro, cada um superando seus xingamentos rapidamente quando percebiam que nenhum resgate viria de suas casas. Especialmente quando novas mensagens chegavam pela banda de resgate, das mesmas fragatas e cruzadores que haviam sido tão insistentes em abater a *Prisa*.

Eponi ouvia, voava de corpo em corpo enquanto as chamadas se acumulavam. Um transporte de desembarque havia atracado, e agora a guarnição de uma fragata parou de responder. Portas seladas da ponte estavam sendo violadas. Ofertas de rendição eram ignoradas, e algumas transmissões terminaram apenas com gritos de pânico. Berros.

Entorpecida, Eponi contou os transportes no scanner. Apenas seis haviam atracado com seus alvos até agora, e o caos já havia começado. Outras naves intervieram, fazendo perguntas e obtendo, com todas as conversas cruzadas, todas as informações espalhadas, apenas uma resposta clara:

Ninguém conseguia ver o que estava atacando-os. Pessoas estavam morrendo, e ninguém sabia por quê.

Os transportes se aproximavam lentamente, e Eponi abraçou a si mesma. Fechou os olhos e tentou estar em outro lugar, um lugar onde Sever não havia falhado. Onde tudo o que ela tinha que fazer era levar uma nave ao solo, coletar sua grana e beber o dia inteiro em algum bar. Sem lasers, sem explosões, sem morte.

— Ei — Tarla tocou seu ombro e os olhos de Eponi se abriram. — Estão todos a bordo. Alguns ferimentos leves.

— Quantos não conseguiram? — perguntou Eponi.

Tarla fez uma careta, começou a dizer algo quando o console de Eponi apitou. Uma chamada recebida. Eponi afastou sua pergunta anterior. Autodefesa. Ela não queria, não precisava saber o quanto custou. Em vez disso, Eponi escolheu uma história diferente.

— *Prisa*, não esperava te ver no ar — a voz de Deepak, sua imagem difusa apareceu no console. — Estamos no sistema agora e nos aproximando rapidamente. Pode me dizer o que está acontecendo?

Às vezes, a oportunidade não vinha no final de uma corrida, ou com o lampejo de um laser. Às vezes, você só precisava dizer as palavras.

— Almirante, você precisa assumir o comando — disse Eponi. — Não há mais ninguém para comandar a frota, e os soldados da Vana estão atracando agora. Eles não vão me escutar. Você precisa dizer a eles para destruir os transportes de desembarque ou...

Deepak cortou a comunicação antes de Eponi terminar. Ela voltou para a banda de resgate, esperando, e então ouviu a voz de Deepak se sobrepor ao pânico.

— Este é o seu novo oficial comandante — disse Deepak, incluindo seu nome, patente e o *Nautilus* para garantir. — Os transportes de desembarque que estão chegando são hostis. Destruam-nos com qualquer coisa que tiverem. Se eles já atracaram, isolem suas baías e suas pontes. Enviem suas coordenadas para nossos cruzadores e despacharemos equipes de ataque para resgatá-los.

Eponi recostou-se, ouvindo enquanto Deepak continuava delineando o novo objetivo.

— Ei — disse Tarla novamente, e Eponi olhou em sua direção. — Você está de folga ou algo assim? Tem um monte de transportes que precisam ser explodidos, e você tem pilotos em suas torres que querem vingança. Que tal nos divertirmos um pouco?

VINTE

CONVERSA AO LUAR

O escurecer da base não deteve as naves de transporte. A zona de carregamento a céu aberto continuou agitada com agentes usando pulseiras para guiar as falanges drogadas para suas caixas mortais. Rovo e Javelin, apressados em seus trajes, fizeram o longo desvio, entrando por trás de um prédio que parecia despedaçado, como se uma bomba profunda tivesse explodido em seu interior. Javelin queria usar a mesma saída de emergência que ele tinha usado para chegar até ali, mas Rovo descartou essa sugestão.

Ele já havia sido encurralado naqueles túneis o suficiente, obrigado.

— Quase terminando — disse Javelin, rindo no final. — Parece que vamos receber pelos dois contratos.

— Dois contratos?

— Vana nos pagou para manter isso funcionando, e agora Tarla está nos pagando para te tirar daqui. — O sorriso de Javelin brilhou na luz combinada de estrelas e motores vinda de cima. — Ela sabe como o jogo é jogado.

— Sorte sua.

Os dois se apertaram contra os restos carbonizados do

prédio destruído, observando enquanto as comportas da última nave se fechavam com estrondo. Seus propulsores acenderam um segundo depois, a nave seguindo a mesma rota que suas companheiras em direção à frota acima. Embora os parâmetros da missão de Sever tivessem ido para o inferno — o objetivo era parar Vana, embora ninguém soubesse se a agente ainda estava viva — Rovo sentiu coceira para correr até lá, atirando contra a nave para detê-la.

E ele poderia ter feito isso, exceto que o braço de Rovo ardia por causa da facada que recebera cortesia dos monstros invisíveis de Vana. Seu peito latejava onde costelas trincadas exigiam que Rovo se deitasse, e um tornozelo torcido, entregue por cortesia de uma duna e um passo em falso, o atingiu com uma dor final e insultuosa. No total, o corpo de Rovo dizia que um ataque de correr-e-atirar contra um esquadrão inimigo seria um fiasco.

— Lá vão eles — murmurou Javelin. — Estava me perguntando quanto tempo ficariam para brincar.

Os agentes que estavam direcionando os soldados de Vana enxamearam como abelhas recebendo uma diretiva crítica. Abandonando os carrinhos e até mesmo alguns trajes extras pendurados neles, os agentes correram para cinco naves na borda da plataforma de pouso. Rovo os conhecia por suas formas: retângulos esguios e afiados com revestimento espelhado, as aeronaves dominavam o lado mais furtivo da DefenseCorp, projetadas para confundir os scanners enquanto maximizavam a velocidade tanto na atmosfera quanto no vácuo.

Rampas de embarque desceram à medida que os agentes se aproximavam, alguns pegando bolsas de pertences já dispostas no chão em fileiras. Os agentes passavam suas pulseiras pelas bolsas conforme se aproximavam, iluminando designações de nome e número. Rovo não conseguia ler as palavras à distância, mas os agentes levavam apenas segundos para pegar as corretas.

— Parece que Vana não vai ficar por aqui — disse Rovo. — Não entendo. Ela tinha tudo o que precisava aqui para continuar fabricando os trajes?

— Não mais — Javelin acenou para o prédio explodido. — Talvez estejam desistindo?

— Rápido demais. Eles não teriam tido tempo de arrumar todas as suas coisas — disse Rovo. — Isso foi planejado.

— Você acha que foram eles que explodiram o prédio então?

— Quem sabe o que Vana está disposta a fazer. Ela é quem transformou um monte de civis em assassinos infectados, lembra? Caramba, ela contratou você.

— Ei, calma aí.

Por mais que Rovo gostasse de provocar Javelin, eles não podiam ficar sentados na sombra dos escombros para sempre. Eponi e a *Prisa* haviam desaparecido lá em cima, fora do alcance do sistema de comunicação do traje de Rovo. O novato poderia se afastar da ação, encontrar uma duna agradável para esperar a noite na esperança de que Sever sobrevivesse.

Mas essa seria a escolha de um covarde.

Rovo verificou a banda do esquadrão novamente, enviando outra consulta, e recebeu silêncio. Javelin fez o mesmo. Mesmo sem a interferência, se algum Sever ou Ranger do Crepúsculo permanecesse no planeta, eles estavam profundos o suficiente na base para bloquear sinais. Se informações fossem obtidas, Rovo teria que consegui-las à moda antiga.

— Por que você não coloca esse cabo para um bom uso? — disse Rovo, apontando para o fluxo constante de agentes que vinham de todas as direções em direção à plataforma de pouso. — Acha que podemos pegar um para uma conversa?

— Você quer começar uma nova briga?

— Você tem algum problema com isso?

— Talvez — disse Javelin, observando enquanto Rovo levava a mão à foice na cintura do novato. — Estou vendo essa mão. É melhor não movê-la mais.

— Não é para você — Rovo acenou novamente em direção aos agentes. Enquanto fazia isso, a primeira nave furtiva ganhou vida, sua rampa subindo junto com a nave. — É para eles.

Em vez de seguir as naves de transporte em direção à frota, a nave furtiva se elevou sobre a base e depois disparou pela superfície de Aurum Três, permanecendo baixa até desaparecer no horizonte. Definitivamente fugindo, definitivamente não querendo ser pega.

— Tudo bem — disse Javelin. — Se você nos meter em problemas, vou dizer que você me fez de refém.

— Significa que você perdeu para um novato, sabia?

— Você acha que tenho orgulho?

Com seu argumento feito, Javelin saiu de sua posição, fechando a viseira do traje e desaparecendo em um borrão. As vantagens arrancaram um suspiro suave do novato. Quantas missões seriam muito mais fáceis se os alvos não pudessem ver você chegando? Se, com o suco que Vana fazia com o sangue de Kaia, você pudesse entrar em qualquer lugar, ser forte o suficiente para aguentar quase qualquer coisa?

Baseado na agente andando, observando sua pulseira enquanto ia em direção ao que provavelmente era uma fuga segura, o resultado era muito assustador. Em um segundo ela caminhava pela areia lisa em direção a uma nave, e no próximo Javelin tinha a boca dela coberta, uma faca pressionada em seu estômago enquanto a arrastava de volta para as sombras.

Se os outros agentes viram, não desviaram de seus planos. Rovo, rifle pronto caso o movimento de Javelin trouxesse problemas, não precisou puxar o gatilho. A voz de Aurora pairava, falando sobre a missão estar acabada. Os agentes de Vana precisavam fugir antes que todos morressem, antes que fossem capturados. Um membro desaparecido não valia o risco.

— Seja rápida — disse Rovo ao se aproximar da agente — e nós a deixaremos ir a tempo de pegar sua nave.

Javelin a tinha puxado para a entrada arruinada, um lugar que parecia um túnel levando ao prédio explodido. Sua porta estava pendurada na lateral, inclinada para fora e bloqueando a visão das naves furtivas. Sombras cortavam a luz prateada ao redor deles, o ruído um turbilhão de vento e passos correndo.

No geral, uma boa estrutura para interrogatório.

Removendo sua mão, mantendo sua faca, Javelin ficou atrás da agente, que mantinha um olhar que dizia que ela estava realmente, realmente cansada de tudo isso.

— Rápida com o quê? — disse a agente. — Você e seu amigo são outros que pularam uma dose? Quantos trajes de poder antigos temos nessa maldita base?

— O quê? — disse Rovo. — Mais?

— Outro como você — respondeu a agente. — Posso contar mais se você me deixar ir.

— Não estou aqui para te matar — disse Rovo. — Diga-me. Quem era o outro?

— Então peça ao seu amigo para afastar a faca e eu falo.

Rovo acenou com a cabeça por cima do ombro da agente. Javelin afastou a lâmina da faca do uniforme da mulher, dando-lhe um centímetro para respirar, mas apenas isso.

— Ele parecia com você. Armadura de poder. Cor diferente. Também tinha uma espada em vez de — a agente hesitou, olhando para a foice — seja lá o que diabos é isso.

— Para onde ele foi?

— Ele tinha outro com ele, foi quem me contou sobre a dose pulada. Eles estavam indo para a área médica.

— E isso fica onde?

A agente olhou fixamente para Rovo, boca aberta em um espanto confuso. — Como você não sabe? Você está aqui há meses.

Há meses? O que essa agente achava que estava acontecendo? Rovo descartou essa linha assim que a pergunta surgiu. Não havia tempo para corrigir as teorias da agente. Parecia que ela tinha visto Sai, e se Sai tinha passado por aqui, ele provavelmente não estava na *Prisa*. E, se o espadachim não estava respondendo a consultas abertas na banda do esquadrão, então Sai poderia estar em apuros.

Rovo não seria, não importa o que Tarla dissesse, inútil.

— Perda de memória. É um efeito colateral — Rovo improvisou. — Agora, onde?

— Você poderia ter pego um elevador antes da explosão — disse a agente. — Agora, talvez você consiga entrar pelo outro lado? — A agente apontou direto através da plataforma de pouso, ao longo do portão aberto em direção a onde todas aquelas fileiras haviam sido equipadas com trajes. — Sem energia, quem sabe?

— Última pergunta. — Rovo tinha seu caminho, agora precisava de compreensão. — Para onde vocês todos estão indo? O que está acontecendo aqui?

— Isso é mais de uma pergunta — retrucou a agente, mas a irritação desapareceu quando ela respondeu. — Honestamente, não sabemos. Vana nos disse para enviar as naves de transporte e depois seguir para nossas naves e correr. Estamos nos espalhando pela galáxia. Não sei o que vem depois.

Rovo esperou, mas a agente não ofereceu nada mais. Talvez ela estivesse dizendo a verdade. Poderia ser que Vana estivesse liquidando sua força, ou enviando-os para esperar por seu próximo grande movimento. Era frustrante quando uma pergunta respondida apenas trazia mais perguntas, mas as botas de Rovo coçavam para ir atrás de Sai.

— Okay, pode ir. — Rovo fez um gesto com a mão para Javelin, que soltou a agente. A mulher nem se deu ao trabalho de lançar um segundo olhar para Rovo, mas disparou em uma corrida desenfreada.

— Ela vai contar aos amigos sobre nós — disse Javelin. — Deveria ter deixado eu acabar com ela.

— Os amigos dela não dão a mínima para você e eu — respondeu Rovo, e para sustentar suas próprias palavras, ele disparou numa corrida pela plataforma de pouso.

Não havia tantos agentes ainda embarcando nas naves. Apenas duas ainda permaneciam, e daqueles agentes pegando suas bolsas, Rovo viu alguns olharem em sua direção antes de voltarem para sua fuga. Eles tinham sua missão, Rovo tinha a dele, e nenhum se importava nem um pouco com o outro.

As direções da agente se mostraram precisas, levando-os a uma estrutura inclinada fácil de perder entre as dunas. Como uma cunha colocada de lado, o edifício projetava-se um único andar acima do solo e parecia, comparado aos outros lugares onde Rovo estivera aqui, mais antigo que tudo o resto. A porta, uma única coisa grossa e um tanto enferrujada, tinha um scanner colado com tiras de metal visíveis amarrando-o à porta. Uma placa, também colada, estava acima da porta e declarava o edifício restrito em letras vermelhas em negrito.

— O prédio é restrito e não tem nome? — disse Javelin enquanto se aproximavam. — Algo ruim está acontecendo aqui.

— Isso não estava incluído no seu tour?

— Tour? Vana nos mostrou a cozinha, o banheiro e nos deu nossos trajes. Só isso.

— E mesmo assim, você foi trabalhar para ela.

— Dinheiro é dinheiro, meu amigo.

Rovo mirou seu rifle, aumentou o calor ao máximo e disparou dois tiros nas tiras de travamento. O laser derreteu-as, deixando um laranja incandescente em seu rastro. O rifle não podia sustentar muitos disparos em altas temperaturas, mas os dois foram suficientes: um chute forte e a porta quebrou.

Escadas metálicas frias estavam dentro, descendo. Sem luzes, naturalmente. A poeira captava o brilho prateado, escapando para o exterior. No silêncio relativo — os agentes e suas naves haviam todos partido, deixando sons apenas para o ruído diminuindo das naves de transporte — Rovo captou algo novo, algo que o fez avançar mesmo enquanto Javelin recuava.

O novato estivera tempo suficiente ao redor de Sai para reconhecer o tilintar de uma katana quando a ouvia.

Acendendo sua pulseira para ter alguma luz, Rovo disparou escada abaixo, cada batida metálica afastando o *inútil* de Tarla ainda mais de sua mente.

VINTE E UM

RAZÕES

A saída de emergência não fazia sentido a menos que você soubesse o propósito da base. Aurora desceu rapidamente pela escada, aceitando sua localização ao lado da sala de administração como uma concessão aos desastres possíveis quando se brinca com pessoas. Se Aurora tivesse adivinhado corretamente e a base realmente fosse o lar original do programa Raider, então colocar uma saída rápida sem nenhuma cela faminta no caminho fazia sentido.

Isso também fazia dos criadores covardes, relutantes em enfrentar as consequências que trouxeram sobre si mesmos com seus experimentos imprudentes.

Passando por alguns patamares, Aurora chegou ao fundo da escada e a uma porta aberta, com o scanner brilhando em verde. Acima, novamente, a palavra 'Emergência' piscava seu anúncio vermelho e branco. Abaixo e além, nenhum corredor se apresentava. Em vez disso, uma ampla câmara descia e se afastava da entrada, escavando espaço suficiente para uma nave.

Uma que Aurora reconheceu.

Qualquer luz superior permanecia morta, mas,

adequando-se ao seu propósito, a câmara tinha diodos ao longo do chão traçando um caminho até a nave estacionada. A antiga embarcação de Renard — agora de Vana — estava sobre seus suportes, rampa de embarque abaixada, pronta e esperando para partir.

Cada instinto dizia a Aurora que entrar naquela câmara, aproximar-se daquela nave seria uma péssima ideia. As laterais da porta impediam Aurora ou seu visor de ver qualquer coisa esperando um passo para dentro, enquanto potenciais ameaças poderiam descer pela rampa ou contornar a nave, deixando Aurora presa sem qualquer cobertura.

Cada instinto dizia que uma retirada para cima, uma potencial aliança com os soldados da DefenseCorp ou um reencontro com Sever apresentaria uma alternativa melhor. A própria lógica da DefenseCorp ditava isso, preferindo ataques cuidadosos — e as cobranças extras — com grandes números em vez do heroísmo individual.

Mas Aurora não estava ali pela DefenseCorp, e com certeza não estava ali pelo dinheiro.

Erguendo seu rifle, desejando que sua armadura de poder aguentasse um pouco mais, Aurora deu o primeiro passo além do limiar. Virando-se rapidamente para a esquerda e direita, a capitã do Sever confirmou que apenas escuridão se estendia em ambos os lados. Enquanto os diodos não iluminavam os cantos, Aurora mudou para o espectro infravermelho para confirmar, com sombreamento azul profundo, que nada esperava.

A ausência continuou enquanto Aurora descia em direção à nave. A cada passo, Aurora achava que um ataque viria. A cada passo, nada acontecia.

A nave se moveu, atraindo a atenção de Aurora. O guincho de um motor despertando ecoou pela câmara.

Aurora não viu, não pôde determinar onde seria a saída da nave, ou como uma poderia funcionar se a base não tivesse energia. Talvez Vana tivesse algum plano para explodir sua saída.

Ou isto era apenas mais um truque.

— Então você me seguiu até aqui — a voz de Vana soou perto. Bem no ouvido de Aurora.

Aurora girou em direção ao ruído. Olhou e não viu nada nas sombras. Ela escutou, tentando ouvir o som abafado de pés tocando o chão. Aurora novamente mudou para o infra-vermelho e não viu nada. Seu visor não dava indicação de ameaça.

— Você não vai me encontrar — Vana continuou, embora agora sua voz parecesse ecoar pela sala. — Fizemos algumas melhorias, sabe. Renard realmente era um gênio.

— Ele era um monstro.

Sem outro lugar para ir, Aurora decidiu continuar em direção à nave. Se ela não conseguia ver Vana, então Aurora tinha que restringir suas opções. Dentro da nave, a agente não teria espaço para se esconder. Não seria capaz de desa-parecer e reaparecer.

— Todos eles são — disse Vana, injetando paixão antes de esfriá-la. — Ou, eu deveria dizer, eram. Obrigada por isso. Você prestou um grande serviço à galáxia.

— Fico feliz em poder ajudar.

Ao alcançar a plataforma central, Aurora viu exata-mente como a nave poderia escapar. Os diodos desbotavam a luz, mas acima um túnel claro levava ao céu noturno de Aurum Três. O cascalho interrompia a visão, areia fluindo provando que o túnel não estava totalmente aberto, mas selado com vidro. Mais fácil, no entanto, quebrar isso do que cavar para sair através da areia e da rocha.

— Você ajudou — disse Vana, séria e aparentemente

sem pressa para interromper o avanço de Aurora. — Tudo o que eu queria, você me deu.

— Duvido disso. — Aurora colocou um pé na rampa, esperou. — Onde você está?

— Aqui — respondeu Vana, novamente soando tão próxima. — Não se preocupe, você vai me ver logo.

— Pare de brincar.

Uma risada. — Brincadeiras? Sinto muito se não sou tão direta quanto você, Aurora. Meus objetivos não são simplesmente resolvidos com um rifle. Você está com o drive, sim?

— Seus amigos me deram — disse Aurora, dando mais um passo na rampa.

Ela ainda não tinha visto nenhum sinal de Vana na câmara. As paredes inclinadas da sala tornavam possível que um eco, ou talvez uma transmissão direta, fizesse a voz de Vana soar do jeito que soava, mas o contínuo ato de desaparecimento da agente começava a se tornar cansativo.

Hora de forçar a mão de Vana.

Aurora virou-se e subiu correndo pela rampa, usando energia em seus propulsores danificados para dar aquele passo extra. Se Vana estivesse esperando dentro, planejando uma emboscada, o impulso repentino deveria arruinar a surpresa. Três longas passadas levaram Aurora para a sala central da nave, um sofá familiar ao longo de uma parede — visto quando Rovo era refém, descrito durante a missão de sabotagem de Sai, Eponi e Gregor — e nada mais. Jogada a carta, Aurora foi para a direita, em direção ao cockpit.

Vana tinha que proteger a nave. Suas habilidades furtivas eram a maneira mais segura de ela deixar o planeta.

Mas o cockpit mostrou-se tão vazio quanto todo o resto. Entre os consoles, porém, uma luz piscava. Uma transmissão recebida. Já se sentindo enjoada, sentindo que algo tinha dado muito errado, Aurora avançou e tocou para atendê-la.

O rosto de Vana surgiu, a vista atrás dela mudando. A agente se moveu, a câmera de seu bracelete capturando o movimento enquanto ela ia. Aurora viu o escuro, viu os diodos, e então viu a mesma escada que acabara de descer. Aurora começou a se virar, quando um barulho diferente irrompeu.

A rampa de embarque, subindo para fechar, e a porta da nave batendo para encontrá-la.

— Desculpe, Aurora — disse Vana. — Sei o quanto você queria uma luta. Isso, no entanto, simplesmente não sou eu.

Aurora deveria estar com raiva, deveria estar forçando sua saída. Em vez disso, ela abriu seu visor, olhou pelo cockpit da nave para ver Vana parada do lado de fora. Ou melhor, o rosto de Vana parecendo flutuar sobre um borrão. A agente tinha encontrado seu traje, mas por que estava escolhendo ficar presa aqui?

— Eu não entendo — Aurora perguntou, curiosidade diminuindo sua frustração.

— Estou tentando garantir que a galáxia *entenda* — respondeu Vana. — Você e esse drive são uma peça. Meus agentes são outra. A destruição acima de nós é uma terceira, e muitas mais além. Você fez tudo o que eu poderia ter pedido, você e seu esquadrão Sever. Então vou agradecer agora e desejar-lhe uma viagem segura.

— Você não vai me desejar nada — disse Aurora, passando a mão pelo console, tentando encontrar uma maneira de parar a nave.

Seus motores continuavam acelerando, os jatos de manobra ganhando vida e levantando a nave do chão.

— Isso não é algo que você possa decidir — disse Vana. — Você é uma soldada. Siga ordens, como faz tão bem. —

Vana esboçou um pequeno sorriso. — Você nunca mais ouvirá falar de mim, assim como eu espero nunca mais ver você. Adeus, Aurora.

A transmissão foi cortada e, com ela, a nave de Renard, em seu controle automático, fixou-se em um curso pré-programado. Com os jatos disparando, a nave começou a girar para cima. Uma voz automatizada pediu para que todos encontrassem posições de lançamento. A armadura de poder de Aurora travou suas botas no chão quando ela pediu, impedindo-a de escorregar.

Todo o movimento impediu Aurora de analisar as palavras de Vana. Quando se passa muito tempo em missões perigosas, acaba-se encontrando muitas pessoas querendo fazer declarações criptografadas no fim. Melhor cuidar do problema e separar o lixo depois.

Mirando seu rifle, Aurora atirou no vidro do cockpit, queimando-o, mas sem quebrá-lo. Talvez grosso demais para um tiro atravessar, mas o trabalho do rifle não pretendia abrir um buraco. Isso veio agora, enquanto a nave se aproximava de seu lançamento vertical. Chutando com suas botas, disparando propulsores carregados pelos saltos descendo as escadas, Aurora disparou mais tiros enquanto arremetia contra o para-brisa.

A nave não desistiu de Aurora facilmente, o vidro rachando antes de quebrar, arrastando e cortando sua armadura. Ainda assim, seu impulso levou Aurora através, embora com um salto para a liberdade menos glamoroso e mais uma rolagem lenta e cambaleante pelo nariz da nave até o chão. Aurora caiu com força nas costas, o ar saindo de seus pulmões enquanto seus olhos captavam o alerta frenético piscando no visor.

Uma nave espacial estava prestes a decolar, e Aurora estava deitada bem debaixo de seus foguetes.

Com uma maldição silenciosa e um solavanco, Aurora tentou rolar para longe. Tentou, e descobriu que sua armadura de poder estava soltando faíscas, recusando-se a se mover. Acima, os foguetes ficaram mais brilhantes. O calor aumentou. Mover-se parecia como mover um milhão de quilos.

Escapar de um problema para outro, e este não tinha uma solução óbvia.

Até que, arrastando-se, algo puxou Aurora para longe. Como se estivesse presa a uma nave rápida, Aurora deslizou de costas pela plataforma central, descendo para o lado liso e inclinado. A nave espacial acendeu, disparando enquanto a antiga embarcação de Renard lançava-se. O calor atravessou o traje de Aurora, aquecendo suas pernas, seu peito, sua cabeça.

Então os foguetes partiram e, exceto pelo vidro estilhaçado acima, que começou a chover na câmara em grandes pedaços, a sala ficou quieta e fresca.

— Ejete — disse Vana, enfiando uma faca por baixo do visor de Aurora até seu pescoço. — Ejete ou eu te mato agora.

O visor de Aurora finalmente detectou a ameaça, destacando a forma de Vana. Tão útil.

— Por que você me salvou? — Aurora atrasou, debatendo se conseguiria escapar, talvez sacar uma pistola. Com sua armadura danificada, no entanto, nenhuma opção parecia boa. Mas havia uma terceira. — Não tem como eu sobreviver aos foguetes.

— O drive, sua idiota — Vana sibilou, e agora a cabeça protegida da agente se moveu para o campo de visão de Aurora. — Se isso não sair, tudo isso pode ter sido em vão.

— Que "tudo"?

A faca balançou, encontrando uma pequena folga, — Você ainda não descobriu?

— Como você disse, sou apenas uma soldada.

— E o meu tempo acabou — disse Vana. — Ejete, por favor. Eu não queria danificar o drive quando tirar sua vida.

— Agora isso sim é motivação — respondeu Aurora, deslizando a mão esquerda para perto da abertura na armadura onde colocara o dispositivo. — O que tem no drive, Vana?

— Tudo sobre esta base e o que Renard tentou fazer com ela, o que eu realmente fiz. Uma história que precisa ser compartilhada. — Vana disse, então apertou seu aperto na faca. — Sei como armaduras de poder funcionam, Aurora. Estou te dando cinco segundos.

Cerrando a mão esquerda em um punho, Aurora a levantou, — Você quer o drive? Aqui está o drive.

Os dedos alcançando de Vana pareciam um borrão, mas Aurora os sentiu mesmo assim quando tocaram, puxando sua mão fechada. Como uma aranha atacando, Aurora abriu o punho e agarrou a mão de Vana. Ao mesmo tempo, Aurora estendeu a mão, colocando a palma direita no braço de Vana.

E ativou o Shock-Jock.

Feito para reanimar um soldado, a função de emergência da armadura de poder enviou corrente suficiente através da mão de Aurora para lançar Vana para longe, derrubando a faca enquanto a agente caía para trás. Aurora seguiu o choque com um segundo comando, soltando a armadura de poder. Explodindo suas próprias juntas, o traje se desintegrou ao redor de Aurora enquanto ela se levantava, pegando a pistola ainda presa à cintura do traje.

— Um truque sujo, até para você — disse Vana enquanto Aurora encontrou a pistola.

A capitã do Sever apontou sua arma, mirando onde ouvira a voz. Vana estava de pé, seu traje invisível coberto com linhas pretas onde o Shock-Jock havia queimado seus circuitos reflexivos. O capacete da agente soltava fumaça, e Vana o arrancou, jogando-o fora.

— Pensei que você soubesse — disse Aurora — vale tudo em uma luta.

— Então é isso, seu desejo? — Vana perguntou, sem sorriso nessas palavras desta vez. — Você veio tão longe, causou todo esse dano, por uma luta?

Aurora nivelou a pistola na cabeça exposta da agente, — Pode apostar que sim.

VINTE E DOIS

A DANÇA

De todas as verdades que Sai havia adotado durante seu tempo na DefenseCorp, entender que jamais poderia corrigir seus erros era fundamental. Uma missão fracassada, um tiro que errou o alvo ou um plano mal elaborado, tudo isso acontecia e ficava registrado na história, cristalizado em seu erro para sempre.

Essa verdade se despedaçou na escuridão entre os pódios. Despedaçou-se quando sons de algo se arrastando e chapinhando vieram dos cantos da sala. Despedaçou-se quando a primeira coisa avançou em direção a Sai e Perro, uma massa borbulhante e salobra com um único objetivo: consumir.

Sai já tinha visto essas coisas antes, lá em Dynas. Na época, elas foram lançadas contra o espadachim como um tipo de teste, embora Sai nunca tenha descoberto se o objetivo era provar que os monstros atacariam independentemente de suas chances, ou que o próprio Sai valia a pena ser mantido como cobaia.

Impossível esquecer, porém, o que veio depois. As injeções, as febres ardentes, a sensação de que seus órgãos internos estavam prestes a se devorar em uma pressa frenética... Sai não contaria a ninguém quantas noites acordou suando, sentindo-se daquele mesmo jeito. Difícil dizer se expurgar esse flagelo da galáxia faria esses pesadelos desaparecerem, mas parecia valer a tentativa.

Então Sai moveu sua katana para enfrentar a coisa, cortando sua massa borbulhante em duas. A gosma se dividiu ao redor de Sai como se ele fosse algum tipo de profeta de alta tecnologia, abrindo caminho para mais três criaturas que se arrastaram logo atrás.

— Venham! — disse Sai, avançando para enfrentar o ataque, sua lâmina manchada de preto.

Como grito de guerra, as palavras poderiam ser melhores, mas Sai entrou nos movimentos. Um corte transversal da esquerda para a direita acertou a criatura do centro e permitiu que Sai desse um passo para a esquerda, ganhando meio metro de distância enquanto girava o corte. A onda atingiu a criatura da direita, diminuindo sua velocidade o suficiente para Sai completar o giro, cortando para a esquerda e voltando para finalizar a destruição do trio.

Os movimentos pareciam de filme, só possíveis porque essas coisas mal estavam vivas, mal se mantinham unidas. Contra inimigos armados ou blindados, a katana ficaria presa em seus ossos, suas barreiras. Aqui, Sai podia fluir.

Sem a armadura potencializada, o espadachim alcançou uma velocidade febril, interceptando cada criatura que se aproximava em seu caminho. Recorrendo a todas aquelas noites com sua mãe e seu pai, Sai retornou à dança que conhecia em seus ossos. As criaturas, aquelas coisas desbotadas e esquecidas, mergulhavam sem considerar suas próprias vidas. Avançavam sobre Sai pelo lado, por trás e caíam de cima.

Todas encontraram seu alívio em sua lâmina, e Sai no fim delas.

Pelo menos até que seu pé, descalço, escorregou no chão viscoso. Tentando manter o equilíbrio, o encanto quebrado, Sai percebeu que estava em uma poça agitada. Uma pessoa viva poderia ser morta por uma estocada ou um corte transversal, mas um vírus como este não respeitava tal precisão. Tropeçando, caindo, Sai aterrissou de costas na doença.

E ouviu Perro gritando, berrando. Não eram os sons confiantes de alguém que poderia vir em seu resgate. Sai, mantendo o aperto na katana, rolou sobre o ombro, tentou se levantar. O que tinha sido escorregadio, agora se coagulava em torno de uma nova oportunidade. O vírus sugava os pés de Sai, suas pernas, suas mãos. Uma sensação de formigamento rapidamente se transformou em uma queimação gelada, um puxão entorpecente.

O monstro que Sai havia derrotado uma vez voltava para pegá-lo pela segunda.

Ele não deixaria que vencesse.

Erguendo a katana com a mão direita, Sai a cravou no chão. A borda de diamante da espada penetrou no solo, dando a Sai uma alavanca. Ele empurrou, lutou contra o frio que rasgava seus membros e ficou de pé. Usando a katana novamente, Sai tentou um salto, impulsionando-se para cima. O chão traiu seu apoio mais uma vez, e o suposto salto de Sai para se libertar da poça se tornou um tropeço, um tombo desajeitado.

O homem conseguiu. A espada não.

Atingindo um terreno abençoadamente limpo, Sai rolou e ficou de pé. Olhando para trás, a luz prateada de seu bracelete iluminou a fossa viral agitada enquanto seus tentáculos devoravam a katana. Se o vírus poderia ou não danificar a espada não importava: sem uma arma, Sai não viveria o suficiente para se importar.

Em vez disso, ele se virou em direção aos gritos quebrados de Perro. O Patrulheiro do Crepúsculo tinha se encurralado em um canto, mal visível sob uma avalanche infectada. Com sua armadura potencializada, Sai teria entrado, lutado para libertar Perro. Sem ela, estaria apenas se lançando para a própria morte.

— Você não quer salvá-lo? — As palavras vieram aquosas, decompostas, mas reconhecíveis.

Sai olhou para a direita, viu uma mulher que jamais quis ver novamente, mas que, mesmo assim, trazia alguma esperança: se Sai fosse morrer naquela maldita masmorra, pelo menos poderia levar a pessoa certa junto com ele.

Anaskya não se parecia muito com a mulher que tinha abandonado Sever em Wexer depois de usar e ser usada pelo esquadrão para escapar de uma existência condenada em Dynas. Ela tinha sido uma cientista de primeira linha com gosto pelas coisas mais refinadas, uma qualidade que não parecia ter sido satisfeita aqui, onde Anaskya parecia ter sido vítima de suas próprias inoculações algumas vezes demais.

Mas Sai jamais esqueceria aquele rosto, não importa o quanto desfigurado pela doença, o quanto deformado por seus próprios fracassos.

Não se perde de vista aquela que quase o arrancou de sua família.

— Eu preferiria te matar — disse Sai, procurando um modo de fazer exatamente isso.

Anaskya, porém, não parecia mais pertencer ao seu antigo corpo. Como as criaturas que Sai estivera cortando, os braços e pernas de Anaskya pareciam em grande parte escuros e contorcidos, com apenas uma parte começando em torno do peito e continuando até a cabeça ainda reconhecível. Sai poderia dar um bom soco, poderia tentar quebrar um pescoço, mas qualquer uma dessas ações realmente a deteria?

— Você não precisará — respondeu Anaskya. — Logo estarei morta, assim como todos que restaram aqui. Então esse vírus cobrirá o planeta. Minha vida terá seu legado na criação de outro. O que mais alguém poderia pedir?

— Um pouco de sanidade, talvez? — Sai se voltou para Perro, que ainda lutava. — Você pode pedir a eles que o deixem em paz?

— Por que eles me ouviriam? — Anaskya riu, um som gutural, como um peixe engasgando por ar. — Seus únicos pensamentos são a fome.

— É isso que vai acontecer com todos os soldados nas naves?

— Vana começou sua cruzada? — disse Anaskya. — Então sim, eventualmente. Assim que as doses supressoras perderem o efeito.

— Mas por quê? Qual é o sentido de matar todos os seus soldados?

— Você terá que perguntar isso a Vana — Anaskya franziu a testa. — Foi ela quem me ordenou reverter o vírus. Com o sangue da garota, eles poderiam ter sido invencíveis. Em vez disso, ela queria transformá-los em bombas.

— E você fez isso sem pensar duas vezes.

— Eu fiz isso pensando muitas vezes, pensamentos que compartilhei com Vana repetidas vezes após seus agentes me pegarem — disse Anaskya. — Ela os ignorou. Ela me forçou a criar isso. Estes.

— Por que você faria isso? Se sabia que morreria de qualquer forma?

— Você é pai, não é? — perguntou Anaskya. — Estes são

meus filhos. Podem não ser como eu esperava, mas pelo menos os vi viver. Sem Vana, eu não teria nada. Meu trabalho teria sido desperdiçado.

Uma estranha calma se instalou sobre o espadachim. Talvez a mesma calma que parecia dominar Anaskya. Ambos estavam condenados, destinados a serem alimento para aquelas coisas assim que terminassem com Perro. Saber que Anaskya o seguiria para o além, compartilhando uma última conversa, parecia quase normal, parecia a única coisa que Sai poderia fazer.

Fugir passou brevemente pela lista de decisões de Sai. Ele poderia correr para a escuridão, guiando-se por curvas aleatórias com o bracelete e esperando encontrar uma saída antes que os monstros o encontrassem.

E, no entanto.

— Duas escolhas — disse Sai. Mais criaturas haviam entrado na sala, sem dúvida os restos do estoque experimental de Anaskya. Perro tinha ficado em silêncio, embora a multidão ainda envolvesse o homem. O resto deu um amplo espaço à cientista, como uma família respeitando seu progenitor. — Posso te dar uma morte rápida agora, ou você pode deixar que essas coisas te devorem.

— Assim como farão com você depois que eu me for. Por que me dar o melhor fim?

— Porque será a última coisa satisfatória que farei.

— Você realmente me odeia tanto assim? Eu sou tão terrível?

— Sim. — Sai se posicionou. Pronto para agir. — Escolha.

Anaskya olhou para si mesma, então balançou a cabeça.
— Sinto muito, Sai. Se eu vou morrer, será pelas mãos das minhas próprias criações.

Perfeito. Muito mais gratificante derrubar um inimigo que revidar, em vez de um que simplesmente se entrega.

Sai partiu para um soco. Um jab direto vindo do nada destinado a derrubar Anaskya antes que ela pudesse se defender.

Seu punho nunca fez a conexão. Outra criatura, que Sai não tinha visto se aproximando por trás, o derrubou no chão. Anaskya soltou uma risada úmida enquanto a criatura se amontoava sobre Sai, sua massa desleixada e contorcida o jogando contra o piso.

A criatura, porém, ainda tinha um corpo, e Sai ainda tinha sua força. Empurrando com os braços, Sai rolou com a criatura, ficando de costas, e enfiou o cotovelo na cara da coisa. Era como bater em um travesseiro recheado de bife, mas o golpe atordoou a coisa tempo suficiente para que Sai se levantasse, girasse com seu bracelete e não encontrasse nenhum sinal de Anaskya.

Sai continuou girando, tentando descobrir qual caminho Anaskya poderia ter seguido. Ele se moveu enquanto procurava, afastando-se de braços que tentavam agarrá-lo. Recusou-se a aceitar o desespero de que Anaskya havia sumido, que Sai não teria a última satisfação da vingança. Esse caminho levaria a uma escuridão mais profunda do que qualquer uma encontrada ali embaixo.

O bracelete captou um brilho carmesim, e Sai se concentrou na lâmina de Perro. A espada zumbinte deve ter caído da mão do homem, sua ponta aparecendo para além do trio de criaturas que atacava o mercenário.

Se Sai não conseguisse pegar Anaskya, então ele poderia muito bem morrer fazendo algo certo.

O espadachim mergulhou com um gancho de direita, espatifando as fibras viscosas da criatura central e derrubando-a sobre a da esquerda. O barulho de sucção quando os tentáculos grudentes da criatura se descolaram de Perro enrugou o nariz de Sai tanto quanto o cheiro fétido que inundava a sala, mas o soco ganhou espaço suficiente para que Sai se abaixasse e pegasse a espada de seu lodaçal negro.

A criatura à direita de Sai percebeu que seu banquete tinha sido interrompido, avançando para Sai com uma massa de tentáculos trituradoras no lugar de um rosto. Por mais metamórficas, amorfas e doentes que as coisas pudessem ser, não tinham muita velocidade.

Sai ergueu a espada, golpeando para a frente enquanto o fazia. Onde a katana cortava com uma borda refinada, a lâmina de Perro funcionava como uma serra quente, fervendo e fatiando em igual medida enquanto seus dentes trabalhavam para frente e para trás numa velocidade rápida demais para os olhos verem. O borrão atravessou a ameaça, deixando-a sibilando em duas pilhas no chão.

Mãos gosmentas agarraram os ombros de Sai e rasgaram seu traje, enquanto outras se enroscavam em seus pés. Invertendo o aperto no cabo, Sai enfiou a lâmina para trás ao longo de seu flanco, empalando a criatura atrás dele. Seu uivo furioso trouxe um último sorriso ao rosto de Sai, um que se manteve mesmo quando mais mãos infectadas e gote-jantes arrancaram seus pés do chão.

Ao cair, Sai pousou ao lado de Perro. Na luz do seu bracelete, o mercenário parecia em mau estado, com manchas sangrentas cobrindo tudo e manchas pretas se espalhando por sua pele e roupas. Apesar de tudo isso, enquanto Sai balançava a espada em arco, cortando a próxima criatura que avançava, ele percebeu o peito de Perro subindo e descendo.

— Ah, inferno — disse Sai, chutando para afastar mais mãos de criaturas fatiadas que alcançavam seus pés. — Não posso simplesmente morrer enquanto você ainda está vivo, posso?

Perro, como esperado, não respondeu. As criaturas, cada vez mais, uivavam.

— Tudo bem, então — disse Sai, alcançando atrás de si e empurrando-se para cima. Cortando para baixo com a espada, ele limpou os resquícios que o atormentavam. — Vamos lá, seus desgraçados. Ainda não acabamos.

Se o desafio de Sai assustou as criaturas, elas não demonstraram medo à luz prateada de seu bracelete, cujos raios revelavam mais monstros avançando da escuridão.

VINTE E TRÊS

TRAJES

O visor de Gregor confirmou o que seus ouvidos captaram quando as botas atingiram o chão na baía de atracação. Os dois lados da nave de desembarque se abriram, suas asas subindo alto e despejando os doze de dentro. Gregor, com seu martelo na mão, tomou a dianteira, avançando diretamente para o que não conseguia ver, na esperança de que eles o vissem.

Um grupo compacto seria fácil para Briany abater.

Também seria mais difícil para Gregor errar quando todos estivessem bem agrupados. Um martelo de batalha como o dele não era feito para precisão.

Mas era muito bom em destruição.

— Na direita, aceso — disse Briany, sua voz soando próxima ao ouvido de Gregor.

O comando fez com que o primeiro golpe de Gregor fosse para a esquerda, um movimento amplo tentando atingir as ameaças vermelhas que seu visor destacava. Ele esperava encontrar os malditos na baía ensanguentada da *Prisa*, os zumbis sem cérebro prontos para serem destruídos.

Em vez disso, seu golpe não acertou nada. Ouviu-se

estalos quando as botas deixaram o chão da baía pelo ar, e Gregor perdeu o equilíbrio quando o martelo encontrou resistência zero, fazendo-o girar enquanto os tiros de Briany respingavam azul à sua direita. Ela teve mais sorte: as acrobacias involuntárias de Gregor trouxeram um alvo para o caminho de Briany, permitindo que a atiradora acertasse dois golpes certeiros.

O alvo nem vacilou, continuou correndo direto por Gregor exatamente como um predador cego não faria.

Droga.

— Eles não são... — Gregor terminou com um grito quando algo o atingiu com força, derrubando-o e fazendo-o rolar pelo chão da baía.

Usando o martelo para se estabilizar ao enganchar a cabeça em algumas caixas de suprimentos, Gregor encontrou seus pés a tempo de receber outro golpe. Este, um impacto blindado no visor, rachou a armadura de Gregor contra sua testa, turvando sua visão e fazendo-o tropeçar sobre as caixas para cair de costas.

Não foi um bom começo.

À direita, um barulho diferente preencheu a baía. Um som de trituração, um guincho metálico enquanto lasers de corte rasgavam a resistência. Mais sinais de que estes não eram bombas estúpidas, mas demônios calculados e treinados, com os meios e métodos para alcançar seu objetivo.

— Vai ajudar? — Briany cortou a tontura. — Porque se eu não ver esse martelo balançando logo, vou ficar muito puta.

O visor de Gregor, como se seguisse as palavras de Briany, disparou outro alarme forte. Bem no centro. Ainda de costas, Gregor largou o martelo e cruzou os punhos quando uma faca, cintilando na luz que dobrava o traje do soldado, varreu em linha reta. Os antebraços de Gregor desviaram a lâmina, fazendo-a atingir o chão ao lado da cabeça de Gregor. Assim que a ponta tocou o chão, seu atacante já a tinha retirado novamente, preparando-se para outro golpe.

Levantando o joelho com força, Gregor sentiu-o atingir um borrão que não conseguia ver, e viu o segundo golpe do homem passar longe quando a coisa perdeu o equilíbrio. Gregor estendeu a mão, agarrou o braço com a faca e puxou para baixo, usando o impulso para rolar sobre seu atacante enquanto o soldado em traje atingia o chão.

A faca, livre de sua bainha, não podia se esconder tão bem quanto o traje. Gregor usou a arma como pista, batendo seu punho contra o chão – e ignorando os socos em seu peito e pernas – até que o homem soltasse o aperto, libertando a faca para o chão. Desferindo um golpe atordoante na cabeça do homem, seguindo as linhas borradas ao longo do que, de outra forma, parecia ser um piso limpo azul-preto, Gregor agarrou a faca e a usou para dar um fim permanente à luta.

— Gregor! — Briany não soava mais tão confiante agora.

Pegando seu martelo e levantando-se, Gregor encontrou Briany lutando em uma batalha de recuo. Um traje fumegante estava no chão da baía, mas parecia que pelo menos outros dois estavam forçando Briany a recuar para o lado da baía. Em vez de atirar, a Patrulheira do Crepúsculo segurava seu rifle como uma espada, usando-o para bloquear golpes de facas em uma defesa frenética.

Uma defesa que não tinha outro desfecho além da morte.

Com o martelo em uma mão, Gregor sacou uma pistola enquanto começava a correr. Ele mirou onde Briany balançava seu rifle, onde as faíscas choviam cada vez que uma lâmina atingia seu cano. Os disparos laranja, mantendo um equilíbrio entre força suficiente para penetrar armaduras e

fraca o bastante para manter a bateria funcionando, mergu-
lharam nos trajes e deixaram marcas chamuscadas em seus
donos.

Se eles se importavam nem que fosse um pouco, Gregor
não conseguia perceber.

Briany notou a aproximação de Gregor e mudou suas
táticas, interrompendo a retirada para manter os trajes ali
com uma série furiosa de movimentos circulares destinada a
fazer os monstros invisíveis recuarem alguns passos. O
primeiro golpe com o rifle atingiu o ar – um sucesso – mas o
retorno parou abruptamente. Briany estremeceu atrás da
tela de seu capacete, visível enquanto Gregor iniciava seu
próprio movimento, e ela largou o rifle, optando por um soco
no que havia agarrado sua arma.

O punho nunca chegou lá.

Uma faca cortou o ar e atingiu o peito de Briany, penetrando na armadura e empurrando-a para trás. Deixando a
lâmina presa, o atacante devia ter algum grande segundo
plano. Gregor não sabia, porque não podia ver o que o
homem estava fazendo.

Mas o visor de Gregor lhe dizia exatamente onde o
homem estava.

O martelo de Gregor atingiu com uma força que ele não
usava há muito tempo. A raiva transbordou com a facada em
Briany, por quase ter sido perfurado também. Uma fúria
pelo modo como essas coisas quebravam as regras com sua
camuflagem, por como os novos sons atrás deles deixavam
claro que os outros atacantes tinham ido além da baía e
estavam invadindo a fragata.

Em resumo, Gregor tinha muitos motivos para estar
furioso, e ele descarregou tudo no idiota que não teve tempo
de se esquivar.

O golpe quebrou o revestimento reflexivo do traje, enviando uma fratura torcida voando através da baía e para fora do escudo magnético aberto da fragata. Revertendo seu aperto, Gregor usou o impulso do golpe para enviar o martelo para o outro lado, apenas para atingir o rifle de Briany quando seu novo dono o usou para bloquear o golpe.

Deixando o rifle amassado cair, o traje repetiu sua estratégia, agarrando o martelo de Gregor e segurando-o firmemente. O contorno borrado igualava-se a Gregor, puxando a arma, aproximando-os. Abrir mão do aperto para dar um soco poderia significar perder o martelo, e considerando que essas coisas podiam atacar muito rápido, Gregor não queria arriscar.

Em vez disso, ele puxou. O traje também puxou, seus apertos enrolando-se ao redor do cabo do martelo como dois deuses presos em algum embate imortal.

Presos até que Gregor notou uma queimadura vermelho-preta percorrendo onde a cabeça do traje havia estado. O aperto da coisa afrouxou e caiu, revelando Briany com sua pistola sacada em pé atrás.

— Muito mais fácil quando eles ficam parados — disse Briany. — Você está vivo?

— E você?

— Tenho um bom corte por baixo dessa armadura — respondeu Briany, balançando a faca agora livre em sua mão esquerda. — Essas coisas são afiadas.

— Sim — Gregor olhou para trás, em direção às portas da baía. — Há mais.

— Então o que estamos esperando?

— As probabilidades não são boas — respondeu Gregor. — Poderíamos pegar o transporte e ir embora.

Briany riu.

— Você, com medo? Não achei que esse fosse o seu estilo.

— Você está ferida.

— E a missão não acabou — respondeu Briany. — Vamos lá, grandão. Estou ficando entediada parada aqui.

Tendo dado às preocupações a devida consideração, Gregor não perdeu mais tempo choramingando por Briany. Juntos, passaram pela nave de desembarque e pelas portas cortadas da baía, que agora tinham um oval ainda fumegante cortado através de seu centro de cima a baixo. Além delas, o corredor central da fragata se dividia à esquerda e à direita.

Qualquer decisão fácil morreu quando os dois olharam para ambos os lados do longo corredor. Cartazes padrão da DefenseCorp, tanto educativos quanto de propaganda, agarravam-se às paredes em farrapos, alguns ainda queimando onde o fogo laser deixara sua marca. Corpos, também, espalhavam-se pelo chão onde o destacamento de segurança da fragata e transeuntes aleatórios encontraram fins rápidos.

Esses corpos seguiam em ambas as direções, sugerindo que a força invasora estava menos interessada em assumir o controle da nave do que em limpar a fragata. Novamente, o estômago de Gregor endureceu junto com seu coração, sua mandíbula travando diante da carnificina eficiente.

Essas pobres almas não sabiam contra o que estavam lutando. Não tiveram chance.

— Ponte ou motores? — perguntou Briany, a atitude presunçosa desaparecendo diante de, bem, tudo.

— Ponte — disse Gregor. — Eles estão atrás de pessoas, não máquinas.

Ele também tinha que apostar que os monstros não saberiam como desativar ou afetar os motores se as criaturas chegassem até lá. Pelo que Gregor se lembrava, o programa Raider não era conhecido pela inteligência de seus soldados.

— Acha que haverá sobreviventes? — perguntou Briany enquanto seguiam pela esquerda.

— Veremos — respondeu Gregor. — Se não, então garantiremos que sejam vingados.

Ao deixarem a baía para trás, os alojamentos da nave passaram rapidamente à direita, com a porta lacrada. Isso, pelo menos, deu a Gregor uma medida de confiança. Alguém tinha sido inteligente o suficiente para fechar o espaço, e os monstros não se importaram em derrubá-lo.

Ainda.

— Você está totalmente comprometido em ajudar essas pessoas, não é? — perguntou Briany.

— Eu já fui um deles, uma vez — disse Gregor. — Você não esquece o que é ser usado.

— Diz alguém que passou quantos anos fazendo exatamente isso?

— Não assim. Não enganado e abandonado para morrer.

Briany não respondeu a isso, e Gregor estava totalmente a favor do silêncio. Não que a nave não tivesse sons em abundância. Alarmes tocavam agora, seus toques estridentes chamando os soldados para encontrar seus postos, para todos os demais encontrarem uma arma. Ninguém, no entanto, invadiu o corredor para lutar contra os invasores. Ou ordens mais inteligentes prevaleceram, ou qualquer um com um pingo de coragem já estava morto.

A ponte provou que ambos os pensamentos estavam errados.

Barrada por outra entrada mais espessa, a ponte permanecia inviolada quando Gregor e Briany se aproximaram por trás. Seu visor detectando os trajes invisíveis, Gregor contou quatro atacando a porta com o mesmo cortador que usaram para atravessar a baía. Com sua aproximação – o corredor reto oferecia pouca oportunidade para furtividade – dois trajes viraram-se para Gregor e Briany.

Ao contrário dos que saíam da nave de desembarque, esses dois tinham rifles. As armas contrastavam com a armadura invisível, chamando a atenção em seus tons negros. Ainda mais gritante era o sombreado da DefenseCorp nas armas.

Os trajes não vieram com esses rifles. Eles haviam saqueado os mortos.

— Vai — disse Briany, erguendo seu próprio rifle apreendido e abrindo fogo.

Com o martelo erguido, Gregor avançou. Ele manteve-se no centro do corredor, deixando Briany atirar ao seu redor. Os dois trajes concentraram seus tiros em Gregor, escolhendo o louco em ataque como o alvo mais fácil. A armadura potente de Gregor recebeu o fogo entrante com alarme, mas os tiros atingiram o peito de Gregor, a parte mais forte, a única placa que poderia durar o suficiente para que ele entrasse no alcance do martelo.

O fogo de cobertura de Briany fez diferença após a primeira saraivada, enviando ambos os soldados com rifles mergulhando para longe. Sua autopreservação apenas selou seu destino, já que Gregor quebrou fortemente à direita, apertando o cabo e enviando poder cinético através da cabeça do martelo. O homem tentou bloquear com o rifle, interceptando o martelo no alto de seu arco.

O rifle quebrou-se em dois, seu gás vermelho explodindo quando o martelo de Gregor atingiu em cheio. A energia cinética fez a arma de Gregor ricochear mesmo enquanto arruinava o homem, esmagando-o contra o chão do corredor. Gregor torceu-se com o recuo do martelo, usando o impulso para cruzar o corredor em direção ao parceiro do homem.

Um clarão vermelho atingiu os olhos de Gregor e o visor derreteu, recebendo o impacto e deixando Gregor com uma visão turva do mundo. Uma visão que ainda mantinha um alvo claro: Briany havia cravejado a armadura com marcas de explosão, deixando a coisa preparando outro tiro.

Gregor sentiu o calor em seu estômago quando o rifle disparou, sentiu o respingo em seu rosto quando seu martelo transformou aquele último tiro no final da coisa.

Virando-se para o par que cortava a porta da ponte, Gregor encontrou dois cadáveres fumegantes, cada um crivado pelo fogo do rifle de Briany.

— Eles continuaram cortando mesmo enquanto você atacava — disse Briany ao alcançar Gregor. — Podem ser duros numa luta, mas ainda têm mente unidirecional.

Gregor grunhiu em concordância, colocando o martelo de lado para arrancar o resto do vidro de seu visor. Aquele brilho quente em seu estômago não havia desaparecido. Na verdade, agora que ele prestava atenção nisso, o brilho parecia mais um sangramento quente. Ele olhou para baixo, viu onde sua armadura havia estado, agora não havia nada além de pele, e nem muita dela.

— Ah, isso não é bom — disse Briany, afastando a mão de Gregor. — Senta, seu idiota. — Briany quase empurrou Gregor para baixo enquanto se virava para a ponte. — Ei, tem alguém aí dentro? As pessoas que acabaram de salvar suas bundas precisam de um médico! Agora!

Gregor piscou. Tentou sacudir o entorpecimento crescente. Uma sensação estranha, essa. Quente e paralisante ao mesmo tempo. Como se sua própria alma estivesse tentando encontrar uma saída pelo buraco. Ele já havia sido baleado antes, muitas vezes, mas não aqui, não no estômago.

Talvez por isso ele tivesse mantido sua maldita coragem

todo esse tempo: Gregor nunca havia sido atingido no lugar certo.

Briany se aproximou mais da porta da ponte, ainda gritando. Outra voz veio de volta, uma resposta que Gregor não conseguiu entender direito. Seus ouvidos, embora zunindo, haviam captado um ruído mais importante. Um som de chocalho, de tranco, vindo de volta pelo corredor. Dirigindo-se para cá.

— Briany — disse Gregor, quase engasgando com o nome dela. — Tem mais.

— O quê? — perguntou Briany, lançando um olhar para trás. — Fique quieto, cara. Poupe seu fôlego.

Haveria tempo para isso depois. Sempre haveria.

Agarrando seu martelo, Gregor puxou-se para ficar de pé, olhando em direção ao barulho que se aproximava. Morrer defendendo uma ponte inocente?

Sim, Gregor poderia fazer isso.

VINTE E QUATRO

A APOSTA DO CORREDOR

A nave shuttle brilhou intensamente quando a *Prisa* disparou contra ela, suas torres de combate sendo acompanhadas por caças que a flanqueavam por cima e por baixo enquanto a frota da DefenseCorp recobrava o juízo. Como um corpo combatendo uma doença, as corvetas, caças e navios maiores buscavam os shuttles e os destruíam. As corridas de ataque de Eponi contavam agora com um esquadrão maior, dividindo as torres automáticas entre os alvos.

— E é por isso que ainda temos humanos no controle — disse Tarla enquanto a *Prisa* recebia disparos dispersos, não o suficiente para furar os escudos. — Essas coisas imbecis não conseguiriam destruir nem um cargueiro.

— Elas quase nos mataram — respondeu Eponi.

Tarla afastou as palavras com um gesto enquanto Eponi seguia os caças em direção ao próximo shuttle que precisava ser destruído. — Nunca foi tão sério assim.

De acordo com os próprios dados da *Prisa*, Eponi discordaria. Sua nave tinha algumas queimaduras graves no casco, e algumas peças precisariam ser substituídas na próxima vez que pousassem. Outra rajada de caças poderia ter perfurado, enviando a *Prisa* e sua tripulação para o vácuo.

Mas, por outro lado, escapar por pouco fazia parte do jogo.

— Sever, você está livre para uma missão? — A voz de Deepak chegou pela linha aberta. — Perdemos contato com um dos cruzadores. Preciso que você passe perto da ponte de comando deles e veja se ainda tem alguém lá dentro.

— Um cruzador? Você quer dizer uma das naves grandes? — perguntou Eponi.

— Acredito que você tenha experiência em se aproximar da ponte de comando de uma nave e assustar seus oficiais — disse Deepak. — Estou enviando as coordenadas.

No grande para-brisa, surgiu uma nova linha, inclinando a *Prisa* de volta para Aurum Três. O alvo de Deepak era o cruzador mais próximo do próprio planeta. Não exatamente uma surpresa – os shuttles teriam atingido esse primeiro.

— Ele quer que a gente faça o quê agora? — perguntou Tarla.

— Devemos dar um olá de perto — respondeu Eponi. — Ele espera que apenas os sistemas de comunicação deles estejam desligados e nada mais.

— Então voar perto de uma nave gigante repleta de armas que podem não estar do nosso lado? Sem recompensa?

— Mesmo acordo de antes, Tarla.

— Quando mudarem os termos, você pode fazer o mesmo — a capitã dos Twilight Rangers se recostou em seu assento, balançando a cabeça. — Você tem muito a aprender se quer jogar esse jogo.

Eponi ignorou as palavras de Tarla, concentrando-se na trajetória de aproximação da *Prisa*. O cruzador não era exatamente do tamanho do *Nautilus*, e seu volume arredondado não tinha a integração rochosa com um asteroide, mas a nave ainda tinha espaço de sobra. Pairava sobre Aurum Três como uma lua renegada, com seus motores traseiros desligados, deixando a nave à deriva.

Pelo que Eponi podia perceber, os shuttles estavam seguindo uma estratégia de um por nave, o que tornava as coisas fáceis de destruir quando se separavam de seus grupos. Mesmo assim, muitos encontraram seus destinos antes que a DefenseCorp recuperasse a sanidade, e um deve ter atracado aqui. A ideia de um único shuttle de desembarque enfrentar um cruzador inteiro, com centenas e centenas de funcionários, tropas e armas a bordo, parecia insana.

Mas um grupo concentrado e letal de invasores invisíveis poderia invadir uma ponte de comando.

Inclinando a *Prisa* para subir pelo lado esquerdo do cruzador, Eponi desviou energia das armas de sua nave e a canalizou para os escudos. Embora as torres do cruzador ainda não estivessem atirando em nada, seu número e poder de fogo poderiam destruir rapidamente uma nave desprevenida como a *Prisa*. Os pilotos nas torres da *Prisa* protestaram, mas um rápido lembrete sobre quem os salvou de uma morte no vácuo frio interrompeu as reclamações.

Tarla passou os segundos enviando consultas em ambas as frequências dos Sever e Twilight Rangers, tentando fazer com que alguém na superfície respondesse. Ninguém respondeu e, pela primeira vez, Eponi percebeu preocupação no rosto de Tarla.

— Então você se importa — disse Eponi depois que a última mensagem de Tarla ficou sem resposta.

— É difícil ganhar dinheiro sem uma equipe.

Eponi suspirou e balançou a cabeça. Algum dia, talvez,

Tarla mostraria uma rachadura em sua armadura presunçosa. Tinha que haver algo mais na capitã além de tiradas e dinheiro.

Lá fora, a ponte do cruzador fez sua primeira aparição. O vidro curvo cobria o espaço de múltiplos níveis da ponte, onde um grupo de oficiais deveria estar lidando com os sistemas da nave. Olhando do espaço, Eponi tinha que ver além do brilho da estrela de Aurum Três, que lançava um clarão branco-azulado.

Confiar na visão simples em uma galáxia onde as naves voavam de um planeta a outro parecia um pouco absurdo para Eponi, mas ela se inclinou para frente de qualquer maneira, tentando encontrar sinais de vida. Aproximando-se lentamente, cortando os motores da *Prisa*, eles chegaram perto do vidro.

Tarla xingou enquanto Eponi segurava a respiração. Ela não poderia, não ficaria surpresa com qualquer coisa que essas criaturas pudessem fazer, não depois de vê-las avançar em direção à *Prisa* naquela baía sangrenta, e ainda assim...

Mesmo enquanto a visão sinistra se formava, o cruzador mudou de posição. Sua velocidade aumentou, e Eponi se apressou em ligar os motores da *Prisa*, afastando a nave menor enquanto o cruzador se elevava para uma órbita mais alta.

— Você não viu nenhum piloto lá, viu? — disse Eponi enquanto o cruzador passava por baixo da *Prisa*.

— Eu não vi ninguém — disse Tarla. — Sei que disse que impediríamos qualquer um de escapar daqui, Eponi, mas estou pensando que não podemos derrubar esse cruzador.

— Ele não está saindo — disse Eponi, olhando para seu console enquanto traçava a provável direção do cruzador. —

Na verdade, parece que está indo direto para o centro da frota.

— Por quê?

Eponi olhou para Tarla, e as duas entenderam o significado ao mesmo tempo.

— Vana realmente os transformou em monstros — murmurou Tarla enquanto Eponi reabria o canal de volta para Deepak. O homem atendeu rapidamente, sua imagem granulada aparecendo no console.

— Almirante — disse Eponi. — A ponte desse cruzador está comprometida, e acho que você não vai gostar para onde ele está voando.

O rosto do almirante mostrava todo o estresse e nenhuma surpresa com as palavras de Eponi. — Então preciso que você o destrua. Conseguimos contatar sobreviventes na nave, e eles ainda controlam a ponte de comando reserva. Se você conseguir cortar a parte da frente, talvez ainda possamos salvá-la.

— Você quer que eu enfrente um cruzador sozinha?

Deepak fez uma careta. — Não quero que você faça isso, mas não há escolha. Vou enviar um pedido de ajuda, mas enquanto seu cruzador é nosso maior problema, não é o único. Outras fragatas estão caindo, e há mais shuttles para abater.

Eponi se viu reprimindo outro suspiro – ela tinha feito isso com muita frequência ultimamente. Pilotos de kart tinham que acreditar que iam vencer, e isso significava manter as emoções negativas afastadas. Em vez disso, ela aumentou os motores e começou a desviar energia dos escudos para as torres.

— Quando isso acabar, talvez você possa dizer a quem sobrar para prestar atenção quando Sever dá um conselho, certo? — disse Eponi.

— Você tem minha palavra, Eponi — respondeu Deepak. — Cuide do cruzador. Boa sorte.

O rosto desapareceu enquanto a *Prisa* começava a se arrastar sobre o casco do cruzador, avançando de volta em direção à ponte. Na primeira aproximação, Eponi não viu nenhum sinal de vida nas armas do cruzador. As torres permaneceram imóveis, silenciosas e quietas. Exatamente como ela preferia seus inimigos.

Agora, aquelas mesmas lanças projetando-se no espaço começaram a se mover. Tão perto, Eponi viu as armas se deslocarem e, pior, se deslocarem em uníssono. Não havia como soldados empreendedores moverem essas torres de forma tão suave.

— Você está vendo isso, certo? — Eponi perguntou a Tarla.

— Estou apenas tentando não acreditar — respondeu Tarla. — Aqui estou eu esperando que essas coisas não tenham a inteligência para fazer nenhum movimento grande.

— Elas não precisam saber muito — disse Eponi. — Ensine-as a definir um alvo, ligar o piloto automático. Isso é o suficiente para arruinar esta frota.

— Este contrato está ficando cada vez pior.

— Se você quer que melhore, diga aos pilotos para se prepararem — disse Eponi. — Aposto que este cruzador não vai gostar quando começarmos a atirar.

O fato de o cruzador não ter aberto fogo imediatamente significava que os invasores não eram tão inteligentes, afinal. Definir um destino e ligar o piloto automático, engajar defesas automáticas? Essas eram as opções mais simples que um cruzador como este tinha, então uma nave grande feita para mil pessoas poderia seguir lentamente com apenas algumas pessoas a bordo.

A *Prisa* e todas as outras naves ao lado do cruzador estariam aparecendo como neutras, talvez até amigas. Assim que Eponi disparasse alguns lasers na ponte, porém, isso mudaria. A pilota de kart poderia voar com estilo, mas a *Prisa* não era pequena o suficiente para escapar do fogo de um cruzador inteiro.

— *Prisa?* — a chamada quebrou o silêncio no cockpit de Eponi. — Aqui é a Ala Blade? Deepak nos enviou para ajudar, disse que você poderia precisar de uma mão para derrubar esse grandalhão?

Eponi piscou, olhou para o scanner. Ela viu quatro pontos se aproximando de sua posição. Nem de perto o suficiente para desafiar um cruzador.

— Me diga que vocês são muito maiores do que parecem, Ala Blade — disse Eponi.

— Dois caças, duas corvetas — respondeu o líder da Ala Blade, nada desencorajado com suas perspectivas. — Padrão DefenseCorp, ao seu dispor.

Tarla colocou o rosto nas mãos enquanto, lá fora, o cruzador completava sua virada. A grande nave agora estava afastada da órbita e voltada para a frota, a contínua batalha a laser que faiscava entre naves capturadas, shuttles e os mocinhos parecendo, se Eponi apertasse bem os olhos, como uma linha de chegada.

— Aqui está a situação — disse Eponi. — Temos que destruir a ponte deste cruzador, mas os escudos estão ativos. Assim que ele pensar que somos os bandidos, vai mandar tudo o que tem em nossa direção.

— Não estamos equipados para lidar com esse tipo de poder de fogo.

— Ah, você acha?

O líder da ala não disse nada, e Eponi quase se sentiu mal pela ironia. Quase. Em vez disso, enquanto a *Prisa* passava pela ponte uma segunda vez e olhava para seu centro aparentemente vazio, Eponi tentou encontrar outra opção.

— Me diga o que você tem — disse Eponi para a Ala Blade.

— Mísseis e lasers, Sever. É o que estamos carregando.

— Mísseis e lasers — murmurou Eponi, ponderando as opções. Ela precisava de um estratagema aqui, algo que desse às cinco naves fracas uma chance contra um monstro gigante. Bem, um monstro que, no momento, não sabia que essas cinco naves eram o inimigo. — Espere, você pode me ultrapassar? Formar uma linha alguns quilômetros além dos meus motores?

— Podemos fazer isso.

Combinando a velocidade do cruzador, Eponi empurrou a *Prisa* sobre a ponte e para baixo, em frente ao vasto vidro. Virando a nave, Eponi colocou seu para-brisa olhando diretamente para o objetivo.

— Você vai colidir? — perguntou Tarla. — Porque eu não te dei permissão para me matar ou destruir minha nave.

— Eu não trabalho para você — respondeu Eponi.

Tarla sacou uma pistola mais rápido do que Eponi achava possível. A capitã dos Twilight Rangers apontou-a diretamente para a cabeça de Eponi.

— Tire-nos daqui — disse Tarla. — Estou decidindo que essas naves da DefenseCorp não valem a pena.

— Não me importo com o que você pensa — disse Eponi, abrindo o canal de volta para a Ala Blade. — Travem seus mísseis em mim. Todos eles, de todo mundo. Só teremos uma chance.

— Em você? — perguntou o comandante da Ala Blade, naquele tom preocupado que Eponi ouvia com frequência de Aurora.

— É uma ordem — disse Eponi. — Quando eu disser, disparem.

Tarla franziu a testa, ainda segurando sua pistola. — Eponi, não gosto desse jogo.

Eponi não respondeu. Ela tinha que aproximar a *Prisa*. Usando os motores de manobra da nave, ela reduziu lentamente a velocidade, puxando a *Prisa* para mais perto da ponte, um centímetro por vez. Os alarmes começaram a soar enquanto a Ala Blade cumpria sua promessa, se posicionando e travando seus mísseis na *Prisa*.

O número de travamentos e os mísseis esperados continuavam subindo, muito além do número que reduziria Eponi e todos na nave a cinzas.

— Responda-me, Eponi — disse Tarla. — Ou eu atiro.

— Se você puxar esse gatilho, estaremos ambas mortas — respondeu Eponi. — Esta é a vida comigo, Tarla. Você aceita, ou vai embora, mas por enquanto, por favor, cale a boca.

E, pela primeira vez, Tarla obedeceu.

Uma vez que os travamentos se estabilizaram, uma vez que a ponte do cruzador chegou tão perto que Eponi sentiu que poderia estender a mão e tocar o vidro, ela deu a ordem.

— Disparem, seus lindos desgraçados — disse Eponi. — Disparem todos.

Os mísseis foram lançados às dúzias, disparando em direção à *Prisa* enquanto Eponi aumentava a potência dos motores.

Hora de vencer a corrida, ou morrer tentando.

VINTE E CINCO

NA ESCURIDÃO

O que havia sob a zona de pouso ficou claro bem antes de Rovo atingir o fundo. Manchas pretas, poças ainda tremulantes com material vivo, contaram a Rovo tudo o que ele precisava saber. Pesadelos provocados por Felix e suas criações doentias assombravam o sono de Rovo, e aqui estavam eles novamente.

— Volte para cima — disse Rovo a Javelin, que seguia o novato alguns passos atrás.

— Voltar, por quê?

— Porque não estou recebendo sinal aqui embaixo e vamos precisar de ajuda — respondeu Rovo. — Se estou adivinhando certo, o que tem aqui é muito ruim.

— E nós também somos, mano.

— Mano? — Rovo lançou um olhar por cima do ombro para o mercenário. — E não, não como isso. Precisamos de reforços. Mais poder de fogo.

— Mas você vai seguir em frente mesmo assim?

— Se o Sai está aqui embaixo, então ele está com problemas. Você e eu somos os únicos que sabem disso. Se nós dois morrermos, quem virá nos buscar?

— Se estivermos mortos, cara, por que nos importaríamos?

Rovo fechou os olhos, inspirou e expirou na ordem correta.

— Javelin, por favor, vá. Agora. Antes que eu te dê um tiro para me poupar da dor de cabeça.

Gargalhando, Javelin finalmente fez o que Rovo pediu e seguiu para cima. Talvez o mercenário pudesse entrar em contato com Tarla e Eponi, fazer com que trouxessem a *Prisa* até aqui se já tivessem terminado com as naves de transporte lá em cima.

Ou chamar Gregor e seu martelo.

Mas quando o novato pisou no último degrau de metal sobre um piso áspero, a súbita solidão acendeu um fogo diferente em seus ossos. Da última vez que Rovo havia seguido Felix para os cantos mais escuros e doentios sozinho, ele fora capturado e quase devorado. Desta vez, o novato tinha uma segunda chance para provar que conseguia dar conta. Que não era uma baixa fácil.

Pensar isso e prová-lo exigia atravessar um abismo cada vez maior conforme Rovo avançava pelo labirinto subterrâneo. Seu dispositivo de pulso captou placas esparsas declarando que todos os novos sujeitos fossem por um caminho enquanto os cuidadores seguissem por outro. Forçado a escolher entre os dois, Rovo optou pelos sujeitos.

De volta a Gillane Quatro, em meio aos oceanos, Vana havia coletado o sangue de Kaia numa tentativa de transformar seus agentes em algum tipo de força de combate invencível. Rovo havia pensado, na época, que um grupo furtivo capaz de se infiltrar em qualquer ambiente e sair sem um arranhão seria o pior que poderia acontecer. Agora? Vana tinha ido um passo além, escolhendo descartar seus agentes experientes por civis aleatórios e sem sorte.

Centenas haviam sido colocadas naquelas naves, mas se o ataque ao compartimento da *Prisa* revelou o que aconteceu com as pessoas que Sever havia deixado para trás em Dynas, então milhares mais poderiam estar aqui. Civis, até mesmo famílias, presos nestes labirintos e aguardando o vírus que os transformaria em monstros sem mente.

Rovo não havia visto aquelas pessoas seguindo junto com os agentes na evacuação. Onde estariam, o que poderia ter acontecido com elas, o novato tentou não especular. Especialmente porque as paredes ao seu redor ficavam cada vez mais escuras com manchas virais. O ar tornou-se espesso e úmido, diferente do estado seco de Aurum Três na superfície. Através da viseira, um fedor fétido rastejou para dentro do traje de Rovo, provocando tosse até que o novato fez a armadura potencializada começar a filtrá-lo.

Novos sons surgiram conforme Rovo se aprofundava, um passo hesitante de cada vez. Um constante gotejar úmido e um deslizar, como se cobras encharcadas de pântano vagassem pelas profundezas com Rovo. Por trás deles, ficando mais alto, vinham estalos ocasionais quando dois objetos duros se encontravam. O que poderia ser uma máquina prendeu a atenção de Rovo, pois as batidas ocorriam em intervalos aleatórios, como se alguém estivesse balançando um objeto.

Como uma espada.

Rovo havia ouvido a katana de Sai enquanto descia os degraus, mas a lâmina havia silenciado. Agora isso, um ruído semelhante? Talvez Sai ainda estivesse lutando nas profundezas destas catacumbas.

Amaldiçoando seus próprios pensamentos errantes — especulando sobre o destino dos cidadãos de Dynas enquanto procurava um amigo — Rovo começou a correr, tomando decisões aleatórias e avançando através de salas maiores cheias de mesas viradas, equipamentos de laboratório destruídos e telas rachadas em branco em seu caminho em direção ao ruído. Cada escolha seguiu o som e Rovo acelerou o ritmo, usando os impulsores cinéticos da armadura para longos saltos, enquanto aqueles estalos vinham mais e mais devagar.

Ricocheteando nas paredes, espalhando borrões pretos ao seu redor enquanto corria, Rovo irrompeu na maior sala até então, repleta de pódios derrubados e encharcada de sujeira agitada e escura. Com as luzes de sua armadura brilhando a partir dos ombros, Rovo girou para a direita em direção ao som.

Sai estava de pé, com as costas contra a parede e favorecendo o braço esquerdo. Rovo não conseguia ver mais nada do homem, enquanto formas escuras avançavam e recuavam repetidamente contra a espada de Sai. Uma espada que, de alguma forma, não era a katana do homem.

Não que a arma importasse agora.

Erguendo o rifle, Rovo disparou alguns tiros à esquerda de Sai, abatendo dois que se aproximavam pelo lado cego do espadachim. Girando, Rovo percorreu a linha com lasers, pulando qualquer momento que pudesse atingir Sai diretamente.

— Pare! — gritou Sai, as primeiras palavras que dirigiu a Rovo. — Perro está à minha direita.

À sua direita? Rovo olhou e não viu nada além de mais formas se aglomerando. Sombras, no entanto, encontravam espaço através de seus braços que se esticavam e membros que se dobravam, espaço que Rovo viu Sai manter livre com amplos golpes.

Então Rovo precisava ser preciso. Ele podia fazer isso.

Mirando seus tiros, Rovo abateu as criaturas conforme elas avançavam contra Sai e, agora, também em sua direção.

Cada explosão azul-branca deixava uma chama laranja no alvo, um fogo que se espalhava quando as criaturas caíam umas sobre as outras. A visão atordoou Rovo até que ele se lembrou exatamente como Gregor havia eliminado aquelas coisas em Dynas: quebrando um cano e incinerando as criaturas até virarem cinzas.

Não havia canos aqui que Rovo pudesse ver, mas o rifle parecia estar à altura da tarefa.

— Vai nos sufocar com fumaça? — o grito de Sai atravessou a sala.

O homem tinha razão. O trabalho de Rovo havia feito uma fumaça densa rastejando pela sala. A armadura potencializada do novato mantinha-a longe de seus olhos, impedia que os detritos filtrados entrassem em seus pulmões. Sai — numa percepção que atingiu Rovo como um tigre saltando — não parecia mais ter seu traje. Se o fogo se espalhasse, ele teria tanta chance de morrer quanto as criaturas.

— Estou indo! — gritou Rovo em resposta, lançando-se numa corrida em direção ao espadachim.

A poderosa arrancada começou e terminou com um único passo na gosma flamejante que cobria o chão. Como em algum programa de comédia, as pesadas botas de Rovo não conseguiram encontrar tração e escorregaram debaixo do novato, mandando Rovo e sua armadura potencializada para um deslize. Chuveiros flamejantes espirram quando as costas de Rovo atingiram o chão, com mais de uma criatura vendo sua oportunidade de atacar.

De volta à nave de transporte acidentada, Rovo teve o trio homicida batendo nele com punhos e facas, um após o outro. Seus trajes, aliados ao coquetel de drogas que Vana havia fornecido, deram àqueles demônios força suficiente para rachar a armadura de Rovo, para enfiar suas facas através de sua proteção.

Essas criaturas não tinham nenhuma dessas vantagens. Suas mãos pegajosas e dentes quebrados tentavam sem sucesso penetrar as defesas da armadura potencializada. Rovo poderia ter rido, teria rido se não sentisse a mesma coisa que tinha acontecido com o novato lá em Dynas: uma lenta sensação de sucção conforme o vírus se agarrava aos seus braços, pernas, costas.

Poderia levar um tempão para a maldita doença, mas ela devoraria Rovo da mesma forma.

O novato tentou se sentar, mas as criaturas usaram seu peso para empurrá-lo para baixo. Ele também não conseguia erguer o rifle, já que outras criaturas se agarravam a ele, prendendo a arma na lama.

— Onde você está? — chamou Sai, as palavras escapando por uma paisagem sonora dominada por barulhos viscosos e gritos roucos.

— Tive uma queda feia — respondeu Rovo, analisando suas opções e não encontrando nenhuma que gostasse.

Mas encontrando uma que poderia usar.

— Afaste-se o máximo que puder — disse Rovo. — Cinco segundos!

Ele largou o rifle, um ato que não levou a arma a lugar nenhum na poça lamacenta que agora chegava à metade de seu corpo. Rovo moveu sua mão através da lama até seu cinto, onde duas granadas estavam prontas e esperando. Conseguir seus dedos ao redor da esfera estriada enquanto punhos pegajosos batiam em seu rosto, em seu peito, levou alguns segundos desajeitados, dando a Sai seus cinco segundos e mais.

Então Rovo ativou a bomba. Contou até três.

Liberando seu braço, Rovo arremessou a granada com toda força. Ele não podia vê-la voar com todas as criaturas cobrindo-o agora, girando juntas numa massa disforme que devorava sua armadura. Ele, no entanto, ouviu o mais leve tilintar quando a bomba atingiu o teto.

Rovo definitivamente ouviu o estrondo quando a granada explodiu.

Como um amanhecer repentino, as criaturas que se debatiam desapareceram numa onda de fogo. A própria armadura de Rovo exibia alertas em sua viseira indicando que a armadura potencializada não tinha mais muita integridade. Levá-la para o espaço ou debaixo d'água seria uma rápida viagem para uma morte lenta. O calor se infiltrou pelos pontos mais frágeis nas juntas da armadura, queimando Rovo através de seu traje interno.

Armadura danificada ou não, o novato se ergueu, empurrando com os braços enquanto a matéria viral queimava ao seu redor. Pedras caíam do teto, onde um bom pedaço havia explodido, seus restos criando uma chuva de pedras na sala. Primeiro, Rovo verificou onde Sai estivera e não viu nada. Então, quando sua viseira notou uma ameaça a seus pés, ele partiu.

Dois longos saltos, faiscando enquanto a armadura de Rovo lutava com o movimento, levaram Rovo até a antiga posição de Sai. Ele se apoiou na parede de pedra, uma superfície marcada por arranhões onde os amplos golpes de Sai haviam deixado marcas na barreira, e Rovo avistou a melhor saída de Sai à direita, um corredor paralelo ao que Rovo havia percorrido até ali.

Avistou-o, então perdeu toda a visão quando os detritos em chamas alcançaram o rifle vulnerável de Rovo. O gás no compartimento de energia da arma incendiou-se num clarão ofuscante, percorrendo as cores e enviando uma segunda série quente pelos juntas de Rovo.

Ele precisaria de um longo banho de pomada depois dessa.

O pensamento, enquanto os olhos de Rovo recuperavam o foco, trouxe um sorriso. Ali estava ele, numa sala arruinada cercada por uma doença mortal e os monstros sem mente que ela criava, pensando em um bom banho.

Aurora sempre dizia que Sever precisava manter sua confiança. Por que parar agora?

— Sai? — Rovo chamou pelo caminho. — Está aí embaixo?

— Ainda está vivo, novato? — respondeu Sai.

— Isso não é nada! — disse Rovo, seguindo em direção ao espadachim. — Um pouquinho de fogo nunca feriu ninguém.

Sai, esperando pelo corredor com Perro pendurado em seu ombro, balançou a cabeça enquanto Rovo se aproximava. A armadura potencializada do novato ainda tinha uma luz funcionando, e Sai tinha uma mão erguida para proteger seus olhos enquanto Rovo se aproximava.

— Nunca mais quero ver outro incêndio enquanto viver — disse Sai. — Como você nos encontrou?

— Segui a carnificina?

Fora da sala em chamas, as paredes estavam novamente cobertas de limo preto. Pedaços dele sugavam as botas de Rovo do chão, matando qualquer vontade de ter uma boa conversa com Sai. Havia um momento e lugar para trocar histórias, e seria tomando uma cerveja num mundo muito, muito longe deste.

— Se importa se continuarmos andando? — perguntou Rovo quando Sai não fez nenhum movimento para seguir pelo corredor. Em vez disso, o espadachim olhou para além de Rovo em direção ao fogo, que já começava a se extinguir. — Ou tem algo que estou perdendo?

— Minha espada — respondeu Sai. — Não vou sair daqui sem ela.

— E sua espada está?

— Em algum lugar debaixo de tudo aquilo. — Sai acenou de volta para a sala.

— E se eu for buscá-la, podemos ir embora?

Algo no olhar de Sai, na maneira como o homem mantinha uma postura firme mesmo com seus ferimentos, mesmo com o que parecia ser metade de um traje interno rasgado, dizia que não se tratava apenas da katana. Uma sensação confirmada quando Sai balançou a cabeça.

— Ela ainda está aqui — disse Sai. — Não vou embora até encontrá-la.

— Aurora? — sugeriu Rovo.

— Anaskya — respondeu Sai. — Nossa missão aqui não termina até que ela se vá. Até que o último resquício disso seja destruído. Nós a deixamos escapar depois de Dynas. Desta vez não.

Rovo olhou para sua armadura. Espancada e queimada, as únicas armas do novato eram as duas pistolas em seu cinto. Duas pistolas e dois punhos.

Seria o suficiente.

— Uma katana — disse Rovo —, saindo.

VINTE E SEIS

ANDAR E CONVERSAR

Vana ejetou sua armadura danificada, encarando Aurora. Ambas estavam com seus trajes de pele, Aurora apontando a pistola para Vana, sem acreditar no que a agente lhe contava. Uma mentira após outra. À medida que as palavras saíam, Aurora deu um passo para trás, depois outro, ganhando espaço suficiente para impedir que Vana tentasse qualquer movimento surpresa.

A capitã da Sever tinha que tomar uma decisão, porque o que Vana dizia fazia muito e muito pouco sentido ao mesmo tempo. A agente falava sobre um plano formado há muito tempo, auxiliado pela ambição cega de Renard e pela ganância excessiva daqueles que deveriam ter sido mais prudentes. Segundo ela, Vana havia impedido que um terror fosse liberado, tinha sido quem sabotou o futuro que Aurora e Sever estavam se esforçando para impedir.

Em resumo, Vana tinha sido a maior aliada da Sever o tempo todo.

— Besteira — disse Aurora pela terceira vez enquanto Vana encerrava mais um capítulo de sua história, explicando como continuou enganando a Sever para manter

Renard sob controle, sabendo que poderia precisar contar com o esquadrão se as coisas saíssem do controle rápido demais. — Você dirigiu tudo em Gillane Quatro. Você reuniu tudo isso. São suas naves indo em direção às naves da DefenseCorp.

— São naves da DefenseCorp indo em direção às naves da DefenseCorp — disse Vana, mantendo sua irritante calma. — Elas estão levando o produto que Renard queria, o produto que todas aquelas pessoas que você massacrou desejavam mais que qualquer outra coisa. Eles verão seu erro de perto e aprenderão...

— Eles não vão aprender porcaria nenhuma porque já estão mortos — rebateu Aurora. — Todo mundo naquelas naves está apenas tentando ganhar dinheiro, como você e eu. Eles não sabem o que está por vir.

— Tentando ganhar dinheiro explorando uma galáxia terrível — a voz de Vana esfriou. — Você sabe o que a DefenseCorp faz com os mundos que ela "serve". Você sabe quem perde quando seus almirantes assinam seus contratos, e quem ganha.

Aurora queria revirar os olhos, mas se conteve. Qualquer coisa que Vana dissesse poderia ser uma distração, uma jogada para tirar seu foco. Mesmo assim, Aurora já tinha ouvido variações desse argumento moral vezes sem fim. Sim, havia perdedores. Sim, a DefenseCorp não era algum salvador sempre ajudando os menos afortunados. A realidade não era gentil.

Mas obter motivações banais não ajudaria Aurora e Deepak a impedir o que Vana colocou naquelas naves. Ela precisava de respostas reais, com soluções reais.

— Sua resposta para isso é lançar essas coisas pela galáxia, onde vão matar incontáveis inocentes? — perguntou

Aurora. — O que acontece quando eles levarem uma nave para longe de Aurum Três e pousarem em um mundo real?

— Eles nunca chegarão lá — respondeu Vana, com um sorriso presunçoso. — Cada uma dessas pobres almas se desfará em poucos dias. O próprio vírus que os mantém vivos vai destruí-los e deixar as naves que ocuparem como cemitérios contaminados. Exemplos eternos do erro que a DefenseCorp cometeu.

— Como? — Aurora não era engenheira genética, mas Vana também não. Qualquer bomba colocada nessas coisas não poderia ter sido obra de Vana. — Um dos cientistas de Renard?

— Oh, não. Eles não faziam ideia — Vana balançou a cabeça. — Como os de Dynas, eles trabalharam e trabalharam até receberem sua injeção e descobrirem seu próprio destino. Muito apegados aos seus objetivos para perceber a mudança inserida por alguém ainda mais obcecado que eles mesmos. — Vana ergueu a palma da mão quando Aurora começou a fazer outra pergunta. — Estamos perdendo tempo, Aurora. Esse dispositivo tem tudo o que você quer saber, tudo que pode mostrar à galáxia o que deu errado aqui, e por que a DefenseCorp deveria ser destruída.

Vana recuou um passo, olhou para a saída da câmara. — Agora, tenho mais uma bagunça para limpar antes que você me mate, se você puder conter seu instinto assassino só por mais um tempinho?

As coisas nunca iam bem quando se deixava o refém comandar o espetáculo, mas mesmo assim Aurora se pegou assentindo para que Vana seguisse em frente. Aurora precisava de um minuto para repassar as palavras de Vana, analisar o que elas realmente significavam. À primeira vista, parecia que todo o esquema de Vana não tinha sido sobre dominação galáctica, mas o oposto, através de uma demonstração sangrenta e terrível.

Enquanto seguia Vana para fora da câmara, subindo pelos mesmos diodos de emergência e retornando à escadaria, a capitã da Sever recolocou as peças do quebra-cabeça de Vana onde melhor se encaixavam. A agente poderia ter feito tudo o que disse pelos motivos que apresentou, uma sabotagem sistemática do plano de Renard junto com um golpe de mestre purificador para destruir todos que ajudaram nos esforços de Renard.

E, possivelmente, registros suficientes para horrorizar a galáxia de modo que ninguém tentasse isso novamente.

Ousado, impetuoso e mais do que um pouco terrível enviar tantas centenas, ou até milhares, para a morte apenas para provar um ponto.

Enquanto subiam, Vana permaneceu em silêncio o tempo todo, como se soubesse que Aurora tinha trabalho a fazer. A chave que faltava para toda a explicação estava com a própria Vana. A motivação. A maioria das missões da Sever tinha um vilão claramente definido, fosse uma turba lutando por direitos ou outra empresa ultrapassando seus limites. Esses vilões tinham objetivos: liberdade, um asteroide valioso.

Vana queria destruir a DefenseCorp, mas por quê?

— Não importa — disse Vana quando entraram na sala da Administração, ainda escura. A agente mantinha seu bracelete aceso. Os outros dois agentes tinham desaparecido. — Tenho minhas razões e vou mantê-las para mim mesma.

— É difícil acreditar em você se não sei por que está fazendo isso.

— Esse é o seu problema.

— Eu estou com a pistola.

— Então atire em mim se quiser — Vana olhou para trás, parecendo quase entediada. — Se não vai puxar o gatilho, então pare com as ameaças e me deixe escutar.

Aurora afastou o dedo do gatilho, fez como Vana disse e deixou seus ouvidos trabalharem. Além da sala de administração ficavam todas aquelas celas, laboratórios e outros horrores pelos quais Aurora tinha corrido quando estava armada e com a armadura. Com a energia ainda desligada, Aurora esperava ouvir aquelas criaturas dilacerando umas às outras, e possivelmente os guardas da DefenseCorp.

Em vez disso, silêncio. Um silêncio morto e total, quase desconhecido para Aurora, que tinha passado tanto tempo de sua vida em naves barulhentas, estações espaciais e outros centros tecnológicos. O silêncio comprimia o espaço, dobrando o mundo ao redor de Aurora até que consistisse em sua pistola, seu bracelete com sua luz prateada e Vana, olhando através da saída destruída da sala.

— Bom trabalho — disse Vana, quebrando o momento e gesticulando em direção à porta. — Sempre gosto de ver essas coisas quebradas. São todas iguais, você já notou? Todas essas bases, todas as naves, todas as portas parecem iguais.

— Certo... Está satisfeita? Onde está essa coisa que você está procurando?

— Estou preocupada que possamos ter feito um trabalho melhor do que eu queria — disse Vana enquanto começavam a andar. — É difícil impedir cientistas brilhantes de progredir. Essas celas eram o próximo estágio. Humano, animal, alienígena. Todas as possíveis adições ao arsenal dos Raiders.

Com seus passos interrompendo o silêncio, Aurora seguiu Vana enquanto passavam pelos corredores e suas salas destruídas. A jornada foi rápida, Vana não hesitava ao escolher cada direção. Sua única parada foi quando encontraram dois corpos empilhados entre mesas viradas e vidros estilhaçados. Aurora os reconheceu mesmo enquanto Vana suspirava.

— Eles deveriam ter me esperado — disse Vana, ajoelhando-se para verificar seus pulsos. — Vocês deveriam ter ficado na nave. Então nós três iríamos terminar isso juntos.

— Terminar o quê?

— Você vai ver — Vana olhou com raiva para Aurora. — Agora você tem a responsabilidade.

— Não tenho nada — respondeu Aurora. — Isso é com você.

Vana igualou a dureza de Aurora com a sua própria. — Isso é com nós duas, Aurora. Você teve todas as chances de acabar com isso em Dynas. Poderia ter compartilhado o que viu com a galáxia, mas não fez isso. Seu esquadrão fugiu e se escondeu. Se quer merecer esse tom superior que usa tão rapidamente, então me ajude, e faça o sacrifício deles valer a pena.

Não demorou muito até encontrarem as coisas que haviam matado os dois agentes. Os monstros apresentavam marcas de disparos de laser junto com pedaços de roupas rasgadas presos em seus dentes e garras. Vana murmurou algo sobre cães, e Aurora conseguia ver a semelhança. Quanto aos assassinos das criaturas?

Os guardas da DefenseCorp tinham formado uma força coesa, caminhando pelos laboratórios exterminando tudo o que encontravam. Vana e Aurora teriam sido baleadas também, exceto que sua discussão sobre quem era mais terrível do que quem despertou curiosidade em vez de tiros. Uma curiosidade que passou de intensa para extrema quando perceberam quem era Vana.

— Parem — disse Vana, interrompendo uma série crescente de perguntas do trio que liderava os cerca de dez combatentes pela área. — Estão me perguntando o que aconteceu aqui? Ela tem um dispositivo com todas as suas respostas. Peguem e vão embora.

As luzes dos rifles voltaram-se para Aurora.

— Sabe do que ela está falando? — perguntou um homem de voz áspera com um rosto que Aurora não conseguia ver. — E mantenha essa pistola abaixada, por favor. Estamos nervosos agora. Não foram horas divertidas.

Nisso, Aurora podia concordar. Ela vasculhou um dos finos bolsos do traje de pele, feito para cartões de identificação e outros pequenos itens essenciais. Ao pegar o dispositivo, ela o ofereceu.

— Quantos vocês perderam? — perguntou Aurora.

— Alguns feridos — disse o homem. — As pessoas que invadiram este lugar causaram algum dano antes de fugirem. As feras aqui dentro não nos pegaram, mas encontramos alguns que não sobreviveram.

— Bom — respondeu Aurora. — Vocês deveriam fazer o que ela disse e ir embora.

— Não pense que pode nos dar ordens — respondeu o homem. — Na verdade...

— Mas eu posso — Vana o interrompeu. — Todos vocês fizeram bem, e agora precisam ir para casa.

— As pessoas que mataram nossos comandantes ainda estão lá fora — protestou o homem.

— Eles não estão mais aqui — respondeu Vana. — Se quer encontrá-los, volte para suas naves e comece por lá. É uma ordem, capitão. Uma que você deveria seguir, pelo bem de seu pessoal.

Essa última frase, considerando tudo ao redor, pareceu causar impacto. O líder inspirou profundamente, suspirou, e deu a ordem para recuar. Quando os passos arrastados começaram a voltar para o hangar, o homem ofereceu-lhes uma escolta.

— Isso — disse Vana — nós poderíamos usar.

Aurora passou toda a caminhada de volta ao hangar pensando em como estava sendo sortuda por os guardas não a reconhecerem. Sem sua armadura, Aurora pouco se parecia com a guerreira pronta para a batalha que abria caminho pela base. Mesmo assim, o rosto e nome de Aurora deveriam estar espalhados por todos os registros de deserção da DefenseCorp.

Por outro lado, quem estaria pensando em desertores em um momento e lugar como este?

De volta ao hangar, os guardas embarcaram em suas naves, uma experiência acelerada assim que os pilotos retornaram aos seus cockpits, abriram suas comunicações e ouviram sobre os ataques acontecendo lá em cima. Todas essas unidades aqui representavam o melhor que cada grupo da DefenseCorp tinha a oferecer, guardas especializados agora incapazes de defender suas naves.

— Mais uma parte do seu plano? — Aurora perguntou a Vana enquanto as naves partiam, todos surpresos porque as duas recusaram a passagem. — Manter os melhores defensores longe de casa?

— Você pode não acreditar em mim, mas não — disse Vana. — Não é a quantidade de mortes que importa, apenas o visual. É tudo o que precisamos para convencer a galáxia de que não se pode confiar na DefenseCorp.

— Tenho certeza de que será um argumento convincente durante sua audiência.

Vana riu. — Minha audiência? Só há duas maneiras de eu sair deste planeta, Aurora. Nenhuma delas será com algemas paralisantes.

Antes que Aurora pudesse responder, Vana caminhou

em direção à ampla abertura do hangar, que dava para a extensa plataforma de pouso que as naves haviam usado. O que tinha sido uma planície plana e lotada agora ondulava, como se um terremoto localizado estivesse ocorrendo sob a superfície. Buracos apareceram, um após o outro, afundando.

— Ela está se movendo mais rápido do que eu pensava — disse Vana.

— Anaskya?

Vana assentiu, — Ela queria ver suas criações ganharem vida. Eu disse que elas não sobreviveriam, mas talvez Anaskya tenha encontrado um jeito.

— Então, agente, você vai me ajudar a detê-la — disse Aurora, segurando a pistola com ainda mais firmeza.

— Por que, Aurora, pensei que você nunca pediria.

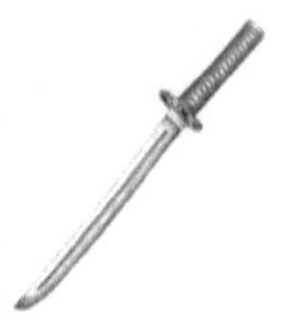

VINTE E SETE

SONHOS DE DOENÇA

Mesmo através do visor, Sai podia sentir a frustração de Rovo. O espadachim ignorou-a enquanto, usando um pedaço rasgado de sua roupa-pele arruinada, limpava a katana. Rovo precisava de uma limpeza também: a sujeira preta cobria sua armadura após a busca para encontrar a lâmina.

— Ele precisa de ajuda, e não vai conseguir aqui embaixo — repetiu Sai. — Você disse que o Javelin está lá em cima? Então, deixe o Perro e volte.

— Como se você fosse esperar.

Agora Sai entrou em seu modo paterno, lançando seu melhor olhar direto para Rovo. A responsabilidade emanava do olhar, atingindo o novato com força e fazendo os olhos de Rovo se voltarem para Perro, que respirava superficialmente no chão próximo.

— Não podemos arriscar que Anaskya escape — respondeu Sai. — Sem o Perro, poderei me mover rapidamente.

— Sem armadura, você também vai morrer rapidamente.

— Muita gente já tentou me matar, Rovo. A Anaskya também. Ninguém conseguiu.

— Sim, porque eu salvei sua bunda.

Sai esboçou um sorriso malicioso. — Então, apresse-se e talvez tenha a chance de novo.

O novato bateu com o punho contra a parede, espalhando a gosma preta por toda parte.

— Sei que você não vai esperar — disse Rovo. — Então tenha cuidado. Não seja estúpido. Voltarei o mais rápido possível.

Sai assentiu e o novato não hesitou mais um segundo, pegando Perro e batendo os pés nas profundezas. Sem a luz da armadura mecânica, o dispositivo de pulso de Sai emitia um fraco brilho branco. As paredes escuras pareciam se estender para sempre, como se Sai caminhasse em uma noite sem fim. Os contínuos ruídos de arranhões, raspagem e sons viscosos das criações de Anaskya se movendo impediam que a ideia fosse pacífica.

No início, Sai seguiu os próprios estrondos e batidas de Rovo, deixando para trás a sala do pódio e suas poças de doença ardentes. Anaskya já havia partido antes de Sai se juntar a Perro, e nada indicava que ela tivesse retornado. Quanto ao local para onde a cientista poderia ter fugido, Sai tinha apenas uma pista.

Anaskya disse que queria morrer pelas mãos de sua própria criação. Embora isso pudesse significar deitar-se e encontrar paz com o primeiro monstro que tropeçasse nela, Anaskya já havia desistido disso quando deixou a sala do pódio. Deveria haver outro destino em mente para ela, e nesse labirinto, além das jaulas e das salas de injeção, estava o lugar onde Anaskya realmente fazia suas manipulações, transformava hipóteses em produtos. Se Sai tivesse que apostar em um lugar para onde Anaskya iria, seria onde ela trazia seus pesadelos para a vida real.

O maldito labirinto, no entanto, não dava a Sai muita orientação sobre onde tal lugar estaria.

Esboçando um mapa mental em sua mente, o espada-chim andou, preenchendo os espaços conforme se movia. Sai colocou o poço do elevador pelo qual ele e Perro haviam caído no lado distante do laboratório, com as escadas que Rovo descera do lado oposto. Se a sala do pódio servia como o nexo do laboratório, com fácil acesso ao elevador para que seus sujeitos subissem e fossem equipados, então as próprias câmaras de Anaskya estariam mais atrás. No final do laboratório.

Um lugar perfeito para manter uma cientista com um frágil controle sobre a realidade.

As perguntas acumuladas de Sai continuavam a crescer. Ele não esperava – ninguém em Sever esperava – que essa missão fosse um ataque direto, mas a cada minuto as coisas pareciam ficar mais estranhas. Não só Vana havia reunido um exército infectado e perturbado, mas também havia tomado a cidade abandonada em Dynas e a explorado para capital humano. Além disso, um laboratório desse tamanho exigia mais de um cientista para administrá-lo, mas Sai não havia visto um único outro rato de laboratório por aqui.

Embora acrescentar esses números às vítimas de Anaskya não seria exagero.

Mas, por que Vana permitiria que sua mina humana desmoronasse? O que a agente ganharia ao exibir todo esse potencial para a DefenseCorp, apenas para vê-lo se desintegrar à sua volta?

Talvez Aurora ou Gregor tivessem encontrado algumas respostas, porque Sai certamente não tinha nenhuma.

E ele teria que continuar às cegas por mais um tempo.

Os passos pesados de Rovo desapareceram à medida que a sujeira viral engrossava. Sai sentia seu aperto sugador a cada passo, seus pés descalços afundando na lama. Seus cortes ardiam enquanto a doença sem dúvida penetrava nas feridas de Sai, sequestrava seu sangue para seus próprios propósitos. Mesmo se Sai chegasse vivo lá em cima, precisaria de um tratamento médico de primeira linha para evitar se transformar nos mesmos monstros que estivera retalhando.

Mais um motivo para se apressar.

Com os corredores se transformando em túneis enegrecidos, o crescimento mofado se espalhando pelos cantos e formando pilhas contorcidas pelo chão, Sai chegou ao que deve ter sido uma porta. O scanner, identificável apenas como uma saliência em seu revestimento preto, permanecia inerte como tudo mais. Onde o portão de metal deveria estar, uma espessa parede de lama estava no lugar. Firmando sua espada, Sai cortou duas vezes através do topo, cortando o suporte da lama e enviando-a para o chão com um respingo.

Do outro lado estava o que Sai estava procurando: embora seu dispositivo de pulso não fosse exatamente brilhante, Sai viu a estação de trabalho solitária e os monitores pendurados descendo de braços no teto. Anaskya, trabalhando no centro da sala, teria telas acima e ao seu redor, além de controles para manipular assistentes robóticos.

Esses parceiros mecânicos estavam por toda a sala, seus membros cobertos com a mesma porcaria que tudo o mais. Eles deveriam ter suas próprias baterias, deveriam ser capazes de funcionar, mas estavam tão mortos quanto o resto da base.

Ao contrário do resto da base, porém, a sala tinha outra

fonte de luz. Um brilho amarelo ensolarado vindo da direita. Sai atravessou a porta, esperando uma emboscada e não recebendo nenhuma. Virando-se para a luz, Sai viu costas familiares, com cabelos na altura dos ombros emaranhados enquanto a lama se estendia por seus fios.

Anaskya estava de pé sobre o único lugar limpo do laboratório, uma mesa comprida que ia de um canto a outro. O dispositivo de pulso de Sai combinado com a luz amarela mostrava comida celular empilhada em caixas, juntamente com suportes para frascos e seringas. Anaskya, no entanto, bloqueava qualquer visão da luz e seu objeto.

— Encontrei você — disse Sai. Mover-se pela lama faria barulho demais para um ataque furtivo de qualquer maneira. Melhor ver se Anaskya tinha alguma surpresa guardada. — Belo lugar que você tem aqui.

— Você ainda faz piadas. Depois de tudo que viu? — perguntou Anaskya sem se virar. — Como?

— Sever me ensinou a não me perder até que eu desista — disse Sai, dando um primeiro passo viscoso em direção à cientista. A lama engrossou aqui, ondulou ao toque de Sai. Sugava sua pele, como uma fita forte se descolando a cada movimento. — E ainda não desisti.

— Isso é muito bom para você — respondeu Anaskya, e agora seu braço se moveu, pegando algo da caixa. — De certa forma, acho que eu também não.

— Difícil ver quanto mais dano você poderia causar.

Três passos longos colocariam Sai ao alcance de ataque, mas ele manteve seu movimento curto. Depois de cair e ver Rovo fazer o mesmo, qualquer corrida agressiva nessa porcaria provavelmente terminaria com Sai de costas, engasgando enquanto a sujeira inundava sua boca.

Não, obrigado.

— Vana e eu fizemos um acordo. Assim como um dos

seus contratos. — A mão de Anaskya apareceu, segurando uma seringa cheia de algo vermelho, cor de cereja. — Ela teria seu espetáculo e toda a morte que o acompanhava, e eu teria meu laboratório e a chance de construir meus filhos.

— Bom saber que tenho mais um motivo para não gostar daquela agente — respondeu Sai. Dois passos agora. — O que tem nisso?

— O sangue da garotinha continha um vetor que Vana me fez usar. Uma opção limpa para dar força aos sacrifícios dela e, ao mesmo tempo, um fim rápido — Anaskya suspirou ao terminar. — Ela viu o tesouro da criança como um meio para um fim, e eu o vi como outro.

— É uma surpresa desagradável que você está segurando, Anaskya? — perguntou Sai, tentando manter a cientista falando. Um passo. — O que isso faz?

— Observe.

Não esperando a resposta de uma palavra, Sai perdeu a chance de avançar quando Anaskya injetou em si mesma, cravando a seringa em seu ombro. O fluido entrou enquanto Sai dava um passo em um balanço, dando um fim limpo à cientista. Ela caiu sobre a lama, sua mão ainda segurando a seringa enquanto ambas desapareciam sob a escuridão.

Na mesa, sob uma lâmpada conectada a uma bateria, havia um recipiente do tamanho de uma panela. Mais líquido de cereja estava dentro, inerte. Sai observou-o por um minuto, procurando uma resposta, uma explicação, e não encontrou nenhuma. Anaskya havia estragado milhares de versões antes de Sai encontrá-la em Dynas. Talvez ela tivesse estragado esta também.

Terminando uma vida em um experimento fracassado. Seria triste se não tivesse sido a própria escolha de Anaskya.

Sai examinou o recipiente. Não continha respostas, e o espadachim de Sever não sabia o que fazer com ele. Deixar a mistura parecia uma má ideia, porque quem a encontrasse depois poderia descobrir a terrível fórmula que Anaskya projetou. Despejar na lama viva também parecia suspeito: Sai havia visto os filmes, ele sabia o que tendia a acontecer quando você mistura duas coisas terríveis.

Mas misturar eletricidade e líquido tendia a fritar a vida completamente. Sai passara muito tempo descobrindo as melhores maneiras de curto-circuitar computadores e os circuitos em que funcionavam, e sacrificar água para o esforço tendia a funcionar melhor do que muitos métodos mais complicados. Conveniente, então, que Anaskya tivesse deixado sua lâmpada bem aqui com uma bateria funcionando.

Com sua mão esquerda, Sai empurrou a lâmpada quente para dentro do recipiente. Ele empurrou com força suficiente para quebrar a lâmpada dentro do líquido vermelho-cereja, provocando uma faísca, alguma fumaça e um escurecimento rápido dentro do recipiente enquanto a corrente da lâmpada fazia seu trabalho. Qualquer coisa que vivesse dentro deveria ter recebido um choque desagradável.

— E permaneça morto — murmurou Sai, virando-se de volta para a saída. Mais uma vez, seu dispositivo de pulso serviu como guia solitário para Sai. — Viu, Rovo? Você não tinha nada com que se preocupar.

Chapinhando lentamente, Sai seguiu para a saída do laboratório. Dando uma última olhada ao redor, iluminou com o pulso o corpo meio devorado de Anaskya, observando-o por um longo suspiro, esperando que a mulher mostrasse algum sinal de que seu último experimento não havia falhado.

Nada.

Voltando ao corredor, Sai avançou por cinco segundos

antes que um barulho o detivesse. Como uma máquina batendo uma bebida, o agitar constante fez Sai fechar os olhos para uma breve e resignada respiração. Claro, seria bom demais deixar o lutador, já sangrando, espancado e provavelmente infectado com algo terrível, ir embora.

Com sua katana erguida, mas mantendo distância — Sai imaginou que o corredor oferecesse alguma proteção comparada a uma corrida cega de volta — o espadachim ouviu enquanto o barulho crescia. Antes, as criaturas de Anaskya arrastavam-se e caíam por aí, soando como torneiras gotejantes letais. Isso soava mais como um rugido agitado, como uma mangueira em potência máxima.

A lama subiu nos pés de Sai, até acima de seus tornozelos. Na luz do pulso, a cor da lama começou a mudar, como se alguém tivesse mergulhado uma caneta vermelha na coisa. Uma nuvem carmesim sangrava do laboratório de Anaskya, espumando e expandindo-se pelo preto conforme avançava.

Sai não viu nada para cortar, não viu nenhuma criatura surgindo em sua direção para derrubar.

Então Sai virou-se e correu, porque sabia, como toda história, todo filme já tinha lhe dito: tocar no vermelho significava morte.

VINTE E OITO

MARTELOS E FACAS

A armadura potencializada da DefenseCorp transformava seus soldados em armas vivas. Para Gregor, *viver* tornou-se a parte fundamental quando a armadura registrou seus sinais vitais em queda e agiu. O traje envolveu sua pele, seus ossos, e entregou uma gloriosa combinação ao sangue de Gregor enquanto ele esperava atrás das portas da ponte. Por direito, o laser que atravessou seu estômago deveria ter derrubado Gregor, mas o próprio raio que o matou cauterizou o ferimento, retardando o dano o suficiente para que a armadura o levasse a uma última batalha.

E ele não entraria sozinho.

Com a ajuda de Briany, o lutador conseguiu entrar na ponte, onde uma dúzia de oficiais e tripulantes em pânico se agachavam esperando por um milagre. Alguns tinham pistolas, e alguns pegaram os rifles que pertenciam às armaduras agora mortas. Nenhum parecia querer uma briga.

Atrás da tripulação, o para-brisa panorâmico da ponte oferecia uma bela vista dividida, mostrando as areias douradas de Aurum Três à direita e o espaço repleto de lasers à esquerda. Pontilhada com estações de trabalho que agora serviam como cobertura, a ponte parecia, fora isso, um lugar imaculado. Uma pena deixar que os cães que subiam pelo corredor a arruinassem.

— Quanto tempo? — perguntou o capitão, o homem tendo coragem suficiente para ficar no centro.

— Eles estão sendo pacientes agora — disse Gregor. — A surpresa fez seu trabalho.

Gregor havia lançado uma granada eletromagnética corredor abaixo, a esfera azul-prateada prometendo um fim rápido para qualquer circuito pego em seu raio de ação. O quarteto invisível em ataque deve ter sido esperto o suficiente para reconhecer a granada, pois interromperam sua corrida barulhenta assim que a bomba saltou.

A pausa ganhou tempo para Gregor e Briany entrarem, para a tripulação da ponte saquear o que pudesse. Para aborrecimento do capitão, Gregor insistiu que deixassem o cortador a laser no corredor.

— Preciso recuperar minha nave — reclamou o capitão. — É um caos lá fora, e estamos na linha de frente da defesa.

— Você deixou a nave pousar — disse Gregor.

— Como poderíamos saber?

— Posso atirar nele? — Briany perguntou a Gregor, alto o suficiente para todos ouvirem. — Você está morrendo, estou ferida, e ele está choramingando sobre seus próprios erros. Merecemos coisa melhor.

Gregor não poderia discordar disso, mas balançou a cabeça mesmo assim. — Guarde sua energia para as armaduras.

O capitão captou o tom, talvez tenha visto o dedo de Briany apertado contra suas duas pistolas, e sabiamente decidiu se calar. Gregor, encostando a cabeça na porta e aproveitando o metal frio contra sua pele, fechou os olhos. A espera não seria longa. Até lá, ele poderia se concentrar na dor e em como combatê-la.

— Vai aguentar, parceiro? — disse Briany, dessa vez em voz baixa.

— Vou me preocupar com isso quando as armaduras estiverem mortas.

— Pode ser um problema se você morrer primeiro.

— Então, se puder, atire neles rápido?

Briany riu, uma risada que morreu quando um novo som surgiu atrás deles, através da porta. Os tremores cuidadosos enquanto as armaduras pegavam o cortador a laser, preparando-se para o trabalho. Gregor encontrou o olhar do capitão e assentiu. O homem retribuiu o gesto, embora com um gole profundo.

— Foi um prazer dos diabos — disse Briany para Gregor. — Se sobrevivermos, você deveria vir conosco. Poderíamos fazer isso o tempo todo.

Gregor deu a Briany um leve sorriso. Ele era um Sever, sempre seria um Sever até que ele ou o Esquadrão Sever deixassem de existir. Não importa o quão divertido pudesse ser devastar a galáxia com o bando de Tarla, as lealdades de Gregor já estavam definidas.

Sua mão apertou o cabo do martelo, a arma parecendo boa e robusta em seu punho, mesmo que o próprio Gregor sentisse como se precisasse de um cochilo de mil anos. Não agora.

Ainda não.

O capitão levantou um único dedo com uma mão e ergueu sua pistola com a outra. Gregor, confiando em sua armadura potencializada, levantou-se e ergueu o martelo. Um pouco fora do centro da porta, ele levantou a arma sobre sua cabeça enquanto Briany ficou do lado oposto, substituindo suas pistolas pelas facas de diamante roubadas das armaduras abatidas.

Prontos.

A porta ficou embaçada, o *zumbido* soou e Gregor golpeou antes de ver seu alvo. Duas armaduras seguravam o grande cortador, seu pesado feixe ganhando vida enquanto as portas se abriam. A chama curta, branco-azulada, disparou um metro entre Gregor e Briany, como uma linha divina separando o par. Com as mãos segurando o cortador, as armaduras não tinham defesa além de seus trajes embaçados.

Gregor não precisava ver seu alvo para esmagá-lo. O martelo esmagou o ombro da armadura, levando o inimigo ao chão com o estalo combinado de ossos e barreira. Assim que a armadura soltou o gatilho do cortador, seu feixe se apagou, substituído por faíscas mais brilhantes e coloridas quando o capitão e seus oficiais abriram fogo contra as outras duas armaduras.

Enquanto Gregor erguia e golpeava com o martelo pela segunda vez, a armadura danificada de seu alvo parecendo vidro fraturado no chão, lasers disparavam ao seu redor. As duas armaduras atirando não ficaram paradas, usando suas armaduras dobradoras de luz para mergulhar e esquivar do fogo inimigo enquanto retribuíam com rifles roubados. Alguém gritou na ponte, seguido por outro quando as armaduras ignoraram Gregor e Briany por alvos mais fáceis.

Por falar nisso - Gregor olhou para a direita, viu Briany ajoelhada sobre sua vítima, trabalhando com as facas como Gregor costumava trabalhar com um britador de pedras. Golpes retos para dentro e para fora, triturando o alvo até virar pó. Ela parecia bem, mais que bem. Gregor ergueu seu martelo, tentou encontrar um ponto para se concentrar.

Encontrar essas coisas era muito mais difícil sem um

visor para marcá-las. Felizmente, tão perto assim, era muito difícil errar.

O fogo vindo da ponte parou. Gregor não sabia se a força do capitão havia morrido por completo, ou se as armaduras os tinham encurralados. De qualquer forma, sem o fogo inimigo, as armaduras largaram seus rifles e trocaram para aquelas facas de diamante. Mais difíceis de ver, mais mortais no combate corpo a corpo.

— Você pega a direita? — disse Briany enquanto eles avançavam.

— Sim.

Rovo ou Eponi poderiam ter inventado uma tirada inteligente para a ocasião, mas Gregor nunca teve língua para essas coisas. Também não se sentia muito inclinado a isso, com seu estômago fervendo por causa daquele tiro de laser.

Gregor leu as linhas ao passar por cima dos destroços de sua primeira vítima. À primeira vista, as armaduras ofereciam quase total invisibilidade, capturando a luz por trás e imitando-a na frente. Gregor não tinha lido as especificações técnicas sobre como as malditas funcionavam, mas Sai havia dado uma visão geral ao Sever durante os dias monótonos na estação da fronteira. Em resumo, para ver as armaduras, era preciso encontrar as bordas.

Ali o reflexo não era perfeito. A junção entre a armadura e todo o resto ficava embaçada, como o ar acima do asfalto quente. Difícil de ver de longe, mais fácil de perto e com a concentração da quase-morte.

A faca denunciou a armadura. Um golpe de investida, mirando a garganta de Gregor numa tentativa de acabar com a luta de uma vez. Um brilho à frente fez Gregor se contorcer para a frente, recebendo a estocada ao longo da grossa placa sobre seu peito superior. A faca mordeu, soltando faíscas e fazendo um guincho que perfurava os ouvidos, mas a ponta não atravessou. A investida custou a Gregor a chance de um golpe de martelo, forçando o lutador Sever a avançar com o ombro.

Ao atacar, Gregor esgotou a energia restante em seus propulsores cinéticos, lançando-se contra a armadura com força suficiente para mandar o homem voando. Gregor não conseguia ver a armadura enquanto ela voava, mas ouviu o homem pousar, viu as faíscas onde as facas bateram no chão. Sem parar, Gregor aproveitou o impulso para um salto subsequente, subindo com o martelo e esmagando-o onde o embaçado mostrava o homem.

A armadura não esperou pelo golpe. Enquanto o martelo de Gregor descia, a armadura se afastou, as manchas embaçadas movendo-se para fora do alcance do martelo. O chão do corredor amassou onde Gregor atingiu, e ele inverteu a empunhadura com o impacto, girando o martelo e fazendo um movimento de varredura rápido o suficiente para interceptar a estocada da armadura, desviando-a para longe e ganhando distância entre os dois.

Uma maldição alta chamou a atenção de Gregor de volta para a ponte, onde Briany exibia uma linha brilhante e carmesim em um braço, seu traje espacial em frangalhos enquanto trocava golpes de faca com seu alvo. Seu inimigo invisível era, agora, bastante visível com cortes vermelhos para cima e para baixo em sua armadura. Ambos não estavam recuando, preferindo receber golpes a desviar.

Gregor apostaria em Briany vencendo essa batalha contra qualquer inimigo são. Contra essas coisas?

Seu próprio alvo aproveitou a hesitação como uma oportunidade para se aproximar. Aquelas facas não tinham o alcance do martelo, então Gregor acompanhou o avanço da armadura com um passo para trás, enviando o martelo em outro balanço cruzado para manter a armadura afastada.

Depois da investida de ombro de Gregor, o reflexo imaculado da armadura mostrava rachaduras em alguns pontos, parecendo vidro quebrado.

Fácil de ver, ainda difícil de acertar.

A armadura fingiu uma estocada, empurrando Gregor para outro golpe de contra-ataque. Usando sua própria agilidade, o homem disparou para cima, dando um salto da parede próxima para escapar do balanço transversal de Gregor e tentar uma estocada no rosto do lutador Sever.

Um movimento ousado e perigoso.

Uma vez que a armadura se comprometeu com o salto, ele perdeu qualquer capacidade de ajustar seu curso. Gregor largou o martelo, lento demais para trazê-lo de volta, e em vez disso, interceptou o ataque saltante. A faca arranhou a bochecha de Gregor, um golpe insignificante comparado ao que Gregor já havia sofrido. Ao que o inimigo experimentou quando Gregor jogou a armadura contra a parede. A armadura tentou puxar a faca para trás, mas Gregor golpeou o homem de novo e de novo, o terceiro golpe desalojando o aperto da armadura na lâmina.

O quarto golpe, amplificado pela força da armadura potencializada, deixou a armadura inerte. Gregor acrescentou um quinto para ter certeza, depois jogou o corpo para longe.

As maldições de Briany continuaram, e Gregor olhou para ver ambos os lutadores em condição pior do que antes. O capitão e sua tripulação da ponte, atrás deles, tinham suas pistolas prontas, mas não pareciam confiantes para atirar no combate corpo a corpo.

Eles não precisariam.

Gregor se abaixou, pegou a faca caída. Mirou com cuidado e, depois que Briany se afastou de outra estocada cortante, Gregor lançou a lâmina. Um dardo, pronto para perfurar e acabar com a luta.

Até que o cabo da faca bateu na cabeça da armadura, a ponta afiada da lâmina caindo inofensivamente no chão. A armadura hesitou, e Briany aproveitou. Desta vez, seu golpe acertou em cheio, cortando a capacidade de respirar do inimigo. A armadura desabou, deixando Briany abatida e sangrando.

— Belo arremesso — disse Briany. — Da próxima vez, tente usar a outra ponta.

— Não sou bom com objetos pontiagudos — disse Gregor, inclinando-se para pegar o martelo.

Inclinando-se e caindo. O problema não era difícil de diagnosticar do chão do corredor: os esforços de sua armadura potencializada, mais a adrenalina de Gregor, o mantiveram de pé. Com a luta terminada, esses métodos diminuíram, deixando-o machucado, tonto e ofegante.

— Ei — disse Briany enquanto a equipe do capitão saía da ponte para confirmar as baixas. — Fique comigo, grandão. Não levei facadas só para deixar você morrer nos meus braços.

— Não estou morrendo nos seus braços — disse Gregor, olhando para a Patrulheira do Crepúsculo. — Estou no chão.

Revirando os olhos, Briany se inclinou, colocou o braço de Gregor sobre seu ombro e o levantou.

— Capitão, me diga que você tem uma enfermaria nesta pilha de sucata? — disse Briany.

— De volta por onde vocês vieram — disse o capitão, parecendo atordoado demais para se ofender. — Se ainda estiver de pé, há um robô que pode ajudá-lo.

Briany não esperou, girando Gregor e partindo naquela direção. Cada passo parecia fazer o mundo de Gregor saltar para cima e para baixo. Cada som vinha oco, um eco. Suas pernas haviam desaparecido em algum vácuo entorpecedor. Problemas, sim, mas que ele poderia superar. Reabastecer os suprimentos de medicamentos de sua armadura potencializada e Gregor poderia continuar.

— Temos que ajudar o Sever — disse Gregor. — A missão não terminou.

— Para nós, parceiro, definitivamente acabou — respondeu Briany. — Vamos arranjar uma cama boa e alguns medicamentos melhores ainda para acompanhar. E eu vou pegar uma pomada para não ficar com muitas cicatrizes.

Gregor queria protestar, mas como com todo o resto, sua boca não queria colaborar. Seus olhos tremeram, sua língua sentiu algo úmido, metálico. Gregor ouviu Briany praguejando, e depois não ouviu mais nada.

VINTE E NOVE

MANTENDO-SE POR PERTO

Se um truque funciona uma vez, tente-o novamente. A máxima talvez não se sustente a longo prazo — pilotos de kart que dependiam de um único movimento repetidamente tendiam a acabar esmagados — mas Eponi supôs que os monstros infectados de Vana não estiveram observando seu voo com tanta atenção.

Os mísseis que travaram na *Prisa* vieram em alta velocidade, enquanto Eponi redirecionava toda a energia possível para os motores da nave. Passando pela ponte, a *Prisa* saltou para frente conforme os mísseis se aproximavam, avançando em direção a um cruzador cujos sensores, sem os travamentos que nunca chegaram, permaneceram ignorantes. A manobra não tinha chance contra uma observação real, pessoas que pudessem ver a isca persistindo e fazer com que as torretas a afugentassem.

Contra inimigos de mente singular que, mesmo se vissem a manobra de Eponi, não saberiam o que fazer a respeito?

Perfeição.

Os mísseis não conseguiam ajustar sua direção em um

corte preciso. Não no espaço. Eles tentaram desviar quando a *Prisa* disparou para frente, subindo em direção ao topo da ponte e sobre o cruzador. Eles tentaram, e seu impulso levou as bombas balísticas diretamente para os escudos da ponte e além. Observando através de seu console, Eponi viu o clarão verde quando a barreira de energia do cruzador tentou queimar os mísseis, viu-a absorver os primeiros dois, três, quatro golpes em rápida sucessão.

O colapso do escudo veio sem aviso. A barreira simplesmente deixou de existir, desaparecendo a tempo para os próximos cinco mísseis passarem direto e atingirem o vidro espesso que protegia a ponte. Aquele vidro, como o escudo, absorveu os primeiros impactos, com rachaduras se espalhando pela armadura projetada para dar à tripulação por trás uma chance de evacuar.

Nenhuma chance veio desta vez, porque os mísseis continuaram atingindo. Tarla assobiou quando a ponte desabou, seu para-brisa de vidro estilhaçando. Mais três mísseis arquearam pelo buraco, tentando encontrar um caminho para a *Prisa* através do interior do cruzador. Suas flores de supernova derramaram fogo, por um segundo ardente, no espaço.

A explosão deveria ter marcado o fim, deveria ter cessado os alarmes da *Prisa*, mas a nave continuou reclamando sobre um travamento de míssil. Eponi encontrou os culpados, duas bombas disparando, no scanner.

— Um caça atirou atrasado — xingou Eponi, sobrecarregando os escudos para impulsionar a *Prisa* ao máximo.

E reservou um pouco de energia para as torretas gêmeas.

— Preparem suas armas — disse Tarla pelo intercomunicador da nave, assumindo o controle enquanto Eponi arrastava a *Prisa* o mais perto possível do cruzador. — Dois vindo, e se vocês deixarem um atingir minha nave, vou jogá-los pela escotilha.

A *Prisa* não era pequena o suficiente para esquivar e manobrar entre as torretas do cruzador e os módulos salientes, uma dança que poderia ter enviado os mísseis colidindo contra uma parede aleatória — arriscando vidas inocentes lá dentro — então Eponi passou raspando pela superfície. Balançar a nave fez com que os mísseis e seu rastreamento preditivo entrassem em um movimento ondulante, cada mergulho potencialmente podendo esmagar as bombas contra o cruzador.

— Uma ajudinha seria ótima — disse Eponi, observando a distância diminuir enquanto os mísseis se recusavam a falhar.

Atrás da *Prisa*, avançando pela esteira, as duas torretas da nave enviaram seu contrafogo. Usando o tiro disperso, as torretas pulverizaram luz de baixa potência na lacuna. Os mísseis poderiam ter esquivado dos truques de Eponi, mas não tinham resposta para as ondas de laser. Ambas as bombas estouraram em rápida sucessão, nuvens azuis e verdes explodindo e morrendo rapidamente.

— Obrigada — respirou Eponi, começando a relaxar em sua cadeira.

— Vocês dois acabaram de garantir seu resgate — disse Tarla pelo intercomunicador. — Belos tiros. Já consideraram uma mudança de carreira, digamos, para um pequeno grupo?

Qualquer resposta à pergunta de Tarla desapareceu quando Eponi se inclinou para frente, vendo e tentando entender o movimento na superfície do cruzador. Todos aqueles grandes canhões, os que estiveram passivos todo esse tempo, viraram-se, rastreando a *Prisa*.

— Cruzador — disse Eponi, mudando para uma banda

aberta de campo próximo. — Por favor, me diga que todas essas torretas não estão prestes a me transformar em poeira espacial?

— O quê? — perguntou Tarla, tão irritada quanto Eponi queria estar. — Por que eles estão atirando em nós?

O cruzador não respondeu, um problema que se tornou uma crise quando o primeiro laser disparou sobre a proa da *Prisa*. Eponi equilibrou os escudos com os motores agora — eles não conseguiriam escapar do cruzador ou do alcance de suas torretas — e cortou à direita, direcionando-se para as baías de atracação do cruzador. Eles teriam que atravessar o topo da nave e descer pelo lado, mas o cálculo momentâneo de Eponi não oferecia outra opção.

— Os tiros dispersos — Tarla respondeu sua própria pergunta, colorindo-a com algumas palavras mais escolhidas enquanto abria o intercomunicador novamente. — Um de vocês, idiotas, atingiu o cruzador. Considere minha oferta retirada, e qualquer dano a esta nave...

— Tarla — disse Eponi. — Por favor, cala a boca para que eu possa manter-nos vivas!

Os feixes vieram quentes e rápidos agora, forçando Eponi a uma dança irregular. Com a mão direita no manche de voo, enviando a *Prisa* para cima e para baixo, mantendo-se perto do cruzador para manter o número de torretas com uma linha de tiro ao mínimo, Eponi digitava no console com a esquerda. Cada toque dos dedos enviava energia para um jato de manobra, enviando o corpo da *Prisa* para a direita e para a esquerda, vertical ou horizontalmente. Como os mísseis, a IA dizia às torretas onde atirar, então enquanto Eponi não fosse previsível, eles poderiam...

O console explodiu. Sua tela derreteu enquanto as luzes superiores da *Prisa* morreram. A própria nave estremeceu quando outro laser atingiu, um alarme gritando e morrendo enquanto a nave tentava redirecionar energia para sistemas críticos. Tarla continuou xingando, e Eponi, incapaz de trocar energia ou acionar os jatos, fez a única coisa que podia.

— Desculpe — sussurrou Eponi enquanto empurrava o manche para frente.

A *Prisa* saltou ao deslizar pela superfície do cruzador. Os dois cascos rangeram um contra o outro enquanto Eponi elevava e abaixava sua nave em sincronia com a pele irregular do cruzador. Ruídos metálicos estridentes fizeram a piloto se encolher, fizeram Tarla perguntar que diabos ela estava fazendo.

— Mantendo-nos vivas — disse Eponi, mal passando sobre a borda antes de mergulhar pelo lado distante do cruzador. Aquelas baías não estariam muito longe agora. — Se ficarmos perto, essas torretas não podem nos atingir.

— Não importará se colidirmos!

— Não vamos.

Com as mãos suando, Eponi segurou o manche com força. Ela lutou enquanto a *Prisa* tremia a cada arranhão que soltava faíscas, o espaço acima piscando sempre que uma torreta achava que tinha uma chance para um tiro final. Esquerda para desviar de outro canhão que se projetava, direita para cair de volta entre duas saliências em bloco. Os olhos de Eponi ardiam, mas piscar significava morte.

Por baixo de tudo, seu coração acelerou. Esta era a emoção, esta era a adrenalina que ela estava sentindo falta desde que deixou os karts. Claro, uma bolha seria agradável. Uma multidão aplaudindo. Mas os espaços apertados, um jogo de centímetros em alta velocidade?

Alta velocidade!

— Seu console ainda está funcionando? — disse Eponi. — Diga que sim.

— Está? — respondeu Tarla.

— Corte nossa velocidade. Vinte por cento. Agora.

À frente, uma suave luz azul interrompia o vazio normal do espaço, flutuando acima da superfície metálica cinza do cruzador. Um sinal revelador de uma baía de atracação, e uma que a *Prisa* estaria rápida demais para alcançar sem algumas mudanças severas.

— Feito. Por quê?

— Silêncio — disse Eponi. — Faça o que eu disser.

A *Prisa* passou sobre o último monte antes da baía, deixando uma faixa plana antes da abertura. O impulso reduzido da *Prisa* não fez nada para diminuir a velocidade da nave porque o espaço era espaço e a física era física. Sem fricção, toda liberdade.

— Acione os jatos da proa — ordenou Eponi.

Tarla o fez, provando que conhecia a regra cardinal de liderar uma equipe: deixe seus especialistas trabalharem.

A *Prisa* girou de ponta a ponta, seu cockpit de repente voltado para o caminho de onde vieram, mas com o impulso da nave ainda a enviando em direção à baía de atracação. O impulso lento agora empurrando contra a antiga trajetória da *Prisa* cortou a velocidade, desacelerando mas não parando a nave.

Parar significava morrer.

As torretas, usando o espaço livre ao redor da baía de atracação, tentaram mirar na *Prisa*. Seus raios laranja ousados vieram muito altos enquanto Eponi mantinha sua nave beijando o metal, o casco agora situado sobre a cabeça de Eponi, com o espaço e Aurum Três abaixo.

— Não podemos nos afastar do casco ou seremos atingidas — disse Eponi. — Quando eu disser, acione os jatos da proa novamente. Cinquenta por cento desta vez.

Com um deslize, Tarla fez o ajuste. A luz azul da baía de atracação ficou mais brilhante. A velocidade da *Prisa* diminuiu.

Eponi tinha perdido sua carreira nas corridas de kart fazendo movimentos loucos como esses. Todos eles tinham sido truques de exibicionismo para multidões e prêmios em dinheiro. Desta vez não.

— Agora! — gritou Eponi quando a abertura da baía de atracação entrou em vista.

Tarla golpeou o console e a *Prisa* girou novamente, substituindo o casco do cruzador pelo interior bem iluminado da baía de atracação. O impulso de vinte por cento da *Prisa* alcançou a velocidade da nave enquanto o giro começava a empurrar a *Prisa* para longe do cruzador e direto para a zona-alvo da torreta. Por um longo segundo, Eponi pôde ver sua salvação enquanto se afastava deles.

— Jato de bombordo, tudo! — gritou Eponi. — Dez por cento de impulso principal.

A capitã dos Patrulheiros do Crepúsculo cumpriu novamente, acionando o jato esquerdo para virar a *Prisa* na posição vertical. Com o impulso eliminando o resto de seu momento, a *Prisa* deslizou para dentro da baía de atracação, o fogo laranja das torretas iluminando apenas a esteira de seus motores e nada mais.

— Zere-nos, Tarla — disse Eponi, o calor do momento se transformando em um suor frio. — Ative as escoras de pouso.

— Com absoluto prazer — disse Tarla, então riu, uma única risada de alívio. — Uma pilota e tanto.

Recostando-se e permanecendo assim, Eponi olhou para frente enquanto a *Prisa* se estabelecia em sua posição de atracação. A ponte de backup teria suas desculpas, e o caça do Blade Wing que atirou seus mísseis atrasados se desculparia. Tarla se certificaria de deixar a conta do reparo com a DefenseCorp, além da taxa por manter seus pilotos vivos.

Tudo isso poderia ser resolvido, mas enquanto Eponi se acalmava após a adrenalina, ela começou a escanear as bandas de comunicação, tentando descobrir o que tinha acontecido com o resto de seu esquadrão.

TRINTA

ALAVANCAS

Rovo atingiu a superfície escura de Aurum Três com Perro jogado sobre seu ombro, procurando por Javelin e não encontrando ninguém. A ampla zona de pouso estava vazia, embora depressões profundas agora manchassem sua superfície. Novos buracos se formavam, um tremor constante vindo do laboratório subterrâneo que Rovo havia deixado para trás. A missão de Sai lá embaixo não estava sendo muito gentil com as fundações.

Talvez Sai tenha decidido enterrar Anaskya e seu vírus?

Esse pensamento fez Rovo se virar de volta para a porta e a escada descendente. Ele poderia descer rapidamente, chegar até Sai e...

Deixar Perro morrer?

Rovo tinha visto o vírus se espalhando. Mesmo se Sai jogasse pedras nele, aquela coisa poderia continuar crescendo, poderia devorar quaisquer micróbios que vivessem na areia para cobrir o planeta. Rovo precisava encontrar um transporte para subir, convencer alguns lasers orbitais potentes a torrar os restos de Anaskya a uma distância segura e conseguir ajuda médica de verdade para o Patrulheiro Crepuscular.

Como se respondendo aos seus pensamentos, motores de naves estelares e seus estalos e roncos agitaram o ar que chicoteava. Rovo observou enquanto uma nave após a outra irrompia da estrutura central da base, disparando em direção ao céu. Quem as pilotava? Rovo não fazia ideia, mas sem Javelin à vista, tinha que tentar.

— Pedindo assistência na plataforma de pouso — disse Rovo, transmitindo na frequência padrão de emergência da DefenseCorp. — Estamos encalhados em um local perigoso e precisamos de resgate.

A transmissão foi enviada e deveria ter sido captada por aquelas naves em fuga. Rovo observou aqueles jatos subirem e se afastarem sem uma única pausa, sem uma única resposta. A unidade de comunicação da armadura potencializada não conseguiria enviar um sinal até o espaço, então Rovo não tinha esperança de que a *Prisa* o ouvisse, e ele não achava que a frota da DefenseCorp viria em seu socorro mesmo se recebesse sua chamada.

— Idiotas — murmurou Rovo, fazendo um gesto particular com sua mão blindada na direção das embarcações fugitivas.

Enquanto novos planos se formavam e falhavam um após o outro, um sinal de zumbido soou no ouvido de Rovo. Uma chamada recebida na frequência da DefenseCorp.

— E aí, cara — a voz de Javelin chegou baixa, com estática. — Captei sua transmissão. Se quer uma carona, temos uma, mas precisamos de ajuda.

— Onde você está? — Rovo girou na areia, não vendo sinais.

— Lado leste — respondeu Javelin. — Siga o sinal, você nos encontrará.

— Nós? — perguntou Rovo, mas Javelin encerrou a chamada.

Rovo tentou contatar o homem novamente, retornando a chamada na mesma frequência. Sem resposta. O sinal de Javelin havia sido fraco, talvez o homem tivesse caído muito fora de alcance. Essa era a resposta provável. Não, sabe, qualquer uma das outras coisas mortais vagando por este inferno.

Evocando seu medíocre senso de direção, Rovo alinhou-se com a estrutura central da base. No lado oeste ficava o hangar ensanguentado da *Prisa*, o que fazia da extensão arenosa a leste o lugar para onde Javelin disse para ir. Sem pontos de referência e pouca luz além da fornecida pelas estrelas, Rovo colocou sua armadura potencializada em movimento, cuidando para manter Perro seguro em seu ombro.

Por todo o tempo que passara viajando pela galáxia, Rovo tinha visto muito pouco dela. A maioria das naves estelares, tanto para proteger contra a radiação cósmica quanto para manter seus cascos espessos, ofereciam pouca oportunidade de olhar para fora durante as viagens. As estações espaciais faziam o mesmo, mantendo os mirantes limitados, transformando a visita a um deles numa competição com as outras necessidades de Rovo, como tomar uma bebida ou assistir a outro filme de ação ruim. Em resumo, o cosmos permanecia à distância, algo capturado na tela ou em sua imaginação.

Até agora, até que suas botas blindadas pisavam forte pela areia em meio a uma base escura e morta. Lá em cima, a luz das estrelas brilhava sem interferência, lanças prateadas banhando as dunas ao redor de Rovo. Uma faixa roxo-azulada também cortava o céu acima, difusa mas ainda assim bela: a galáxia que Rovo estava atravessando exposta em todo o seu esplendor.

Correndo entre os pontos, pequenos flashes em laranja e azul deixavam claro que nem tudo estava pacífico lá em cima. Os lasers continuavam entregando destruição, sua importância e as vidas em risco, incluindo as de Eponi e Gregor, roubando um pouco de magia do momento.

Mas apenas um pouco.

Apesar de todo o desejo de aventura de Rovo, aquele fogo ousado que o arrancava da cama para sua armadura potencializada na manhã em que o Esquadrão Sever partiu para Dynas, estes últimos meses haviam forjado esse desejo em algo mais afiado, mais focado. Enquanto a areia se erguia a cada passo, Rovo percebeu que não sentia o impulso de mergulhar de volta no poço de doenças de Anaskya, não queria se envolver com mais um monstro apenas por causa de uma luta.

A não ser que isso ajudasse uma pessoa com quem Rovo se importava.

— Clichê — Rovo bufou para si mesmo enquanto chegava ao topo de outra duna, olhando para um anexo achatado. — Claro que o herói quer ajudar as pessoas.

Como o hangar da *Prisa*, mas sem o abrigo rochoso, a estrutura tinha a base dura de um retângulo e os lados suaves e arqueados de uma cúpula. Construído para resistir às tempestades de areia, Rovo supôs que o prédio, se este fosse o alvo de Javelin, abriria como uma flor. Os lados se abririam em dobradiças massivas, oferecendo proteção às naves que entravam e saíam.

Sem energia, porém, o hangar não se abriria para ninguém.

— Acho que o herói terá que ajudá-los — murmurou Rovo, sorrindo para si mesmo.

Descendo a duna em disparada, o tamanho de Rovo em comparação com a estrutura tornou-se cada vez mais aparente. O hangar se erguia sobre o lutador do Sever, grande o suficiente para abrigar transportes de tropas inteiros ou cargueiros massivos. Aparentemente, a Defense-Corp esperava que este lugar produzisse divisões inteiras, prontas para inundar a galáxia com sua raiva assassina.

Uma imagem adorável, essa.

Qualquer preocupação sobre uma entrada desapareceu quando Rovo encontrou as portas principais já explodidas. Alguém com um rifle ou uma arma mais pesada havia queimado os portões, deixando-os carbonizados e de lado. Além, o hall de entrada estava escuro, iluminado por uma luz laranja ao fundo, onde o corredor encontrava o hangar propriamente dito. Toda a cena parecia tão perigosa que Rovo pegou Perro, colocou-o do lado de fora das portas com as costas contra a parede.

— Tenta ficar vivo, tá, parceiro? — disse Rovo, destacando o kit médico das costas da armadura potencializada e espalhando um ungüento, injetando em Perro um coquetel anti-infecção. Se algo disso faria diferença, Rovo não poderia saber, mas olhando para o homem ensanguentado e inconsciente, Rovo concluiu que não faria mal também. — Eu, hum, já volto.

Desenganchando sua foice do cinto, Rovo montou a arma em sua configuração grande e ampla. O corredor e o hangar além tinham espaço suficiente para balançá-la, e certos sons sugeriam que o pedido de ajuda de Javelin não fora feito levianamente.

Quando a *Prisa* atracou, com Gregor e Sai embarcando em sua missão de massacre, Rovo estava em uma torre de artilharia. Ele havia ouvido os rosnados, os rugidos, os gritos sufocados feitos pelos infectados enquanto faziam sua carga desesperada. Esses mesmos sons voltavam agora, filtrando-se através das portas destruídas antes de se perderem nos redemoinhos noturnos de Aurum Três. Misturado entre eles vinha o assobio-chiado dos pacotes de energia queimando, o estalo sugador quando uma granada explodia.

A principal diferença entre os hangares?

Aqui, os rosnados, as confusões e os gritos eram muito mais altos. Enchiam o corredor enquanto Rovo entrava, os ruídos ecoando de dentro do hangar e voltando para fora. Tantos que os sons se misturavam em um rugido constante.

— Javelin? — disse Rovo, transmitindo o nome do homem. — Por favor, me diz que você está tocando uma música ruim.

— Pior, cara. Começamos a festa errada. Venha para o meio, e não demore.

Algo tremulou através da luz laranja além. Uma sombra crescente, agora seguida por passos pesados no chão.

— Pare! — gritou Rovo, um teste que a forma que se aproximava falhou quando decididamente não parou, não desacelerou.

A antiga ocupação de Rovo, seu papel original no Sever, era tudo sobre comunicações. Levar o esquadrão para mais perto de seus objetivos sem conflito, ou encontrar maneiras de alcançar inimigos e aliados. Às vezes, isso significava palavras.

Às vezes, fazer-se entender significava usar uma ponta.

Preparando-se, Rovo balançou a foice em sincronia com a sombra que avançava. Rovo ligou as luzes da armadura potencializada ao mesmo tempo, lançando seu brilho branco na criatura. O súbito clarão atordoou a coisa, um ser meio humano, meio doença em decomposição, por tempo suficiente para que o golpe de Rovo a pegasse e fatiasse como um talo de trigo particularmente feio.

Herói: um. Monstros: zero.

Rovo não teve muita chance de se deleitar com sua vitória: assim que os pedaços de sua vítima atingiram o chão, a luz que emanava da armadura de Rovo percorreu todo o corredor e entrou no hangar além. O que Rovo pensava serem caixas empilhadas, talvez montes de metal enferrujado como as estátuas no hangar original da *Prisa*, revelou-se como algo muito, muito pior.

Como uma plateia de concerto comprimida em cada centímetro, as criaturas amontoadas se viraram para o novo espetáculo. Seus braços, pernas e corpos se descolaram e se separaram uns dos outros enquanto a multidão se lançava em direção a Rovo. Novos rosnados, assobios e chamados elevaram-se enquanto as coisas corriam atrás de sua presa.

O novato tinha se perguntado para onde tinham ido as outras pessoas de Dynas, o que Vana e Anaskya tinham feito com os destroços não bons o suficiente para o serviço militar.

Parece que Rovo respondeu a uma pergunta hoje.

Uma pergunta que o novato não tinha nenhum desejo de responder, no entanto, era quanto tempo ele duraria sob a pressão de mil corpos. Mudando a foice para a mão direita, Rovo sacou sua pistola do coldre esquerdo, apontou para cima e atirou no teto do hall de entrada. Os tiros subiram e queimaram painéis macios, quebrando-os. Acima deles ficavam os escritórios escassos para carregadores de carga e controle de tráfego, padrão para hangares como esses e, dada a história miserável desta base, provavelmente nunca usados.

A onda se aproximava enquanto Rovo olhava para cima, acionando toda a energia armazenada através de seus propulsores cinéticos, e preparava o salto de sua vida. Devolvendo a pistola ao coldre, Rovo deu um pequeno aceno para a horda que avançava, trouxe a foice para cima de seu ombro e saltou.

Balançando a foice, Rovo enfiou sua ponta através do buraco que sua pistola abriu. O golpe arrancou mais do teto, enfraquecendo-o o suficiente para que, quando a cabeça com capacete de Rovo se chocasse contra os painéis, suas mãos deslizando pelo cabo da foice, Rovo não ricocheteasse de volta para as garras à espera de seus amigos mais próximos e famintos.

Com a foice cravada, Rovo socou sua mão esquerda através do piso e puxou-se para cima, as placas enfraquecidas caindo sob ele. Afastando-se rapidamente do buraco, Rovo encontrou-se exatamente onde pensava: um andar de escritório vazio e aberto com amplas janelas que davam para o hangar. Lá, em meio a uma horda fervilhante que às vezes parecia feita de indivíduos e, no segundo seguinte, uma massa única e doente, estava uma nave bulbosa que Rovo reconheceu.

Os Patrulheiros Crepusculares voavam em algo que poderia ser melhor descrito como uma cabaça com armas. Luzes de navegação laranja corriam ao redor da coisa, mostrando uma nave sitiada. Com o hangar fechado, não é como se a nave pudesse sair, e Javelin nem era um piloto, então...

— Ei — disse Rovo, apertando os olhos para a nave. — Você não sabe pilotar. Eu não sou realmente um piloto. Então, qual é o plano aqui?

— Sanje está dentro — respondeu Javelin rapidamente. — Ele está pronto para partir, mas não podemos sair com o hangar fechado. Esperando que você tivesse uma ideia para essa.

— Explodir as portas?

— Tentamos — respondeu Javelin. — Muito fortes. Ou

essas torretas precisam de mais potência. Use esse cérebro de Sever, cara, e encontre um jeito de sair.

Seu cérebro de Sever?

Rovo olhou ao redor do espaço, procurando uma solução. O chão nu se misturava com algumas mesas meio construídas, como se as pessoas encarregadas de preencher este espaço tivessem sido chamadas no meio do turno. Nenhuma estação de trabalho se apresentava, nenhum botão grande sinalizando uma fonte de energia de emergência. As portas do hangar tinham um controle manual, uma alavanca descansando escura contra as janelas. Rovo foi até ela, tentou puxar, mas a alavanca não se moveu.

Adeus a essa ideia.

De volta ao hangar, as criaturas inovaram: subindo umas sobre as outras, seus membros aqui e ali se fundindo em uma espécie de teia coberta de mofo, os antigos cidadãos de Dynas subiram na nave do Patrulheiro Crepuscular. Batendo seus punhos no casco, as criaturas escaladoras provavelmente não representavam muito perigo para a nave.

Mas elas poderiam enterrá-la. Rovo lembrou-se da ardência quando o limo escorregou entre as frestas de sua armadura, como tinha sido difícil erguer seu braço livre do pântano no laboratório subterrâneo. Seria preciso muitos corpos para prender uma embarcação, mas havia muitos corpos lá embaixo. Elas entrariam na nave eventualmente, ou enterrariam Javelin e Sanje tão profundamente que os dois nunca sairiam.

Rovo olhou mais de perto para a alavanca. Ela tinha que se conectar a engrenagens, algum interruptor que retrairia as portas do hangar. Sem energia, ela poderia não fazer essa conexão. Tudo voltava para a maldita eletricidade.

A menos que.

A alavanca ficava contra a parede, em um suporte onde

qualquer um poderia ter um bom aperto e puxar. Rovo dividiu a foice e agachou-se, usando o gancho liberado para esculpir uma linha no bloco cinza sob a alavanca. Uma estocada, duas e três seguidas por um soco, e Rovo conseguiu dar uma olhada lá dentro. Com as luzes de seu traje, o problema se apresentou em clareza pura e estupefacante.

Este hangar auxiliar nunca havia sido autorizado pela DefenseCorp. Seu centro de controle não havia sido equipado. Vana poderia tê-lo aberto com um impulso elétrico de seu bracelete, então por que se preocupar com todas as pequenas coisas necessárias para operação em tempo integral?

A alavanca manual estava pronta para funcionar, exceto que ninguém se preocupou em prepará-la para uso. O grampo de aço permanecia no mecanismo de liberação, impedindo que a alavanca iniciasse a cascata para abrir as portas. Qualquer base normal teria isso removido, a liberação manual pronta para uso.

Rovo riu, sacou sua pistola e mirou.

Talvez ele realmente tivesse um cérebro de Sever.

Dois tiros de baixa potência cortaram o grampo, e com sua mão estendida, Rovo empurrou a trava para longe.

— Liguem seus motores — disse Rovo, levantando-se. — Essa porta vai abrir rapidinho.

Javelin começou a responder, mas Rovo encerrou a chamada. Encerrou porque viu algo refletido nas janelas, uma sombra na luz laranja emitida pela nave do Patrulheiro Crepuscular. As criaturas lá embaixo haviam aprendido a se empilhar para subir no navio.

Elas fizeram o mesmo para entrar no escritório de Rovo.

Pegando a foice do chão, Rovo balançou e acertou a primeira criatura no peito, arremessando-a para o lado. Mais duas seguiram, gritando enquanto avançavam sobre ele.

Com sua mão esquerda, Rovo destacou a metade inferior da foice, formando um escudo circular. Empurrando-o como um soco, Rovo ganhou um segundo de tempo para guardar a foice e agarrar a alavanca.

Desta vez, ela deslizou com um pesado *tunk*. Desta vez, engrenagens rangentes seguiram o puxão. Desta vez, as portas do hangar começaram a ranger e se abrir.

E desta vez, Rovo sentiu mãos agarrando arrancarem seu escudo-foice. Jogando a arma atrás deles, Rovo ouviu o estrondo quando a foice desapareceu pelo buraco até o andar abaixo.

Não que perder a arma importasse. Ele não tinha espaço para balançá-la de qualquer maneira.

Com suas costas contra as janelas, Rovo não podia ver nada além de mais criaturas avançando sobre ele, escalando sobre seus companheiros para chegarem mais perto, como uma onda crescente.

Elas puxavam seus braços, enfiavam-se entre suas placas, mordiam o visor de Rovo enquanto o peso o empurrava contra o vidro. Rovo tentou se mover, fazer com que sua armadura vacilante socasse ou empurrasse, mas havia queimado sua energia cinética ao subir até aqui. A armadura potencializada, desgastada por uma longa missão, tinha pouco a oferecer.

Assim, também, estavam os vidros.

Enquanto os corpos continuavam vindo, enquanto Rovo tentava encontrar uma saída entre todos os dentes rangendo, as mãos raspando, o vidro às suas costas rachou e estilhaçou. Caindo com a onda, Rovo gritou junto com todo o resto enquanto despencava em um mar furioso, desesperado e moribundo.

Pelo menos, acima e além de todo o inferno ao seu redor, Rovo viu as estrelas.

TRINTA E UM

ISCA E QUEIMADA

Quando Aurora e Vana chegaram à plataforma de pouso, seus trajes de pele cobertos de areia, ambas notaram a figura se afastando. Uma sombra disforme correndo através da luz prateada em direção a uma grande duna; tanto a agente quanto a soldada tentaram decifrar a forma.

— Está indo para o outro hangar — disse Vana. — Aquele onde seus amigos mercenários estão hospedados.

— Que amigos mercenários?

— A líder deles é uma esquentadinha. Os Crepúsculos alguma coisa? — refletiu Vana. — Disseram que te conheciam, que podiam contrariar qualquer coisa que você planejasse. Eu precisava de uma distração caso você chegasse, e eles eram baratos. Acho que você fez um inimigo?

Tarla. Claro que ela estaria aqui. Talvez por isso Aurora não tinha ouvido ou visto o resto de sua equipe desde o início desta missão. Com a mão firme no cabo da pistola, Aurora considerou, mais uma vez, fritar Vana onde ela estava.

Mas a agente ainda poderia ser útil.

— Pensei que você quisesse que sobrevivêssemos —

perguntou Aurora. — Contratar outro grupo para nos matar não parece combinar.

— Não matar. Atrasar, distrair, desorientar. Meus soldados tinham que fugir, e conseguiram. — Vana apontou para os clarões distantes. — Aquela frota? Eles vão aceitar sua destruição de braços abertos. Cruzadores inteiros perdidos pelo orgulho da DefenseCorp. A galáxia não vai tolerar isso.

Aurora queria dizer que isso não aconteceria. Que Deepak e Sever a impediriam. Ela não conseguiu pronunciar as palavras porque, droga, parecia que Vana tinha conduzido todos para uma vitória. A frota lá em cima seria destruída, e a galáxia descobriria o que aconteceu aqui.

Vana, no entanto, tinha uma falha em seu plano. Ela queria uma morte limpa ou uma fuga aqui no final. Nenhuma aconteceria. A DefenseCorp pagaria por seus crimes. A agente também.

— Você nos trouxe aqui — disse Aurora, olhando para a plataforma de pouso esburacada. Enquanto seus olhos percorriam a superfície, grãos tremiam, e um leve tremor tocou seus pés. — Por quê?

— O laboratório da Anaskya fica abaixo de nós — disse Vana. — Só há duas entradas e saídas que Anaskya pode usar, e vendo o que seus amigos já fizeram à nossa estação de energia, ela virá por aqui.

— E quando nos livrarmos da cientista?

— Então seremos só você e eu, Aurora. Como você queria.

Elas se aproximaram do pequeno prédio em forma de caixa, sua porta explodida. Vana franziu a testa para a abertura, hesitando. Aurora deu à agente vários segundos para processar, então acenou com a pistola para a entrada.

— Não era o que esperava? — perguntou Aurora.

— Eu tinha lacrado o laboratório — respondeu Vana, passando seus planos pela mente e pela boca. — Meus agentes bloquearam o elevador do outro lado. Trancaram esta porta. Tínhamos os soldados organizados. Todos que não se qualificaram deixamos abaixo, e abrimos o funil.

— O funil?

Vana balançou a cabeça.

— Renard começou isso antes de eu me envolver. Todas aquelas pobres pessoas de Dynas. Testamos as injeções, e as mantivemos abaixo, esperando que morressem ou sobrevivessem fortes o suficiente para ganhar um traje. A maioria definhou.

— Não respondeu minha pergunta, Vana.

— Você vai descobrir eventualmente.

A agente deu um passo antes que os ruídos vindo do prédio a fizessem parar. O forte estrondo de passos subindo as escadas, pontuado aqui e ali por um guincho metálico quando algo batia contra as paredes.

— Afaste-se — disse Aurora, escolhendo deixar o funil de lado por enquanto. Vana não tinha uma arma, e a agente não podia morrer ali. — Me dê espaço para atirar.

Vana obedeceu, movendo-se para a esquerda de Aurora. Ela ergueu as mãos, entrou em uma leve posição de agachamento. Pronta para saltar em alguma rotina marcial, como se isso fosse parar uma das criaturas. Aurora teria rido se não estivesse com sua atenção focada na escura entrada.

Uma forma ensanguentada e dilacerada irrompeu, a lâmina faiscando contra o batente da porta. Aurora teria puxado o gatilho se não fosse pela espada, o arco curvo da katana capturando a luz das estrelas. Ela conhecia bem demais a lâmina de Sai, reconhecia instantaneamente que a forma dilacerada e coberta de sujeira à sua frente tinha que ser o espadachim.

Ou alguém que roubou sua espada.

— Sai? — perguntou Aurora, recuando para manter a cautela enquanto o homem, respirando com dificuldade, olhava para elas.

— Aurora? — respondeu Sai, antes de reconhecer Vana. Quando Sai identificou o rosto da agente, ele ergueu a katana. — Você.

Vana exibiu seu característico sorriso frouxo.

— Vejo que você conheceu nossa cientista.

Sai não brincou, não respondeu. Ele caminhou em direção a Vana com uma determinação particular que Aurora conhecia muito bem. Em um segundo, a cabeça da agente estaria deitada na areia.

— Sai, pare — disse Aurora, mas o espadachim a ignorou. O sorriso de Vana desapareceu e a agente começou a recuar. — Ela não é perigosa.

— É perigosa sim, e como — rosnou Sai, erguendo a lâmina para um golpe com as duas mãos.

Aurora atirou. O raio branco-azulado passou entre a agente e o espadachim, cortando o ar com seu calor e, finalmente, fazendo Sai parar. O espadachim olhou com raiva para Aurora enquanto o sorriso irritante de Vana voltava.

— O que você está fazendo? — disse Sai. — Ela é...

— Ela está em nossas mãos — interrompeu Aurora. — Precisamos do que ela sabe, e não vou deixar que a executem aqui. É um fim limpo demais.

— Um fim limpo demais? — replicou Sai, apontando a katana para a agente. — Cada segundo que ela vive, está trabalhando em algo pior. Ela é a missão, Aurora. Bem aqui.

— Sai, olhe para você. — Aurora forçou a calma em cada palavra. — Vana disse que Anaskya está lá embaixo. Que tínhamos que detê-la antes que a cientista fizesse algo pior que aqueles soldados. Você a viu?

Sai balançou a cabeça.

— Ver? Anaskya já era. Mas o maldito vírus dela não. Está comendo todo o lugar lá embaixo. Acho que as escadas o retardaram porque são de metal, mas ele está vindo, Aurora. — Novamente a katana subiu, e novamente Vana deu outro passo para trás, embora seu sorriso não tenha caído desta vez. — Porque Vana aqui deu a Anaskya tudo o que ela queria.

— Nem tudo — contestou Vana. — Apenas o suficiente para a galáxia ver como...

— Quieta — disse Aurora. — Não abra a boca a menos que eu peça. Sai, abaixe a espada e fale conosco. Você está dizendo que há mais disso lá embaixo?

Sai não escondeu o conflito, a katana tremendo em suas mãos, mas anos seguindo ordens criaram hábitos que não morriam facilmente. Com um suspiro, ele deixou a lâmina cair na sujeira. Sentou-se depois dela, um movimento surpreendente até Aurora olhar mais atentamente para o espadachim. Sob a sujeira, Sai tinha cortes e contusões correndo por todo o seu traje de pele rasgado. Cortes o cruzavam, parecendo cicatrizes supurantes à luz das estrelas.

— É pior — disse Sai. — Anaskya o modificou de alguma forma. Está mais agressivo agora, se espalhando mais rápido. Ela o chamou de seu filho.

Enquanto Sai falava, outro tremor percorreu a plataforma de pouso. Próximo ao centro, a areia compactada se movia, afundando em um poço crescente. Mais se seguiram, abrindo-se pela plataforma de pouso como alguma... doença se espalhando.

Aurora precisava abandonar essas comparações por um tempo.

— Então ela conseguiu — disse Vana. — Anaskya não

parava de falar sobre uma fórmula melhor, que ela usaria se déssemos mais tempo. O sangue da garota desbloqueou isso. Eu disse não e tentei mantê-la ocupada demais.

— Você falhou — cuspiu Sai.

— Falhei — respondeu Vana com um dar de ombros. — Mas depois que nos matar, e então? Não vai sair do planeta.

— Por enquanto — disse Aurora. — O sangue não deveria permitir que a doença vivesse em qualquer lugar? Sobrevivesse a qualquer ambiente? Poderia entrar no vácuo?

— Está perguntando para a pessoa errada — disse Vana. — Por isso eu queria matá-la agora.

Sai murmurou algo sobre ser tarde demais. Aurora, no entanto, olhou através da plataforma de pouso, além daqueles buracos, para o que parecia um grande prédio arruinado do lado oposto.

— Vana, aquela é a estação de energia? — perguntou Aurora.

— Era — respondeu Sai. — Eu a explodi.

Aurora assentiu.

— E a energia vinha de onde? Não vejo painéis solares.

— Um cano, perfurado fundo — disse Sai. — Muito calor do interior do planeta. Me cozinhou.

As missões nunca saíam como planejado. Algo dava errado, algo dava certo demais. Era preciso ajustar, ler o ambiente, seus próprios recursos e descobrir como atingir o objetivo. Neste momento, Aurora já tinha visto o suficiente da doença de Anaskya. Agora ela precisava de uma arma capaz de destruí-la.

— Você disse que o vírus te perseguiu? — Aurora perguntou ao espadachim, enquanto aqueles buracos ficavam cada vez mais largos. Um brilho avermelhado tingiu a luz à medida que afundava nesses buracos. — Cegamente?

— É um vírus, não um animal — respondeu Sai. — Sim, me perseguiu cegamente.

Se o monstro molecular de Anaskya queria alimento, então Aurora imaginou que poderia fazer a coisa trabalhar por isso.

— Eu faço isso — disse Vana. — Levo o vírus ao fogo?

— Ideia certa, pessoa errada — respondeu Aurora. — Sai, fique de olho na Vana. Se ela fizer algum movimento, faça o que quiser.

— Não há razão para você se arriscar, Aurora — disse Vana. — Estou morta de qualquer forma, por que...

— Você não está morta, e não vai estar. — Aurora fez sinal para Vana passar por Sai, na borda da plataforma de pouso e longe dos buracos crescentes. — Sente-se e espere como uma boa prisioneira.

Vana lançou um bom olhar furioso. Aurora ignorou, observou a agente seguir as ordens e então se voltou para o problema em questão.

O vírus de Anaskya, a criatura viva, o que quer que fosse, parecia estar corroendo as próprias fundações da plataforma de pouso. Os tremores constantes combinados com um chiado borbulhante agora, com nuvens subindo dos buracos à medida que rochas e areia desapareciam em uma goela indiscriminada.

— Cuidado — disse Sai quando Aurora se aproximou da borda do buraco e olhou para baixo.

Com a luz estelar brilhando, o buraco descia para um centro menor. Ali, remexendo-se enquanto a terra continuava a cair em sua poça, estava a criação de Anaskya. Um vermelho vivo, pegajoso e em constante movimento, o vírus parecia mais um monte de criaturas enxameando juntas, membros amontoados e revestidos com o filme cor de cereja.

Em outras palavras, bem nojento.

Ao redor das bordas da poça, à medida que a areia caía e levava o teto do laboratório consigo, Aurora podia ver um corredor aberto abaixo. O vírus não parecia se espalhar como gás ou água: sem rumo e por toda parte. Em vez disso, seu impulso o empurrava de volta para Aurora e Sai, abaixo deles e em direção à escada que Sai havia usado para voltar à superfície.

— Há uma abertura — gritou Aurora. — Vou tentar.

— Boa sorte — respondeu Sai. — Vou mantê-la fresca para você.

— Conto com isso.

Correndo ao redor do exterior do buraco, Aurora foi para o lado oposto de Sai e Vana. Olhou para trás, para a estação de energia, olhou para dentro do buraco e traçou um caminho. O corredor abaixo poderia não levar Aurora exatamente aonde ela precisava ir, mas com uma direção geral em mente, a capitã da Sever tinha que acreditar que poderia chegar lá.

Com um último olhar para Sai, captando a saudação do espadachim com sua lâmina, Aurora saltou para dentro.

Deslizando na areia e depois caindo os últimos metros, Aurora caiu na sujeira preta, aterrissando com as mãos e os joelhos. Agora no mesmo nível, ela olhou diretamente para o vírus, viu que a impressão de membros girando não estava incorreta: assim como Felix e seus monstros se tornaram servos da doença, este parecia fazer o mesmo.

Mas com todos os seus ossos e vísceras, a coisa ainda não havia notado Aurora. Isso precisava mudar.

Erguendo sua pistola, agora tão coberta de sujeira quanto o resto dela, Aurora respirou fundo e então puxou o gatilho. O raio branco-azulado disparou, atingiu o alvo e acendeu um fogo no vermelho ondulante. A criatura não fez barulho, não emitiu algum rugido de dor, apenas se moveu.

Uma onda vermelha surgiu em direção a Aurora, dobrando-se sobre o fogo que sua pistola iniciou e esmagando as chamas com seu próprio corpo.

— Parece que funcionou — murmurou Aurora, girando sobre o calcanhar e disparando em corrida.

Levantando seu bracelete para que sua luz pudesse guiá-la, Aurora correu, espalhando lama escura a cada passo. Puxando o gatilho da pistola sem mirar, a capitã da Sever tentou manter a atenção da criatura nela. O ruído esmagador e borbulhante seguindo seus passos parecia provar que Aurora tinha conseguido.

Ótimo.

O corredor não ajudou muito, terminando rápido e forçando Aurora a fazer uma curva à direita. Um curto trecho a levou a uma sala enorme, nadando em vírus. O bracelete captou uma lâmina vermelha do outro lado da sala, pairando perto de algumas rochas. Um mistério para outro momento: o caminho que ela precisava seguir estava à sua esquerda, e Aurora seguiu por ali enquanto a criatura surgia atrás dela.

Cada passo vinha com um deslize aqui, forçando Aurora a se mover com seu impulso. Ela perdeu a pistola para evitar cair, largando-a enquanto deslizava ao redor de um canto e usava ambas as mãos para se firmar contra as paredes. Empurrando-se, ela continuou, sempre atenta, sempre esperançosa.

Até que Aurora passou por uma pequena porta para uma sala quadrada com um piso acolchoado. A luz vinha de cima, um brilho laranja, junto com um calor que tirava o fôlego. Olhando para cima, Aurora viu o corte no piso do elevador, imaginando que Sai devia ter feito a brecha.

O plano tinha funcionado até agora, mas ninguém mencionou escalar um poço. Sem sua armadura de poder,

Aurora não tinha um gancho. Não tinha botas que pudessem impulsioná-la. Sem sua pistola, a capitã da Sever não tinha armas.

Balançando a cabeça, Aurora recuou até a parede mais distante da sala. Um poço de corte limpo, as paredes não ofereciam apoio para as mãos. Sem escadas de manutenção neste lugar improvisado.

— Vamos torcer para que você seja tão burro quanto parece — disse Aurora enquanto a criatura se arrastava para dentro da sala.

A massa espessa se moveu em sua direção, tentáculos arredondados serpenteando em sua direção enquanto o vermelho fluía para dentro. Aurora deu um passo à frente e saltou. Os tentáculos se moveram, seguindo-a, alcançando-a. Agradecendo a todos aqueles cursos de agilidade, Aurora plantou um pé em um tentáculo, sentiu-o afundar, sentiu-o tocar o osso. Pousando o pé direito em outro toco, Aurora se impulsionou, arrancou os pés enquanto o vírus invadia o poço do elevador.

Com seu bracelete guiando seus passos, Aurora continuou se movendo, usando as paredes para se impulsionar e manter o vírus atrás dela. Os tentáculos avançaram, criando novos pontos de apoio. Cada passo custava a Aurora um pouco de pele, cada passo deixava vírus em suas pernas, seus braços, mas cada movimento lhe dava tempo, a levava mais para cima enquanto o vírus se derramava no poço.

Avançando, os braços de Aurora agarraram o lábio dentado cortado pela espada de Sai. Ela sentiu os cortes, aceitou-os enquanto se libertava da última tentativa de agarrá-la da criatura. De pé no elevador, suando, sangrando, Aurora deu sua primeira olhada real no dano que Sai havia feito.

Não havia fogo direto, não exatamente. Mais como um

calor cegante e sufocante emanando da matriz quebrada. Chamas iluminavam o ar em flashes, devorando o pouco oxigênio que entrava na câmara do tubo.

Mesmo com o sangue de Kaia, Aurora tinha que acreditar que a exposição prolongada a um calor como esse funcionaria, mas o vírus tinha que alcançá-lo. Teria que enxamear ao redor do tubo. Aurora olhou para baixo através do elevador enquanto o vírus começava a infiltrar-se pelo buraco de Sai. Ela poderia correr para a chama e ele a seguiria.

Aurora morreria, e a criatura queimaria.

Então ela olhou para cima, para o topo do elevador e a escotilha de saída. Fechada, chamuscada, mas viável. Aurora daria uma segunda olhada a qualquer plano que não envolvesse um sacrifício ardente. Talvez até uma terceira.

Usando os lados do elevador como impulso, Aurora se chutou para cima até a escotilha e puxou a alavanca, fazendo-a abrir. As molas carregaram Aurora para cima com a porta que se abria. Ela estava fora, estaria livre, ela tinha...

Um tentáculo agarrou sua perna, envolveu-se em volta de seu pé quando Aurora começou a sair. Um segundo tentáculo se juntou, puxando enquanto o vírus surgia no elevador abaixo dela. Na borda da escotilha, Aurora puxou sua perna esquerda, tentou libertá-la enquanto o vírus subia. Sua lama ardente e mordaz infiltrou-se em suas feridas, nadou em seu sangue.

Aurora não tinha nada para cortar, ou teria decepado a perna ali mesmo, arriscando sangrar até a morte. Em vez disso, ela puxou, ela observou enquanto o vírus subia além de seu joelho até sua coxa. Quando alcançou sua cintura, um tentáculo rastejou em direção ao seu rosto.

O vírus estremeceu. Um tremor que Aurora sentiu através de seu aperto. O tremor tornou-se mais violento, e um novo cheiro preencheu o ar sufocante, o terrível fedor de carne queimada. Fumaça enrolou-se pelas frestas da escotilha, subindo pelo poço do elevador. Estalos agudos, guinchos ardentes ecoaram. Bolhas superaquecidas estourando.

Com outro puxão, Aurora libertou sua perna. O vírus se afastou, recuando para o elevador. Aurora se inclinou e recuou quando uma onda ardente quase chamuscou seu cabelo. Chamas laranja preencheram a escotilha, antes de descer junto com seu recém-encontrado alimento. A luz preencheu o elevador enquanto Aurora se sentava, suas costas contra a parede do poço, e deixava o calor banhá-la.

Ela suaria, mas viveria.

Isso seria o suficiente.

TRINTA E DOIS

À BEIRA DO ABISMO

Sai observou Aurora descer no poço. Sua líder de esquadrão entrando enquanto ele esperava, com o traseiro na areia. Sua mão direita agarrada ao cabo de sua katana, que também jazia na terra. Por todo seu corpo, grãos e sujeira misturavam-se com cortes e queimaduras, ferimentos que pomadas e tempo haviam curado no passado, e que Sai precisaria curar novamente. Ele coçava, sua garganta arranhava de sede e sua cabeça pulsava com uma dor exausta.

Tantas missões terminavam assim, com Sai implorando por uma volta na ala médica e alguns longos dias não fazendo absolutamente nada.

— Ela é corajosa — disse Vana.

Sai virou a cabeça, mantendo Vana em seu campo de visão. A agente, aparentemente ilesa, estava de braços cruzados com um olhar curioso, como se esperasse para ver se Sai compartilhava sua opinião.

— Todos somos corajosos — respondeu Sai. — Não que uma agente entenderia isso.

— Ah, sim. Somos todos covardes porque não entramos com nossas armas em punho.

— Não. — Sai alongou a palavra, reunindo seus músculos tensos e convencendo-os a se levantarem mais uma vez. — Vocês são covardes porque preferem fugir a assumir suas ações.

— É isso que parece para você, fugir?

Sai apontou sua katana para a plataforma de pouso danificada atrás dele. — Havia agentes por toda parte aqui há algumas horas. Você diz que queria deter Anaskya. Qualquer um deles poderia ter feito isso.

Vana assentiu, abandonando seu sorriso e lembrando Sai, com as linhas em seu rosto e o cabelo grisalho iluminado pela luz das estrelas, que ela não era alguma novata para se assustar.

— Por que Aurora continuou voltando por você e Rovo? — perguntou Vana em tom professoral.

Sai, no entanto, também não era um neófito em sua primeira viagem longe de casa.

— Você nunca vai me convencer de que se importa tanto com esses agentes a ponto de querer salvá-los — Sai riu. — O que você fez em Gillane Quatro? Ah, sim. Você injetou o veneno de Anaskya em sua própria equipe. Você sabia o que aconteceria com eles? Quantos morreram?

— Eles eram pessoas de Renard, não minhas — disse Vana, como se isso justificasse tudo. — Aurora salva seu esquadrão. Eu salvo meus agentes.

— Não é você uma santa.

— A galáxia vai entender por que fiz isso — respondeu Vana. — Não preciso que você entenda.

— A galáxia vai ver você como o monstro que é.

Entre eles, a areia rodopiava, o vento açoitava, e um ruído surdo surgiu da plataforma de pouso. A busca de Aurora pela estação de energia devia estar fazendo algo, porque Sai não conseguia mais ver o brilho vermelho do vírus saindo do poço. Ele havia se afastado atrás dela, perseguindo a líder do esquadrão pelo laboratório subterrâneo.

Tudo porque Vana deu a oportunidade para Anaskya.

— Essa espada é tudo o que você tem? — perguntou Vana.

Afiado de suspeita, Sai encarou a agente diretamente, katana nivelada. — É mais do que suficiente.

— Você está ferido. Cansado e fraco. — Vana bateu no queixo. — Se eu corresse, você conseguiria me alcançar?

— Tente e descubra.

Os olhos da agente vaguearam, avaliando o espaço de ambos os lados de Sai. Atrás de Vana, uma duna se erguia até a base do edifício central. Uma corrida difícil de fazer. Para onde mais ela poderia ir? Não havia mais naves na plataforma de pouso para pegar, e todas as outras partes da base pareciam longe demais para um sprint direto.

Por outro lado, era uma agente.

Vana deu um único passo para a esquerda. Sai não se moveu. Ela deu outro.

Sai permaneceu imóvel.

— Está me dando vantagem? — disse Vana.

— Não há nada lá.

— Que você saiba.

— Estou cansado demais para jogos, Vana. Se quiser fugir e me dar uma desculpa para encurtar sua vida, faça isso. Caso contrário, sente-se e espere Aurora voltar.

Atrás de Sai, a estação de energia e sua instalação de fabricação de trajes estremeceram. Sai olhou para trás, vendo uma fumaça sombria subindo para o céu. E nenhum sinal de Aurora.

— Ela pode precisar de ajuda — disse Vana. — Melhor verificar.

— Então você vem comigo.

Vana não protestou. Com Sai deixando a agente tomar a dianteira — sempre mais seguro atrás do inimigo do que à frente — os dois caminharam pela plataforma de pouso. Vana corria com uma facilidade sem esforço, enquanto Sai ofegava durante a travessia, dando à agente a chance de lançar uma risada em sua direção.

— Vai conseguir, soldado? — disse Vana. — Aurora pode estar morrendo agora.

Sai captou a provocação, mas não podia realmente argumentar. Vana poderia chegar à estação de energia mais rápido que ele, seria capaz de dar uma ajuda a Aurora.

Ou assassiná-la se a capitã Sever estivesse ferida.

— Fique por perto — disse Sai. — Ela vai sobreviver.

Pela primeira vez, Vana não respondeu com desprezo aberto. Em vez disso, esperando um momento para que Sai a alcançasse, Vana o avaliou com um olhar direto.

— Agora você está tomando as decisões certas — disse Vana, acompanhando o ritmo de Sai, que tentou e falhou em fazer com que a agente tomasse a dianteira uma segunda vez. — Você não pode me deixar escapar, não importa o custo.

— Você fala muito para uma agente, sabia?

Essas palavras, pelo menos, silenciaram Vana até que a dupla chegasse à estação de energia e ao túnel que levava para dentro.

As portas explodidas os deixaram entrar, Vana suspirando ao ver o que as minas de Sai tinham feito à linha de montagem de trajes. As esteiras transportadoras estavam em frangalhos, as engrenagens giratórias destinadas a mantê-las em movimento quebraram com a parada súbita. As seções desabadas do teto achataram outras partes, espalhando detritos por toda parte. Um calor sufocante permeava tudo, sem brisa alguma.

— Cheira como se corpos estivessem queimando — disse Vana enquanto eles ficavam no fim do túnel olhando para a bagunça.

— Um cheiro que você conhece bem — respondeu Sai.

— Não vejo Aurora. — Vana ignorou a provocação de Sai. — Talvez ela não tenha conseguido depois de tudo.

— Venha até aqui. — Sai levou a agente até as portas do elevador, fechadas. — Sabe como abri-las?

— Sem energia? Isso não deveria ser sua especialidade?

— Talvez seja. Vá ficar ali. — Sai apontou para sua direita, em direção a um canto.

Vana teria que passar por Sai para chegar à saída. Um pouco de segurança extra. A agente, de braços cruzados, encostou-se na parede e observou. Firmando-se, Sai afastou todos os seus problemas e ergueu a katana. As portas de elevador geralmente não eram muito grossas.

Esperando que essas seguissem o padrão.

Um golpe lançou faíscas, deixando pouco mais que um arranhão na superfície. Um segundo não foi muito mais profundo.

— Aurora vai morrer de velhice antes que você atravesse essa porta — disse Vana. — Se importa se eu der uma olhada?

Sai lançou um olhar severo à agente, mas o orgulho não podia ficar no caminho dos resultados. Recuando, ele deixou Vana passar por ele. Ela foi direto para o painel de controle do elevador, e especificamente, para uma seção abaixo do scanner de crachás.

— Olhe isso — disse Vana. — Uma liberação de emergência. É quase como se os elevadores às vezes quebrassem com pessoas presas dentro?

Um Sai mais descansado poderia ter rido de seu próprio erro. Claro, ser um Sever às vezes o colocava em um pensamento unilateral, onde cada solução começava e terminava com destruição. Agora? Sai estava ferido, cansado e emparelhado com uma agente que desprezava.

Lógica e estratégia não estavam exatamente estrelando seu show mental.

Com a trava liberada, Vana fez sinal para Sai avançar, e juntos os dois afastaram as portas. Como abrir um forno, um calor seco os banhou, colocando a pele já suada de Sai em estado de alerta máximo.

— E pensar que todo esse tempo a base tinha uma sauna e eu nem sabia — disse Vana enquanto eles se viravam para olhar para baixo no poço.

Um brilho prateado de um bracelete aparecia vários andares abaixo. Os olhos de Sai se arregalaram.

— Aurora? — chamou Sai.

Uma tosse seca respondeu, eventualmente se transformando em uma afirmativa. Sai deixou a katana afundar ao seu lado enquanto olhava ao redor por alguma maneira de descer, para ajudar Aurora a subir. Sem cordas, sem escadas de manutenção, mas—

O empurrão veio rápido. Um impulso forte, e Sai caiu no poço. Por reflexo, ele estendeu as mãos, procurando algo para agarrar. A lâmina da katana encontrou a parede do poço, cortando o fino recipiente e iluminando a queda com faíscas laranja-brancas.

Iluminando e desacelerando.

Redobrando seu aperto, Sai segurou a lâmina. A katana atingiu algo duro, balançando Sai em uma colisão brutal com a lateral da parede do elevador, forte o suficiente para embaçar sua visão e soltar seu aperto. Sai caiu livre, apenas para aterrissar um segundo depois no teto do elevador, com um estrondo vigoroso ecoando pelo poço.

— Desculpe por isso! — gritou Vana. — Aurora, obrigada por cuidar do vírus para mim. Foi um verdadeiro prazer trabalhar com você.

Sem olhar mais uma vez, a agente virou-se e saiu. Uma fuga feita sem nenhuma chance de ser capturada.

— Que resgate — sussurrou Aurora, sua voz áspera e tensa.

Sai levantou-se até sentar, observando sua capitã. Juntos, os dois formavam o par mais sujo e danificado que Sai já tinha visto. Ambos tinham trajes de pele que, agora, estavam mais em farrapos do que inteiros. Mãos e pés exibiam arranhões sangrentos cobertos de fuligem preta, com suor traçando novas linhas por rostos cobertos de sujeira.

— Já tive melhores — respondeu Sai.

O teto do elevador não oferecia opções óbvias para sair. Paredes lisas por toda parte, e a katana de Sai estava lá em cima, longe de seu alcance.

— Alguma ideia? — O espadachim perguntou a Aurora. — Ou vamos derreter aqui?

Aurora abriu um sorriso fraco, seus dentes um contraste perolado com o resto de seus corpos. — Eu estava tentando criar coragem para tentar algo antes de você cair aqui dentro.

— Não é meu melhor trabalho, admito.

Sem contestar a afirmação de Sai, Aurora gesticulou para a abertura no teto do elevador. — Os sinais de comunicação parecem não funcionar aqui, então, voltamos para lá?

— Lá embaixo? Não é onde o vírus está?

— Estava, a menos que eu esteja muito enganada em meu palpite — disse Aurora. — Acho que a coisa teve um encontro próximo com seu duto explodido.

Sai não tinha uma ideia melhor, por mais que odiasse essa. Com um último olhar para a katana, o espadachim seguiu Aurora através do teto do elevador. Se o calor tinha sido intenso lá em cima, dentro do elevador ele roubou suas respirações. Os pés de Sai ganharam novas bolhas ao tocar o interior do elevador enquanto ele e Aurora faziam sua rápida travessia. Ele não olhou para o brilho laranja ardente: cada outra parte dele já havia sido carbonizada, seus olhos não precisavam desse tratamento.

A queda para o andar inferior não os trouxe para almofadas desta vez. Em vez disso, uma pilha de cinzas em brasa amorteceu a queda, ambos os Severs reagindo com seu treinamento para rolar para longe assim que atingiram o chão. Juntos, com Aurora oferecendo uma mão para ajudar Sai, os dois saíram do poço do elevador, afastando pedaços queimados de si mesmos.

O bracelete de Sai havia curto-circuitado na queda, sua tela era uma coisa derretida e fundida. A de Aurora ainda funcionava, disparando através de flashes espasmódicos.

— A pior parte acabou — disse Aurora.

— Está tudo péssimo — respondeu Sai. — Vana escapou. Eu deveria ter dado cabo dela lá em cima.

— Nós a encontraremos, Sai. Essa é a missão. — Aurora começou a descer pelo corredor. — Ela não pode escapar todas as vezes.

— Tem certeza disso?

— Você não tem?

Sai riu, avançando lentamente no rastro de Aurora. A capitã tinha razão. Enquanto Sever sobrevivesse, a missão continuaria.

E o esquadrão ainda não havia fracassado.

TRINTA E TRÊS

FISGADO

Depois de um certo ponto, depois de estar tantas vezes à beira da morte, Rovo não mais esperava atravessar o limiar. Com a armadura de poder recebendo uma surra, com o enxame ao seu redor, Rovo se agarrou ao céu limpo lá em cima e esperou pelo milagre que viria.

Admitidamente, ele tinha informações privilegiadas.

Os gritos alegres de Javelin atingiram o comunicador de Rovo assim que o novato pousou no chão da doca, gritos entrecortados pela nave do Patrulheiro Crepuscular se chocando contra o solo. A vibração, combinada com as mãos agarradoras dos infectados, deu a Rovo mais uma massagem antes de seu resgate, ou seu fim.

— Me busca? — Rovo respondeu, fazendo uma careta quando outro punho coberto de gosma bateu em sua viseira.

— Claro — disse Javelin. — Onde você está?

— Procure o frenesi e me encontrará.

— Cara, essa coisa toda é um frenesi. Dá algo melhor.

Rovo deu o comando para sua armadura, ligou as luzes dos ombros. Mesmo com a massa que o agredia, os raios subiram em direção ao céu. Seus faróis dourados permaneceram por um segundo, com Rovo apontando-os para Javelin, antes que o enxame sufocasse as luzes. Antes que sufocassem Rovo também, apagando as estrelas e todo o resto.

— Você está preparado para agarrar? — perguntou Javelin.

— Não consigo ver nada.

— Isso é um não?

A viseira emitiu um alarme. Algo havia arrancado uma placa do ombro. Outros dedos se prenderam nas placas do peito de Rovo, puxando-as. Essas coisas não pareciam muito inteligentes, mas haviam descoberto que a carne estava dentro da casca.

— Estou dizendo que você precisa me tirar daqui do jeito difícil.

— Você quer o pacote completo? Então feche os olhos.

Rovo não seguiu as instruções. A viseira compensou os clarões quando os Patrulheiros Crepusculares transformaram sua nave em uma arma. A escuridão ao redor de Rovo se transformou em branco quente e laranja, seguido por chamas enquanto os lasers chamuscavam uma linha ao redor do combatente. Pedaços de lodo e poças de vírus contorcidas se agarravam a Rovo enquanto o novato se levantava, olhando para o círculo de fogo ao seu redor.

— Eficiente — disse Rovo.

— Fico feliz que esteja satisfeito. Pegue o cabo e vamos dar o fora daqui — respondeu Javelin.

A porta de embarque da nave estava aberta acima de Rovo enquanto a cabaça iluminada de laranja pairava sobre a baía. Enquanto Javelin falava, uma longa corda de resgate, uma combinação de preto e aço, projetada tanto para incursões de paraquedistas quanto para resgates, se desenrolou na direção de Rovo.

— Espere um pouco — disse Rovo. — Não vim aqui sozinho.

— O quê?

— Me encontre fora da entrada, você vai ficar feliz que fez isso. — Rovo se virou, viu a massa se aglomerando ao seu redor. — E, hum, você poderia abrir um caminho?

O ângulo não estava perfeito, mas o alvo não era pequeno. Sanje ou Javelin – Rovo não sabia quem estava atirando – enviou raios flamejantes das torres da nave para a massa abaixo da sala de entrada. Como as criaturas que atacavam Rovo, como Felix lá em Dynas, os disparos atingiam e incendiavam as coisas, enviando-as aos gritos para longe ou reduzindo-as a cinzas.

Decolando, Rovo cambaleou através da brecha flamejante. Cada passo ficava mais difícil agora, faíscas saindo das botas do novato enquanto ele se movia. Aparentemente, essas criaturas podiam causar algum dano. Um calafrio surgiu diante da ideia do que Rovo teria enfrentado sem um resgate.

Bem, ele sabia o quê. A evidência se movia por toda parte ao seu redor, rosnando, sibilando e gritando enquanto as criaturas fugiam do fogo das torres.

Correndo pelo salão de entrada, Rovo viu um lampejo. Sua foice, tendo caído do gancho no teto onde estava pendurada, estava no chão. Sem parar, o novato se abaixou e a pegou, dividindo-a ao meio e deslizando as metades em seus coldres enquanto se movia. Sai podia ter ganhado a arma para Rovo em Wexer, mas o novato tinha se afeiçoado à foice.

Um dia, ele poderia até aprender a usá-la adequadamente.

Explodindo pelas portas térreas da baía, Rovo viu Perro exatamente onde o novato o havia deixado. Tanto reconfortante quanto preocupante – Perro ainda estava vivo? – Rovo marchou até ele e o levantou, assumindo uma pose heroica. Atrás dele, as criaturas avançavam, rosnando enquanto entravam na entrada da baía, enquanto os Patrulheiros Crepusculares pilotavam sua nave acima.

— Quem é esse? — perguntou Javelin quando a nave deslizou sobre eles, descendo e girando suas torres para cobrir o salão de entrada com fogo quente. — Não parece muito bem.

— Ele não está — respondeu Rovo, observando o cabo descer. — Me diga que você tem algum equipamento médico nesse tumor que você chama de nave.

— Seja educado com ela, ou talvez eu não deixe você entrar.

Rovo revirou os olhos, colocou Perro sobre seu ombro esquerdo e agarrou a bobina com a mão direita. Javelin fez as honras, retraindo a bobina, e após alguns segundos adoráveis passados deixando as criaturas para trás, Rovo colocou Perro no convés frio da nave de seu esquadrão.

Javelin e Sanje, deixando a nave pairando no lugar, entraram em ação quando viram seu companheiro de esquadrão. Enquanto Rovo se sentava de lado, tirando sua armadura danificada uma peça de cada vez – a sequência de ejeção havia sido danificada pelas malditas criaturas – os dois Patrulheiros cobriram Perro com bálsamos de cura, quase afogaram o homem com água abençoada por drogas e o levaram para seus aposentos.

Livre de seu traje, Rovo aventurou-se na cabine da nave enquanto os outros dois Patrulheiros trabalhavam em Perro. Do lado de fora do para-brisa, Rovo viu as criaturas saindo da baía. Algumas, ainda não emaranhadas, dispersavam-se em direções aleatórias, correndo pelas dunas em busca de comida. Outras, emaranhadas umas com as outras, tropeçavam e cambaleavam ao acaso.

Quanto tempo essas coisas sobreviveriam, com nada além de si mesmas e areia para comer?

Rovo observou o fluxo, distraidamente passando pomada sobre alguns de seus próprios cortes. Ele teria infecções para lidar, mas por enquanto, o novato aproveitava para respirar sem temer que fossem suas últimas respirações. Eles tinham tentado, todos aqueles monstros. Tinham tentado pegar Rovo, e tinham falhado.

Agora estavam correndo, perdidos, e...

O pensamento desapareceu enquanto Rovo piscava, olhando mais atentamente. No início, as criaturas estavam indo em todas as direções. Agora, no entanto, as coisas pareciam estar perseguindo umas às outras. As massas maiores perseguiam as menores, todas se dirigindo para o leste, para o que parecia ser um deserto aberto. Rovo teria procurado mais, mas o para-brisa da nave não lhe dava uma visão completa.

Olhando para o manche de voo, Rovo escutou Javelin e Sanje. Nenhum dos dois parecia estar por perto, então o novato se inclinou e deu um empurrão no manche. Ele não era piloto, mas qualquer soldado da DefenseCorp tinha treinamento suficiente para pousar um transporte em uma crise. O empurrão fez a nave dos Patrulheiros virar à esquerda, dando a Rovo uma visão melhor.

As criaturas perseguiam alguém, uma figura correndo – o cabelo longo balançando dava uma pista de que poderia ser uma mulher – escalando uma duna. Ela se afastava da base, aparentemente em direção ao deserto. Uma direção suicida, considerando as criaturas incansáveis que a perseguiam.

— Sanje! — Rovo chamou. Ele tinha feito o empurrão,

mas qualquer tentativa de resgate estressaria suas habilidades inexistentes ao limite. — Preciso de um piloto!

— Precisa de um piloto para quê? — disse Sanje, voltando correndo. — O que você está fazendo com minha nave?

— Está vendo ela? — Rovo apontou. — Ela está em perigo.

Uma das criaturas alcançou a mulher no topo da duna. Esperando um rápido fim, os olhos de Rovo se arregalaram quando a mulher caiu em uma postura de lutadora e aplicou um chute rápido que enviou a criatura rolando duna abaixo. Sem esperar para ver o resultado, ela partiu novamente, desaparecendo do outro lado da duna.

— Ela não parece estar em perigo — disse Sanje.

— Sim, uma a menos, um milhão para ir — respondeu Rovo. — Vamos ajudá-la.

— Se ela quisesse ajuda, poderia ter chamado — disse Sanje, mas mesmo assim deslizou para a cadeira do piloto. — Não é um bom negócio resgatar estranhos. Particularmente hoje.

— Trate isso como um favor então, por Perro.

Sanje não discutiu essa transação. Ele impulsionou a cabaça voadora para frente, sobre o desfile de criaturas e o topo da duna. Do outro lado, onde Rovo esperava ver um infinito mar de areia, estava um hangar achatado aninhado entre várias outras dunas. Grande o suficiente para um caça, ou um pequeno transporte do tamanho da *Prisa*. A mulher corria em sua direção, com mais criaturas rolando pelas dunas atrás dela.

— Este lugar tem muitos segredos — murmurou Sanje enquanto deslizavam em direção ao hangar. — O que isso está fazendo aqui?

— Se você estivesse fazendo coisas terríveis com pessoas

que poderiam querer vingança — disse Rovo —, talvez não fosse má ideia ter uma rota de fuga secreta.

— O que você está dizendo?

— Acho que sei quem pode ser aquela.

Rovo não queria pensar no que ver Vana tão longe poderia significar para Aurora. A capitã da Sever nunca deixaria a agente ir, então ou Aurora estava morta, ou algo a tinha forçado a mudar de rumo. De qualquer forma, Sever tinha uma missão, e seu objetivo corria pela areia bem abaixo deles.

— É a Vana? — disse Sanje, inclinando-se para o para-brisa. — Ela ainda está viva?

— Destrua o hangar — disse Rovo. — Não sei o que está esperando lá dentro, mas ela não pode chegar até lá.

— Tarla disse para ajudar vocês, ela não disse nada sobre atirar em nossa ex-empregadora.

— Deixe-me explicar desta forma — disse Rovo enquanto Vana finalmente notava realmente a nave acima dela, lançando-lhes um olhar confuso. — A DefenseCorp vai ficar furiosa depois de hoje. Eles vão querer culpar alguém por tudo isso, e Vana é essa pessoa. Adivinha quem eles vão pagar para entregar sua desculpa em suas mãos?

— Entendi, cara — Sanje assentiu. — Entendi.

O Patrulheiro digitou em seu console, e a cabaça atacou com suas torres gêmeas, moendo lasers no hangar. Os tiros penetraram e atravessaram a estrutura fina, atingindo o que quer que estivesse atrás e obliterando-o em uma linda bola de fogo.

Ao ver isso, Rovo voltou ao centro da cabaça e abriu a porta de embarque. Sanje trouxe a nave a uma altitude baixa o suficiente para Rovo desenrolar a bobina, mas em vez disso ele olhou para fora e para baixo, para a mulher que o manteve como refém por tempo demais.

Vana estava parada na areia, o vento chicoteando seu cabelo escuro sobre seu rosto. As criaturas e seus rugidos sibilantes se aproximavam, caçando sua presa encurralada. A agente tinha segundos para fazer uma escolha, uma que Rovo nem precisava articular.

— Não vou com você — Vana gritou. — Eles vão me matar de qualquer forma. A DefenseCorp merece morrer pelo que fez.

Deixar Vana ser devorada por criaturas que ela mesma criou soava bastante atraente, mas a agente poderia saber onde Aurora tinha ido parar. Poderia saber algo que pudesse deter essas criaturas, ou prevenir futuros ataques. Todos os agentes de Vana tinham se dispersado, alguns poderiam ter o vírus com eles, esperando para lançá-lo sobre um planeta desprevenido.

O novato devia à galáxia fisgar Vana viva, por mais que pudesse odiar a ideia.

— Você acha que estar morta vai detê-los? — Rovo gritou de volta. — A DefenseCorp vai apenas usar você, e se você estiver morta, não poderá revidar. Eles vão suprimir o que aconteceu aqui, e você não será nada.

— Eu planejei para isso — Vana lançou um olhar para as criaturas que se aproximavam, franziu a testa, então forçou sua determinação de volta. — Tenho drives, enviei grava-ções. A galáxia saberá a verdade!

— Porque você vai contá-la!

Em vez disso, Vana apenas sorriu, então fechou os olhos. Rovo reconheceu uma pose de morte quando viu uma – obrigado novamente, filmes – e xingou.

— Sanje, me dê cobertura! — Rovo gritou em direção à cabine.

Segurando a bobina em suas mãos, Rovo saltou da porta de embarque. Ao seu redor, a cabaça abriu suas torres novamente, estabelecendo uma linha de tiro. Ao contrário da baía, porém, as criaturas não estavam confinadas aqui, e se espalharam e cercaram, vindo de todos os ângulos.

Rovo bateu na areia ao lado de Vana, arruinando seu momento sereno. Ela se virou, olhando para ele com surpresa atordoada, um olhar que assumiu um tom completamente diferente quando Rovo lhe deu um soco no rosto. O soco fez Vana desmaiar, Rovo amortecendo sua queda. Com outro grito para Sanje, a bobina retraiu, puxando Rovo para cima pela segunda vez em poucos minutos enquanto uma maré viral invadia suas pegadas na areia.

E Tarla o tinha chamado de inútil.

TRINTA E QUATRO

PARA CIMA E PARA LONGE

Aurora e Sai seguiram as brasas, seus pés absorvendo os resíduos quentes enquanto caminhavam pelo laboratório subterrâneo dizimado. Cinzas cobriam a casa de Anaskya, o vírus em retirada trazendo chamas consigo, uma força ainda mais faminta que devorava a sujeira nas paredes, as poças nos cômodos. A dupla fez várias curvas fechadas, descobrindo que a rota direta de volta às escadas estava intransitável devido aos incêndios que ainda ardiam.

— O sangue de Kaia não era tão forte quanto pensávamos — refletiu Sai enquanto cruzavam outro cruzamento coberto de faíscas, sua voz ressequida e seca.

— Funcionou com pessoas — respondeu Aurora, estremecendo com os arranhões que suas próprias palavras provocavam ao saírem. Ambos precisavam urgentemente ir e permanecer por um bom tempo em uma enfermaria. — O que quer que Anaskya tenha criado pode não ter a mesma composição.

— Ou talvez Aurum Três seja quente demais.

— Isso também.

Quando as chamas diminuíram, Sai usou seu bracelete

para guiá-los adiante. Depois de todas as surras e queimaduras, Aurora sentiu como se a caminhada iluminada por prata através das passagens carbonizadas pudesse ser sua própria jornada para algum mundo sombrio pós-morte. Seu corpo rangia e gemia, enquanto o que restava de sua mente lutava para manter a compostura. Um sentimento que frequentemente surgia após o fim de uma missão, algo que Aurora preferia enfrentar com uma bebida na mão e uma longa noite de sono pela frente.

— Não podemos deixar minha espada — disse Sai.

— Ela não vai a lugar nenhum — respondeu Aurora. — Não sobrou ninguém para pegá-la.

— Estou percebendo agora como tive sorte em manter essa lâmina por tanto tempo. Quantas vezes perdemos nossas armaduras de poder? Nossos rifles?

— Gregor sempre parece terminar com seu martelo.

Sai não tinha uma resposta pronta, o que fez Aurora se perguntar se o homem queria que ela iniciasse algum diálogo sobre a katana. Francamente, Aurora estava espantada. Estava espantada que Sever tivesse passado por toda essa porcaria com qualquer um deles vivo, muito menos com algum equipamento intacto. Se falar não fizesse Aurora sentir como se tivesse facas enfiadas no pescoço, como se seus pulmões não tivessem sido carbonizados, ela poderia ter dado a Sai as palavras que ele queria.

Por enquanto, porém, a capitã do Sever só queria caminhar.

Eles emergiram na noite profunda depois de subirem aquelas escadas de metal, degraus que eram abençoadamente frios para seus pés queimados. Acima, o céu salpicado de estrelas parecia desprovido de lasers, um sinal de que a frota tinha sido completamente tomada pelos invasores de Vana, ou seus amigos da DefenseCorp haviam sobrevivido. Ela não tinha energia para investir em nenhum dos resultados.

Em vez disso, seguiu Sai enquanto ele voltava para a estação de energia. Juntos, caminharam pela plataforma de pouso esburacada, evitando os buracos causados pelo vírus invasor.

— Acha que Vana escapou? — perguntou Sai.

— Ela tentou me lançar para o espaço em sua antiga nave — respondeu Aurora.

— O quê?

Aurora contou sobre a perseguição, a luta e o drive ainda em seu bolso. Ela apalpou o pequeno bastão, seu plástico frio e o metal dentro esperançosamente ainda funcionais após o encontro ardente.

— Que plano ridículo — disse Sai enquanto se aproximavam da entrada da estação de energia. — Quantas coisas tinham que dar certo?

— Mas ela conseguiu. E fugiu.

— Vamos encontrá-la, como você disse — respondeu Sai. — Da próxima vez, ela não terá um bando de civis infectados a protegendo.

— Isso ela não terá.

Luzes alaranjadas interromperam sua entrada na estação de energia, uma nave bulbosa surgindo sobre a duna próxima e deslizando na direção deles. A porta de embarque estava aberta, com um rosto familiar acenando nela.

— Aquele é o Rovo? — perguntou Aurora.

— Eu o mandei buscar ajuda — disse Sai, balançando a cabeça. — Aparentemente ele encontrou alguma.

— Vocês não vão acreditar em quem eu tenho aqui! — gritou Rovo enquanto a nave pairava perto da estação de energia. — E tem um monte de coisas horríveis vindo para cá, então é melhor vocês entrarem. Estou cansado demais para lutar mais.

Sai se recusou a partir sem a katana, mas com a ajuda de Rovo e o guincho na nave dos Ranger Crepuscular, o trio recuperou a lâmina e conseguiu voltar a bordo antes que a massa infectada os encontrasse. Enquanto Sai foi buscar o kit médico, Aurora seguiu Rovo até a cabine da tripulação que ele havia transformado em uma cela para Vana.

A mulher tinha olhares em abundância, mas depois de confirmar que as algemas de atordoamento estavam corretamente colocadas, que a porta estava bem fechada e nenhum outro dispositivo além do bracelete da agente estava no quarto, Aurora deixou Vana com seus próprios protestos.

— Bom trabalho, novato — disse Aurora a Rovo no corredor lá fora, abrindo um sorriso quando Rovo começou a protestar contra o apelido.

A partir daí, Aurora se medicou, tomou um banho muito necessário e encontrou algumas roupas de Tarla que lhe serviriam. Sai fez o mesmo enquanto Sanje levava a nave para o espaço, encontrando a frota da DefenseCorp em crescente desordem.

Os transportes de Vana e suas tripulações haviam sido neutralizados, embora com mais de uma dúzia de naves perdidas. Principalmente as pequenas, mas com baixas severas. Pior, Aurora mal havia começado a se sentir humana novamente antes de Deepak entrar em contato e declarar sua presença necessária, junto com Vana, em uma reunião de emergência no *Nautilus*.

Aurora descartou a ideia, preferindo roubar o controle de comunicações de Sanje. Ela tinha prioridades maiores do que ficar sentada em uma sala enquanto os mais novos oficiais da DefenseCorp tentavam assumir o controle.

Primeiro veio a chamada na frequência do Sever, um

grito direcionado ao *Prisa*, uma nave que até então não aparecia nos scanners de Sanje. Detritos suficientes flutuavam entre a frota para que a nave de Sever pudesse estar entre os destroços, mas Aurora recusou-se a acreditar que Eponi teria sido vítima de alguns lasers de transporte.

— Capitã! — a voz de Eponi soou através do comunicador, crepitando tanto com a fraca intensidade do sinal quanto com deleite. — Não tinha certeza se ouviria de você novamente.

— Por que você não estava lá para nos buscar? — disse Aurora, suprimindo seu alívio pela aparente sobrevivência de Eponi.

— O *Prisa* não está exatamente bom para voo atmosférico agora — disse Eponi, e Aurora se perguntou por que nenhum embaraço acompanhava a admissão. — Passamos por muita coisa aqui em cima, e vai precisar de alguns reparos.

— Você deixou nossa nave...

— Minha nave — uma nova voz interrompeu, soando muito próxima à de Eponi. — Minha nave, Aurora. Esse foi o preço. Nós ajudamos vocês, salvamos todas as vidas do Sever e, em troca, ficamos com esta nave.

— Tarla, se você tocar em uma única coisa no *Prisa*... — advertiu Aurora.

— Relaxa, capitã — Eponi voltou. — Ela está certa. Eles realmente ajudaram. Depois de, bem, quase nos matar, mas às vezes é assim que acontece, sabe?

Aurora sabia?

— Eponi, não deixe que ela pegue essa nave até termos uma conversa adequada sobre quem salvou quem, e qual de nós decidiu aceitar um contrato de uma criminosa — disse Aurora.

— Entendido, capitã.

— Até mais tarde, Aurora — acrescentou Tarla. — É tão bom saber que você sobreviveu. Não sei o que eu faria sem você para desprezar.

— Igualmente, Tarla. Igualmente.

Recostando-se, encerrando a chamada, Aurora olhou na direção de Sanje. O piloto Ranger Crepuscular deu de ombros para Aurora. Antes que ela pudesse começar a interrogar Sanje por mais detalhes, outra chamada chegou. Esta vinda de uma fragata próxima. Um capitão cujo rosto sugeria dias muito melhores que este apareceu na tela do console.

— O Almirante Deepak disse que esta era a frequência correta para o esquadrão Sever? — começou o capitão, e quando Aurora assentiu, o homem ganhou alguma confiança. — Temos um membro da sua equipe a bordo e, bem, ele poderia usar alguma ajuda.

A nave do Ranger Crepuscular se transformou em um transporte médico. Atracando na fragata, Aurora, Sai e Rovo — Javelin e Sanje ficaram para trás para vigiar Vana — encontraram Briany e um Gregor à beira da morte. O grandalhão parecia tão estranho na cama, a pele cinzenta e coberta de suor, seus olhos fechados e o peito maciço mal subindo e descendo.

Juntos, com Rovo carregando o martelo de Gregor, embarcaram o maior membro do Sever na nave em forma de cabaça e partiram para o *Nautilus*. Lá, todos se juntaram a ele na enfermaria. Cada um ficou por sua própria duração, com novas informações de Gillane Quatro ajudando no tratamento das infecções virais.

Rovo e Eponi, com o *Prisa* consertado o suficiente para voar até o *Nautilus*, foram os primeiros liberados para circular pela nave. Aurora preencheu seus dias de recuperação com os pedidos de Deepak para participar das contínuas reuniões entre os executivos da DefenseCorp, todos manobrados para manter seus novos comandos e os contratos que eles implicavam.

Deepak tentou suprimir a história de Vana, uma jogada que falhou quando ela encontrou um substituto disposto a vazar sua história. O drive que ela havia dado a Aurora também desapareceu dos pertences da capitã do Sever — Aurora suspeitava de Javelin, talvez da própria Tarla como a ladra — e seu conteúdo foi divulgado por toda a galáxia. A tempestade midiática resultante causou mais danos à DefenseCorp do que qualquer um dos assassinos de Vana. Aurora permaneceu na periferia, não querendo nem se importando com como as facções da DefenseCorp lidavam com a súbita desconfiança de todos os planetas civilizados.

Em vez disso, Aurora reuniu o esquadrão Sever uma semana após os eventos em Aurum Três. Todos tinham novas cicatrizes, e Gregor tinha um curativo especial sobre seu abdômen projetado para manter suas entranhas no lugar enquanto cicatrizavam. Ainda assim, toda a equipe parecia mais ou menos como eles mesmos enquanto se sentavam no convés de observação do *Nautilus*, observando o planeta arenoso e sua estrela branca brilharem. Equipes de limpeza da DefenseCorp vasculhavam a base lá embaixo, garantindo que nenhum infectado restasse.

Aurora não era do tipo que chorava, mas sentiu algumas lágrimas na borda dos olhos enquanto os cinco se reuniam ao redor de uma mesa. Rovo pediu as bebidas para todos, acertando as favoritas de cada um e passando-as para o robô do bar sem errar uma. A conversa começou e depois lentamente morreu enquanto os olhos do Sever se voltaram para Aurora.

— Você tem um discurso para nós, Aurora? — perguntou Sai, o pai usando um sorriso tranquilo. — Algo sobre como o Sever vai continuar transformando a galáxia em seu cofrinho particular?

— Na verdade — disse Aurora, deixando seu próprio sorriso silencioso desaparecer — não acho que é isso que vamos fazer, e acho que todos vocês sabem disso.

A total falta de surpresa em todos aqueles rostos, com Eponi até mesmo assentindo, confirmou as próprias conversas de Aurora com todos eles nos últimos dias.

— Sever começou como um esquadrão de elite para uma organização que — Aurora olhou ao redor — não parece que vai sobreviver por muito mais tempo. Pelo menos, não da maneira como a conhecíamos. Não faz muito tempo, nós cinco votamos para deixar a DefenseCorp e seguir por conta própria. Sabemos como isso acabou.

— Não foi nossa culpa — interrompeu Rovo, e Gregor acrescentou seu próprio assentimento.

— Mesmo assim — continuou Aurora — colocamos nossas contas em risco e ganhamos, em vez disso, muito perigo por pouca recompensa. O jogo mercenário não é tão fácil quanto pensávamos. — Ela pegou sua bebida, pensando em dar um longo gole, mas parou. Aurora não precisava que um membro do esquadrão a interrompesse aqui. — Deepak me pediu para voltar. Com tudo o que está acontecendo, ele quer alguém em quem possa confiar no comando de seus soldados.

Desta vez, pelo menos, a surpresa tocou alguns rostos. Apenas Sai manteve seu olhar conhecedor inabalado.

— Estou aceitando, e não apenas porque Deepak vai me pagar muito bem — Aurora abriu o sorriso novamente, feroz desta vez. — Aprendi muito com todos vocês, lições que os soldados nesta nave também deveriam aprender. Isso pode salvar algumas vidas.

Outra respiração, o discurso chegando agora à parte que ela mais odiava.

— Deepak me pediu para estender ofertas a cada um de vocês também. Se estiverem interessados, encontraremos um lugar para vocês — continuou Aurora. — Mas tenho a sensação de que isso não vai ser um problema.

O Sever olhou uns para os outros. Rovo tossiu. Então Gregor se inclinou para frente, pegou sua bebida e a ergueu bem alto.

— Um brinde — rosnou Gregor — ao melhor esquadrão que a galáxia já viu.

Cinco copos tilintaram um fim para uma aventura e iniciaram uma longa noite trocando histórias que todos já haviam ouvido, e que todos apreciavam ouvir novamente.

A TROCA

O táxi diminuiu até ficar pairando no fim de uma alameda, a grama azul amortecendo o passo de Sai ao desembarcar. O ar beliscava seu nariz sob um céu verde-mar. Casas modestas, gigantes se comparadas às cabines da tripulação no *Nautilus* ou no *Prisa*, decoravam a paisagem com layouts sinuosos projetados para capturar água da chuva. Seu alvo?

Três portas adiante e à direita. Uma casa amarela, com brinquedos espalhados pelo amplo jardim da frente. Sai, com uma bolsa sobre o ombro e a katana sobre o outro, vestindo um suéter civil que coçava, encarou por um longo segundo a piscina infantil e os brinquedos de animais espalhados ao redor. Ele havia partido quando seus filhos já eram velhos demais para essas coisas. Será que estava no endereço errado?

Consultou seu bracelete, comparou-o com o número afixado acima da porta da casa, emoldurado por flores artificiais. Não, definitivamente era o certo.

Sua filha não cometeria um erro desses.

Enquanto caminhava em direção à porta, Sai lutava para manter os olhos na entrada em vez de examinar o local em busca de ameaças. Estar ao ar livre sem um visor funcional enviava espasmos através de suas mãos e pernas, e Sai percebeu suas palmas se dirigindo para pistolas colocadas em coldres que não existiam mais.

O oficial da DefenseCorp encarregado de processar a baixa de Sai disse que seu período de serviço traria consigo uma bagagem que só o tempo poderia desvendar. Ele carregou o bracelete de Sai com assinaturas de programas projetados para facilitar sua readaptação a uma vida não preenchida por lasers, missões ou atos aleatórios de violência.

O tempo, o homem repetia, resolveria qualquer problema, desde que Sai permitisse.

Na porta, Sai alcançou a campainha, um suave botão azul embutido na casa amarelo-pastel, então notou que a porta estava ligeiramente entreaberta. Sai colocou sua bolsa no chão e escutou. Ao redor, ouvia o ruído de fundo calmo sempre presente em lugares como este — máquinas funcionando, pessoas chamando umas às outras — mas de dentro da casa vinha um som decisivo.

A última vez que ouvira uma criança rir, Sai estava com Sever. Depois de Dynas e a caminho de Wexer, Kaia brincando na nave de Anaskya. Renovado de esperança, Sai empurrou a porta completamente e entrou.

O riso da criança continuava, atraindo Sai através de um amplo corredor com fotos agrupadas ao longo das paredes. Ele reconheceu os rostos naquelas molduras, sua família crescendo ao longo dos anos. Fazia tempo desde que assistira a um novo vídeo — os tempos de transmissão através das estrelas eram tão lentos — mas um pai não esquece seus filhos.

Não esquecera sua esposa também.

Ela havia passado de uma parceira determinada a uma

líder majestosa, igualando e superando o próprio papel de Sai em manter a família estável. Considerando a casa ao seu redor e seu sorriso suave em todas aquelas fotos, ela havia continuado firme nesse papel.

O corredor terminava em uma extensa área envidraçada que se abria para um amplo quintal. Sai vislumbrou uma mesa comprida e larga, posta para dez pessoas, sobre um pátio de pedras. Tudo parecia, se mostrava tão doméstico. Sai sentiu-se tonto, como um intruso em uma vida tão distante da sua.

Mas a risada da criança, agora um grito agudo, empurrou Sai mais um passo à frente. A porta do pátio abriu sem problemas, deslizando para o lado. Ao atravessá-la, Sai rastreou os sons agora abafados da criança à esquerda.

Ali, dispostos como se saídos de uma das fotos do corredor, estavam as pessoas que Sai amava mais do que qualquer outra coisa na galáxia. As pessoas que ele deixara para trás enquanto buscava seu verdadeiro lar. Um lar que Sai agora sabia estar bem aqui.

— E aí, pai — disse a filha de Sai, segurando o pequeno em seus braços. — Quer conhecer seu neto?

— Faço uma troca contigo — respondeu Sai, movendo o ombro para trazer a lâmina embainhada para suas mãos. — A katana pelo garotinho.

Quem sabe se algum dia ele voltaria atrás nessa troca.

TRINTA E SEIS

NOVO CONTRATO

Eles seguiram o dinheiro até um planeta que Gregor nunca mais queria ver. A massa preto-acinzentada de Wexer pairava além do para-brisa da *Prisa*, uma visão que Gregor contemplou por um longo minuto antes de retornar ao centro da nave para ajustar seu martelo e cinto no colete, e as proteções das pernas e pulsos.

— Aposto que não viu essa chegando — disse Briany, conectando as baterias em seu canhão. A arma mal cabia ao entrar e sair da *Prisa*, mas a mulher se recusava a deixá-la para trás. — Calico Max e os Talpa do mesmo lado?

Ela gargalhou, uma risada vigorosa que fez Gregor se juntar a ela. Quando Tarla anunciou o contrato, poucos dias após deixarem a *Nautilus* na frota de duas naves dos Patrulheiros Crepusculares, Gregor e Briany riram da mesma forma. Calico Max e seus amigos alienígenas operadores de minas precisavam de segurança depois que o antigo escritório da DefenseCorp fechou, com seu ex-oficial se declarando dono do planeta e exigindo o que lhe era devido.

Parecia um alvo perfeito para o martelo de Gregor.

— Eponi — chamou Gregor. — Aterrisse direto na base

deles. Quero que esse homem veja o quanto está condenado.

— Esse não é o plano da Tarla — respondeu Eponi, ocupando o assento do piloto. Sanje pilotava a nave em forma de cabaça — ela tinha um nome, só que Gregor nunca se importou em lembrar — e, como esperado, a embarcação mais lenta forçava os Patrulheiros a adotar estratégias tediosas. — Você quer ir contra as ordens dela?

— Quanto mais rápido derrubarmos esse cara, mais cedo receberemos o pagamento — disse Briany. — Faça isso, e a Tarla vai te amar para sempre.

— É bom que você esteja certa. — A *Prisa* estremeceu quando Eponi injetou energia nos motores, lançando a nave à frente de sua companheira. — Porque vou culpar vocês se ela ficar irritada.

— Aham — respondeu Briany —, como se ela pudesse ficar brava com sua menina de ouro.

Eponi não teve resposta para isso, e os dois atrás compartilharam outra risada. Observar sua amiga navegando por um desafio completamente novo com Tarla proporcionou a Gregor mais entretenimento do que qualquer coisa desde que destruiu aqueles trajes acima de Aurum Três. Eponi, até agora, parecia estar vencendo: manteve o direito de pilotar a *Prisa* e conseguiu que Aurora transferisse o título oficial da nave para seu nome, não o de Tarla. Aparentemente, Deepak concordou em localizar e compensar os antigos proprietários da nave, evitando qualquer problema futuro.

Uma recompensa justa por deter aquele cruzador rebelde.

Terminando com seu martelo, Gregor recostou-se na parede da *Prisa*. Olhou para seu bracelete e encontrou a última mensagem transmitida para sua tag, chegando rapidamente após Gregor enviar seu próprio olá atrasado. Longa, divagante e maravilhosa em todos os sentidos, Gregor deleitou-se com os parágrafos que seus pais haviam enviado detalhando seu projeto mais recente, agora supervisionando em vez de explodir rochas em um novo cometa.

O fato de as mensagens terem ido e vindo tão rápido significava algo ainda mais fantástico: o cometa, e seus pais, estavam por perto. Perto o suficiente para que depois de reduzirem esse incômodo a nada, Gregor pudesse convencer Tarla a fazer uma passagem pela rocha.

Briany assobiou enquanto dava tapinhas no seu canhão laser, uma preparação casual que deixou Gregor maravilhado com o momento. Sem os briefings meticulosos de Aurora, sem as armaduras potentes, ou as hierarquias não ditas, os Patrulheiros Crepusculares representavam algo novo, algo diferente.

— Te disse que isso seria divertido — disse Briany, piscando para Gregor.

Gregor só podia concordar.

TRINTA E SETE

MUDANÇA DE CARREIRA

A batida na porta desviou o olhar de Rovo da janela e do mar que fluía continuamente além e abaixo dela. Outro lindo céu azul embelezava Gillane Quatro, com a luz do dia inundando o escritório de Rovo e destacando suas paredes vazias e uma mesa escassa.

— Está se acomodando? — perguntou Raquel, abrindo a porta e entrando com um sorriso radiante.

— Pode-se dizer que sim — respondeu Rovo, gesticulando para a mesa e a estação de trabalho, apagada, sobre ela. — É como voltar no tempo.

— Pensei que estivéssemos atualizados com a tecnologia — disse Raquel.

— Não são os componentes — disse Rovo, então olhou para si mesmo —, mas o trabalho. A última vez que me sentei em um escritório como este, eu queria estar em qualquer outro lugar.

Raquel cruzou os braços e se encostou na parede. Sem o estresse constante de um ataque de agentes, a chefe de segurança da Salinity tinha uma nova vida, uma motivação que se mostrava em seus olhos brilhantes e roupas para um dia passado realizando coisas com quem quer que ela conseguisse convocar. Ela e Aurora tinham muito em comum: Raquel só precisava de um rifle e uma armadura potente para Rovo se sentir em casa.

— Você não vai ficar mexendo com papelada — disse Raquel. — Depois do almoço, começaremos as entrevistas. Você poderá escolher sua própria equipe.

— É assim que você está chamando? Uma equipe?

— A menos que você prefira outra coisa?

Será que ele preferia?

Com a DefenseCorp se fragmentando em pequenas frotas e contratantes mercenários, a Salinity decidiu assumir mais o controle de sua própria segurança. Rovo lideraria parte desse esforço, especificamente treinando oficiais novos e antigos sobre como realmente defender uma nave, uma plataforma, um povo. Primeiro, Rovo precisava encontrar a tripulação que o ajudaria a fazer isso em uma vasta galáxia.

— Equipe funciona, embora agora eu tenha que pensar em um nome — disse Rovo.

— Você pode fazer isso durante o almoço — disse Raquel.

— Acha que tenho tempo?

— Com toda certeza. Vamos lá.

Não que Rovo fosse dizer não para Raquel de qualquer maneira. Um emprego não tinha sido o único motivo para o novato querer voltar para Gillane Quatro.

A cafeteria da torre de escritórios da Salinity não tinha o ambiente de aço sóbrio da *Nautilus*, lembrando Rovo mais uma vez que agora trabalhava para uma organização que não jogava seus membros em situações perigosas dia após dia. Música animada flutuava no ar enquanto a alegre conversa do meio-dia ecoava pelo espaço amplo, com as claraboias na parede lateral proporcionando um brilho refrescante.

Tudo isso, no entanto, desapareceu quando um único grito cintilante se elevou acima do barulho. Rovo, três passos depois de sair do elevador, agachou-se para receber o abraço apressado de Kaia. Atrás dela, pela primeira vez sem mostrar frustração aberta em seu rosto, vinha Kashmal. A menina parecia feliz, radiante de saúde, e quando Rovo disse que ela poderia vê-lo qualquer dia que quisesse, a luz de Kaia varreu qualquer dúvida sobre abandonar a DefenseCorp.

Não, o trabalho definitivamente não era o único motivo.

TRINTA E OITO

PENITÊNCIA

Apesar de passar a maioria das noites no convés de observação, as vistas ainda não haviam cansado Aurora. Com o *Nautilus* se movendo de volta em direção à fronteira – o lugar preferido de Deepak para explorar – olhar em direção ao núcleo galáctico apresentava cores vibrantes por todo o espectro, beleza interestelar deslizando por um céu infinito.

— A história dela faz sentido — disse Deepak, o almirante se juntando a Aurora com duas bebidas nas mãos. — Tudo o que pudemos descobrir confere.

— Ela não está guardando segredos.

— Não consigo entender que jogo Vana está jogando — disse Deepak, acompanhando o olhar de Aurora para o céu. — Mantive-a aqui com a promessa de que descobriria o que ela queria, e ainda não sei.

A bebida liberou um tempero picante junto com o bourbon. Uma boa combinação com a temperatura fria do convés.

— Tu estás obcecado com ela — disse Aurora. — Estás procurando fantasmas que não existem.

— Pode ser. — Deepak levou o copo aos lábios, mas não bebeu. — Tu achas que estou perseguindo nada?

Aurora havia escutado a história direta de Vana junto com todos os outros. A agente, cansada e vitoriosa, entregou todas as respostas sem hesitação, sem cálculo. Que Deepak e sua própria equipe descobrissem que Vana falava a verdade não foi nenhuma surpresa.

— Ela perdeu sua casa porque o lado errado contratou nossos serviços — disse Aurora. — Há milhões como ela por aí, Vana só teve a coragem de fazer algo a respeito.

— Nos destruir de dentro para fora por vingança?

— E assustar a galáxia para que não criassem monstros sem mente. — Aurora não brincava com sua bebida, aproveitando o ardor. — Eu chamaria isso de nobre se ela não tivesse matado tantos para conseguir.

O silêncio preencheu o intervalo enquanto uma nebulosa púrpura-branca tomava o centro do palco sobre suas cabeças. Estrias explodiam pelo espaço, linhas prateadas exibindo cometas passantes, detritos e até mesmo outras naves.

— Tu achas que ela estava certa? — perguntou Deepak.

— Não — disse Aurora. — Mas ela acha que estava, e isso é tudo o que importa.

— As famílias que perderam pessoas nos experimentos de Dynas e Anaskya querem sangue — disse Deepak. — Elas querem que ela morra, e morra à moda antiga.

— Sem comporta de ar para Vana?

— Não posso. Ela ainda tem agentes por aí, alguns que podem ter o vírus. Até encontrarmos todos, não posso arriscar mais vidas por causa dela.

— Acho que é difícil estar no comando.

Deepak suspirou, olhou para Aurora. — Quando tu foste para a superfície de Aurum Três, pretendias matá-la?

— Pensávamos que ela ia liberar um exército invisível e invencível. O objetivo era detê-la — Aurora devolveu o olhar de Deepak. — Se acabar com a vida de Vana resultasse nisso, eu teria puxado o gatilho. Sem hesitação. Quando ficou claro que colocá-la no chão não deteria o que aconteceu, mudamos a missão.

— E me deixaram com uma grande dor de cabeça.

— Coitadinho de ti. — Aurora agitou o copo. — Que vida difícil tu levas.

Deepak riu. — Não mais fácil contigo nela.

— Não mais fácil? Tuas fileiras estavam uma bagunça! Teu...

— Para. — Deepak ergueu as mãos em falsa rendição. — Tu me contarás tudo sobre isso amanhã, tenho certeza. E Vana ainda estará lá também. Me deixa ter um momento de paz.

Aquele momento passou. As estrelas lá fora compartilhavam o instante.

— Eu tenho uma ideia para Vana — disse Aurora, devagar, sentindo a intuição conforme surgia.

— Conta.

— A DefenseCorp está acabando. Vai ser o *Nautilus* e seus amigos lutando com tantas outras facções por contratos — disse Aurora. — Vocês vão precisar de boa vontade depois do que aconteceu, alguma forma de ter os planetas do seu lado.

— Já disse que não faremos uma execução pública.

— Não, diferente. — Aurora pousou o copo, deu a Deepak o olhar de líder de esquadrão. — Vana cria memoriais. Conta as histórias de todos que morreram em Dynas, em Aurum Três. Nós damos o polimento, enviamos. Os agentes de Vana podem ajudá-la a obter as informações necessárias para montá-los, e nós conseguimos o amor que tanto precisamos sempre que um planeta, uma cidade, uma família puder se despedir.

As engrenagens de Deepak giravam. Diferente de Rovo, ou mesmo Sai, o almirante nunca se curvava diretamente às palavras de Aurora. Frustrante, às vezes.

— Vana faria isso porque...? — perguntou Deepak.

— Porque é o que ela quer — respondeu Aurora. — Isso permite que ela conte sua história repetidas vezes, o que significa que a galáxia nunca esquecerá o que aconteceu aqui. As facções não podem esperar alguns anos para que as pessoas sigam em frente e reformem a DefenseCorp. É tanto o legado de Vana quanto qualquer outra coisa.

Eles refletiram sobre isso por uma bebida e meia. A nebulosa púrpura brilhava mais a cada gole. Aurora continuava a repassar suas palavras, encontrando pequenas falhas que poderiam precisar de atenção, mas nada que fosse colapsar toda a ideia. Deepak trouxe a reflexão para o aberto, e eles trocaram pensamentos, construindo um plano como colegas, como amigos, como amantes fazem.

— É isso que tu queres? — Deepak disse finalmente, quando eles tinham ido e voltado o suficiente para que as linhas se tornassem tão turvas quanto a visão deles. — Vana ficando por perto, fazendo todas essas coisas?

O momento ou a missão.

— Nós a jogamos em uma estrela, temos um segundo satisfatório — disse Aurora. — Honramos todas essas vidas perdidas, alcançamos o que saímos para fazer no início: resgatar as pessoas em Dynas.

— Essa missão era para uma pessoa e, se bem me lembro do teu relatório, ele era um bêbado procurando ganhar um dinheiro rápido.

Aurora sorriu. — Não deixe o perfeito ser inimigo do bom, almirante. Tu precisas de dinheiro para pagar teu pessoal, Vana precisa de penitência, e eu preciso de algo para inspirar meus soldados. Isso atende aos três.

Deepak assimilou as palavras, balançou a cabeça e ergueu o copo para brindá-lo contra o de Aurora.

— Sabes o que isso significa? — disse Deepak.

— O quê?

— Nunca mais vou te enviar para uma missão. És muito valiosa.

Aurora riu. — Sabes, acho que eu poderia tirar umas férias.

Além disso, seriam semanas até que o *Nautilus* chegasse ao seu destino, um mundo coberto de pântanos precisando de limpeza. Olhando para as estrelas, a nebulosa e até mesmo para o rosto corado de bourbon de Deepak, Aurora imaginou que aproveitaria a jornada.

PARA DAVIN e sua tripulação veterana de mercenários, trabalhar na segurança de Europa deveria ter sido fácil, e foi, até que um erro fatal faz dos Wild Nines o inimigo número um no sistema solar.

Comece uma nova aventura de ficção científica com *Noves Selvagens*:

AGRADECIMENTOS

Este romance é produto da recusa da minha família e amigos em deixar um sonho morrer. À minha esposa Nicole, por me permitir escrever nas primeiras horas da manhã e garantir que eu não morra de fome. Aos meus irmãos e pais por seus contínuos comentários, apoio e entusiasmo.

Evan Aaseng, por ser um constante conselheiro e me trazer de volta à realidade sempre que minhas ideias iam longe demais.

E, é claro, a você, leitor, por me dar um motivo para escrever.

SOBRE O AUTOR

A.R. Knight cria histórias em uma casa gelada em Madison, WI, principalmente dominada por um par de gatos. Depois de ser sugado para a rotina de trabalho durante a crise econômica de 2008, ele se viu em reuniões entediantes voando pelo espaço e embarcando em grandes aventuras.

Eventualmente, dedicando-se a podcasts, roteiros, contos e outros romances, ele encontrou uma história na qual poderia mergulhar e um elenco de personagens ao mesmo tempo divertidos e cheios de coração.

Depois de Sever Squad, A.R. Knight planeja saltar para outros mundos e encontrar novas histórias para contar nas fronteiras ilimitadas da nossa imaginação.

Obrigado, como sempre, por ler!

Para mais informações:
www.adamrknight.com

Para Peter